KB138416

이경영 판타지 장편 소설
FANTASY FRONTIER SPIRIT

가즈 나이트 R 1

이경영 판타지 장편 소설

초판 1쇄 펴낸 날 § 2010년 9월 24일
초판 2쇄 펴낸 날 § 2014년 12월 22일

지은이 § 이경영
펴낸이 § 서경석

편집팀장 § 서지현
편집책임 § 박우진
편집 § 주소영

펴낸곳 § 도서출판 청어람
등록번호 § 제1081-1-89호
등록일자 § 1999. 5. 31
어람번호 § 제1-1182호

주소 § 경기도 부천시 원미구 심곡2동 163-2 서경B/D 3F (우) 420-822
전화 § 032-656-4452 팩스 § 032-656-4453
http://www.chungeoram.com
E-mail § chungeoram@chungeoram.com

ISBN 978-89-251-2297-7 04810
ISBN 978-89-251-2296-0 (세트)

이경영 판타지 장편 소설

FANTASY FRONTIER SPIRIT

가즈나이트 R

Gods Knight R

도서출판 청어람

CONTENTS

서장

청년의 적동색 피부는 상처투성이였다. 그가 입은 옷과 조금 긴 머리는 피로 흠뻑 적셔져 있었다.

아직 소년의 티를 벗지 못한 그 청년은 피에 엉겨 붙은 머리를 손가락으로 훑어 뒤로 묶었다. 팔이 움직일 때마다 상처가 벌어져 각기 다른 방향으로 움직였다. 하지만 청년은 그런 감각마저 느낄 경황이 없었는지 표정 하나 바꾸지 않았다.

사슴 꼬리마냥 뭉툭한 꽁지머리 끝에서 핏물이 똑똑 떨어졌다.

청년이 물었다.

"신의 하수인이 되라고?"

질문을 받은 사람은 잿빛의 옷과 잿빛의 수염을 기른 노인이었다.

노인은 웃었다.

"그렇다네."

"그럼 천사가 되는 건가? 아니, 악마가 될 수도 있겠네. 당신이 이 꼴을 보고 찾아온 거라면 말이야."

청년이 누군가를 소개하듯 두 팔을 허리 높이로 들었다.

"역시 난 악마가 될라나?"

청년과 노인의 주위엔 검에 베어 죽은 시체들이 온갖 형태로 촘촘히 쌓여 있었다. 발 디딜 틈이 없이 널린 시체들을 갖기 위해 까마귀들과 들쥐, 그 밖에 각종 짐승들이 몰려들면서 땅과 하늘의 색마저 이상해졌다.

노인은 고개를 저었다.

"둘 다 아닐세."

"아니라고? 그럼 뭐지?"

"말했을 텐데? 신의 하수인이라고."

노인이 뭔가를 던지듯 청년 쪽으로 손을 움직였다. 아무것도 없는 공간에서 대검이 튀어나와 땅에 박혔다.

"그 검을 갖게. 자네가 그토록 원하던 것을 지겹게 얻을 수 있을 테니까."

그것은 칼날 전체가 기묘한 보라색을 띤, 어린아이 키와 비슷한 길이의 대검이었다. 형태가 그렇게 멋지진 않았지만 부러지거나 칼날이 나가는 문제로 주인을 배반할 것 같진 않아 보였다.

보라색 검.

빛과 유리의 장난이 아닌, 진짜 보라색의 대검.

무의식중에 그 검을 잡을 뻔한 청년은 흠칫 놀라 물러섰다.

"당신, 누구야? 내가 원했던 것이 뭔지 정말 알아?"

"난 신이지. 신은 전부 알고 있다네."

그 간단 명쾌한 대답이 청년의 모험심을 자극했다.

청년은 주저없이 노인이 준 검을 잡고 빼 들었다.

검은 무거웠다. 두 손으로 잡아야만 겨우 들어 올릴 수 있을 정도였다. 청년은 자신이 이 검을 제대로 다루려면 꽤 오랜 시간이 걸릴 것임을 짐작했다.

"그런데, 당신은 어떤 신이야?"

"이것도 저것도 아닌, 하지만 가장 위대한 신이지. 하이볼크라고 하네."

갑자기 시체더미가 사라지고 사방이 밝아졌다. 지점토로 갓 빚은 듯 하얗게 빛나는 건물들이 시체들의 자리를 대신했다.

청년은 그곳이 바로 신계, 즉 신들의 세계라는 것을 직감했다.

* * *

"어지간히 지친 얼굴이군."

검은색 안대로 한쪽 눈을 가린 노인이 한숨을 쉬었다.

붉은 머리의 청년은 그의 말대로 지쳐 있었다. 정신적으로, 그리고 육체적으로 지쳐서 미칠 지경이었다. 그를 그토록 지치게 만든 것은 오랫동안 쌓인 좌절감과 패배의식이었다.

그를 앞에 둔 안대의 노인은 덩치가 매우 좋았다. 입고 있는 갑옷과 머리에 쓴 투구는 낡아빠졌지만 남은 한쪽의, 진한 은색의 눈동자에서 흘러나오는 기운은 무거웠다. 두꺼운 강철로 된 의자에 앉아 있는 자태부터가 대단히 공격적이었다.

"자네가 세 번째란 말이지?"

청년은 고개를 끄덕였다.

"저 말고 두 명이 더 있다더군요. 저보다 앞서 신의 하수인이 된 자들인데, 이름이……."

"휀과 바이론?"

"아, 예."

"음…… 후후후."

노인의 웃음소리는 왠지 묘했다. 청년은 그 웃음소리가 기분 나빴으나 그의 마음속엔 대들 만한 의지조차 남아 있지 않았다.

"용족은 좀 잡아봤나? 듣기로 이제 자네 나이가 200살이 좀 넘었다고 하던데, 한 마리 정도는 잡아봤겠지?"

청년은 자신감없이 고개를 저었다.

그가 하이볼크와 함께 신계, 정확히는 '주신계'라는 곳에 발을 들여놓은 이후 200년이 흘렀다.

그의 육체는 가장 젊고 활발한 시기에서 멈춰 있었다. 하지만 보통 사람의 몸집과 그다지 다를 바가 없는 그의 체구는 큰 키 때문에 마르고 나약해 보였다.

나름대로 훈련은 계속했으나 소용없었다. 검술은 신계에 오기 전과 다를 바 없었고 허리에 찬 보라색의 검은 여전히 무거웠다. 하이볼크가 내려주는 임무는 실패로만 끝났다.

임무의 주된 내용은 큰 문제를 일으키는 자들을 처단하는, 어찌 보면 매우 간단명료한 것들이었다. 그러나 청년은 목표에게 접근하기도 전에 번번이 당할 뿐이었다.

노인이 검지를 폈다.

"그 검을 들어보게."

청년은 허리에 찬 검을 뽑아 들었다. 그가 양손으로 잡아 든 그 보라색의 검은 그 끝이 달달 떨리고 있었다.

"꼬락서니가 꼭 병아리 같군. 빨간 머리니 수탉 정도라고 해둘까?"

청년이 인상을 썼다. 이 검을 이렇게 들기까지 소비한 긴 시간이 우롱당하는 기분이어서였다.

노인은 청년의 이곳저곳을 살폈다.

"키만 컸지 몸이 영 볼품없군. 기력은 거의 바닥이야. 그런 몸뚱이로는 용족은커녕 도마뱀도 한 번에 못 자르겠구먼."

청년이 검끝으로 바닥을 내려쳤다.

"그래서! 가르쳐 주신다는 겁니까, 뭡니까?"

"당연히 가르쳐야지."

노인이 의자에서 일어났다. 단지 일어날 뿐인 그 모습에 압도된 청년은 바닥을 쳤던 검을 무의식적으로 물렸다.

"아주 좋은 시기에 왔군. 미리 소개를 받고 왔겠지만 손님에게 이름을 밝히는 것은 아스가르드 전사의 예의이니 정식으로 소개하지. 난 오딘이라 하네. 자네는?"

"리오라고 합니다."

대답한 청년은 검을 힘겹게 들어 칼집에 넣었다.

*　　　*　　　*

청년 리오가 배움을 위해 찾은 오딘의 거처는 '발할라'라는 이름의 큰 궁전이었다. 그러나 크기만 클 뿐, 전쟁이 마음껏 할퀴고 간 폐허에 가까웠다.

오딘이 리오에게 내린 첫 번째 지시는 살을 찌우라는 것이었다. 오딘을 수행하는 여성 전사들은 하루에 몇 번이고 고기 위주의 식사를 내왔다. 그나마 맛이 있었고 요리의 종류도 다양했기에 망정이지, 그렇지 않았다면 그는 며칠 못 가 구역질을 하며 발할라를 탈출했을 것이다.

그러던 어느 날, 여느 때처럼 오딘과 함께 아침 식사를 하던 리오는 그동안 궁금했던 것을 물었다.

"하이볼크님과는 어떤 관계이십니까?"

"대선배랄까?"

오딘은 고기를 우적우적 씹어 넘긴 뒤 나머지 말을 했다.

"하이볼크는 내 후계자였어. 그리고 자신의 운명에 따라 내가 맡고 있던 '가장 위대한 신'의 자리를 차지하게 됐지."

고기를 집어 들던 리오의 손길이 뚝 멈췄다.

"오딘님께서 하이볼크님 이전의 주신(主神)이시란 말입니까?"

"그보다는 옛 신계의 주신이라는 말이 맞지."

오딘은 포크와 나이프를 각각 쥔 손을 좌우로 펼쳤다.

"이 발할라가 나의 신계 '아스가르드'의 유일한 흔적이야. 그 외엔 모래 한 톨조차 남지 못했지."

그 옛 주신은 제자의 긴장된 표정을 보고 껄껄 웃었다.

"하하, 너무 진지하게 들을 필요 없단다. 지금 네가 할 일은 그 음식들을 맛있게 먹는 것뿐이야. 반대로 말을 하자면 이야기를 들을 가치가 없는 놈이라는 얘기도 되지."

유쾌함과 날카로움이 함께 뒤섞인 그의 말에 리오는 더욱 긴장했다.

"좀 더 전사에 어울리는 모습이 되어라."

"예."

리오는 먹을 수 있는 것 이상의 고기와 야채를 집어 들었다. 그것이 여태껏 나약했던 자신을 변화시키는 첫 번째 계단임을 그는 확실히 느끼고 있었다.

* * *

오딘에겐 두 마리의 까마귀와 두 마리의 늑대가 있었다. 일단은 애완동물이었으나 한없이 신에 가까운 존재였으며 그들 모두 신계의 변혁을 체험한 리오의 대선배였다.

까마귀들, 후긴과 무닌은 번번이 그를 무시했다. 오딘은 그들의 임무가 세상의 관찰이었기에 그리 붙임성이 없는 것이라 설명했다.

까마귀들과 달리 늑대들, 게리와 프레키는 리오를 만난 첫날부터 그와 몸을 부딪치며 놀았다. 검은색의 늑대인 게리는 체구가 좋고 냉정한 성격이었다. 반대로 흰색 털의 프레키는 깡말랐으나 다정다감했다.

하지만 리오에겐 그들의 붙임성이 부담스러웠다. 둘 다 어깨 높이가 리오만큼 컸고 힘까지 대단해서 리오는 그들이 놀자고 달려들 때마다 찌부러져 죽는 게 아닌가 하는 공포를 느꼈다.

그러나 발할라에 찾아온 이후 한 번의 겨울이 지나던 어느 날, 리오는 깡마른 프레키의 목을 힘으로 누를 수 있었다. 물론 프레키가 몸부림을 치자 단번에 날아갔지만 처음 왔을 때와 비교하자면 큰 발전이었다.

프레키가 혀를 내밀어 쓰러진 리오의 얼굴을 핥았다. 엄청난 양의 침이 리오의 얼굴에 묻었지만 더럽거나 냄새가 나진 않았다. 그들의 침은 아침 이슬처럼 깨끗했다.

"몸이 좋아지셨군요."

프레키의 칭찬에 리오는 문득 자신의 팔뚝을 봤다. 그러고 보니 상당히 두꺼워져 있었다.

"밥값을 할 때가 된 건가?"

"설마요."

프레키가 앞발로 리오를 꾹 눌렀다. 가슴이 눌린 리오는 숨을 쉬기 위해 발버둥을 쳤으나 빠져나가지 못했다.

리오는 세 번째의 겨울이 지나서야 프레키와 힘으로 맞설 수 있게 되었다.

발할라에 있어서 계절이란 오로지 겨울과 봄뿐이었다. 1년 12개월 단위로 치자면 8개월은 봄이고 4개월은 겨울이었다.

리오는 신계 사이에 끼어 봉쇄된 듯한 이 발할라에 어째서 봄과 겨울이 오고 아침과 저녁이 오는지 궁금했지만 오딘과 그의 수호자들, 이른바 '발키리'라 불리는 그 여성 전사들은 아무런 설명도 해주지 않았다.

프레키와의 몸싸움에 지친 근육을 휴식으로 달래던 리오

는 자신의 몸을 침대 대신 제공해 주는 게리에게 문득 물었다.

"너희들을 힘으로 누를 수 있으면 드래곤, 아니, 용족과도 맞설 수 있을까?"

"어떤 용족 말씀이십니까?"

현재의 신계에서 드래곤, 즉 용족은 크게 세 개의 종족으로 구분된다.

서룡족(西龍族)은 크고 단단한 몸집과 껍질을 지녔으며 주로 한 쌍의 큰 날개를 지니고 있다. 그들이 내뿜는 숨결은 각 부족에 따라 그 성질과 종류가 다르지만 파괴력은 최고 등급의 마법과 맞먹거나 그 이상의 위력을 자랑한다.

반대로 동룡족(東龍族)은 뱀처럼 길고 얇은 몸집을 지녔고, 날개 대신 기력으로 하늘과 공간을 헤엄쳐 배회한다. 그들은 서룡족에 비해 육체적으로는 나약하지만 강력한 마력과 독특한 술법으로 자신들의 약점을 보충한다.

마룡족은 서룡족에서 큰 죄를 짓고 쫓겨난 자들의 후예다. 육체적인 능력과 정신적인 능력 모두 양쪽을 능가하지만 그들은 용족들 사이에서 공공의 적으로 통하기에 항시 사냥의 대상이 되며 그로 인해 그 수는 극히 적다.

리오는 누운 채 어깨를 으쓱했다.

"어느 쪽이든."

"어려운 질문이군요. 저희들은 전투가 주된 임무가 아니라서 용족에겐 대항하지 못합니다."

"그래?"

"전투는 발할라에 계신 발키리 멤버들의 몫입니다. 그분들이라면 간부급 용족을 제외하고는 모두 상대하실 수 있지요."

그러자 옆에 있던 프레키가 말을 보탰다.

"오리지널 발키리 멤버들이라면 용족 따위는 아무것도 아닙니다만……."

"오리지널 발키리?"

"지금 계신 분들은 신계가 바뀐 이후 새로 뽑힌 분들이시지요. 오리지널 발키리 멤버들은 극소수만이 생존하셨고 그조차도 뿔뿔이 흩어져 계십니다."

프레키의 말에 게리는 등에 태운 리오가 들썩거릴 정도로 한숨을 내쉬었다.

"자네 말을 들으니 하이엘바인님을 보고 싶군."

"아아, 그렇군."

두 늑대의 눈에 그리움이 스쳐 지나갔다.

"하이엘바인이라는 분은 또 누구신데?"

리오가 묻자 늑대들은 서로를 잠시 쳐다본 뒤 자리에서 벌떡 일어났다. 그들의 예고없는 행동에 그만 굴러 떨어진 리오는 발끈하여 일어났다.

"어이, 무슨……!"

"오늘부터는 제가 상대해 드리겠습니다. 기대하십시오."

말을 건넨 늑대는 게리였다. 리오는 게리의 육중한 몸집에 큰 부담감을 느꼈다.

리오가 게리를 제압하기까지는 두 번의 겨울이 더 필요했다.

게리는 말라빠진 프레키와 그 힘의 차원이 달랐다. 한 번 받히면 몸이 으스러질 듯한 통증을 느꼈고 꼬리에 맞으면 뼈가 부러지기 직전까지 몰렸다. 앞발은 철퇴에 가까웠다.

리오가 게리를 제압한 그날, 그때까지 구경만 하던 오딘이 여태껏 압수하고 있던 리오의 보라색 검을 들고 그를 찾아왔다.

"이제 좀 전사다운 몸이 됐군."

그의 말대로 리오의 몸은 두꺼운 근육질로 덮여 있었다. 프레키를 제압할 무렵에는 그냥 두께만 충실했으나 게리를 제압한 지금은 근육의 선이 칼로 베어낸 듯 뚜렷했다.

오딘은 리오에게 그의 검을 건네주었다.

"디바이너라는 이름이었지?"

그것은 리오가 하이볼크에게 받은 검의 이름이었다.

"그랬나요? 듣고 보니 그랬던 것 같군요."

조금 삐딱한 대답이었다. 오딘은 피식 웃었다.

"성깔도 생겼군. 아주 좋아. 그럼 오늘부터 너에게 아스가르드의 검술을 가르쳐 주마. 머리부터 정돈해라."

리오는 잠시 주머니에 넣어뒀던 머리끈으로 자신의 장발을 묶었다. 용족의 꼬리처럼 풍성하고 두꺼운 머리채가 그의 적동색 근육 갑옷 위에서 사납게 너울거렸다.

*　　*　　*

오딘이 리오를 데리고 간 곳은 발할라 성 뒤편의 작은 훈련장이었다. 발키리들이 사용하는 대형 훈련장보다 초라한 그곳에는 훈련을 돕기 위해 나온 발키리 두 명만이 하얀색 로브를 걸치고 서 있을 뿐, 그 외에 특별해 보이는 훈련 도구는 없었다.

날씨가 찼다. 바지와 소매 없는 상의만 걸치고 있는 리오에겐 끔찍할 정도였다. 하지만 그는 지금의 추위에 인간이 내던져지면 몇 분 지나지 않아 혈액까지 얼어버릴 정도라는 사실을 인지하지 못하고 있었다.

입김을 한차례 뿜은 오딘은 오른손을 옆으로 내밀었다. 수정으로 된 직육면체들이 공기 중에서 피어나 그의 손에 모여들었다. 한곳에 뭉친 그 조각들은 철회색의 대검으로 바뀌었다.

리오의 디바이너와 비슷한 사이즈의 검이었다.

"희생양이 또 필요하겠지?"

오딘이 왼손을 휘두르자 아무것도 없던 훈련장에 아름드

리 통나무들이 나타났다.

"어떻게 하신 겁니까?"

리오가 놀라 묻자 오딘은 아주 당연하다는 투로 대답했다.

"백지에 연필로 동그라미를 그리면 무엇이 만들어지느냐?"

"동그라미가 만들어지겠지요."

"그것과 비슷하단다. 통나무 따위, 세상을 창조하는 것에 비해서는 아무것도 아니야."

리오는 눈앞에 있는 애꾸눈노인이 한때 가장 위대한 신이었다는 사실을 다시금 깨달았다.

"인간의 수준에서 낼 수 있는 파괴력의 극치는 이 정도를 말하겠지. 우선은 베기."

오딘은 통나무 두 개를 검으로 각각 베었다. 하나는 대각선으로 깔끔하게 베어졌고 다른 하나는 과일의 껍질이 벗겨지듯 겉껍질만 살짝 날아가 하얗게 됐다.

"그리고 다음은 치기."

오딘이 통나무를 후려치자 통나무가 폭발하듯 산산조각 났다. 위에서 아래로, 왼쪽에서 오른쪽으로 각각 터져 나가는 통나무의 모습에 리오는 상당히 어이없어했다.

"인간의 수준에서 그런 게 가능합니까?"

"물론이지."

"……."

"가능하지 않을까?"

훈련장 좌우에 가만히 서 있던 발키리들이 피식피식 웃었다.

"음, 아무튼."

오딘이 정색을 했다.

"이 정도는 지금의 너도 할 수 있단다. 하지만 앞으로 네가 상대해야 할 놈들은 이런 통나무 따위와는 비교도 안 될 만큼 강력한 방어력을 갖고 있지. 선천적인 능력이라던가, 갑옷이라던가, 마법이라던가. 아마 너도 이곳에 오기 전에 그런 놈들을 만나봤을 거다."

"예."

아픈 기억을 건드렸는지 리오의 표정이 흐려졌다.

오딘의 얘기가 계속됐다.

"하지만 그런 방어 능력보다 문제가 되는 것은 바로 덩치란다. 성년기의 서룡족만큼 압도적인 덩치를 가진 놈들을 네 검으로 제압할 수 있겠느냐? 그런 덩치들에게 네가 가진 검은 바늘만도 못한데?"

"그때는 마법을 써야겠지요."

"물론 지금보다 마력이 더 강해진다면 얘기가 달라지겠지만 일단은 이런 무기로 그런 덩치들을 제압하는 방법을 가르쳐 주마. 사실 그 편이 더 재밌거든."

오딘은 훈련장을 향해 왼손을 폈다. 통나무의 잔해들이 사라지고 웅크린 드래곤처럼 엄청난 크기의 쇳덩어리가 공기를 밀어내며 나타났다.

"그럼 숙달된 조교의 시범을 봐라. 발키리, 오비에!"

"예, 오딘님."

"아스가르드의 주신 오딘의 전사로서 그 힘을 보여라!"

두 명의 발키리 중에서 장창을 든 갈색 머리의 여성이 은색의 빛을 눈 밖으로 터뜨리며 앞으로 나섰다.

그녀는 어린애처럼 신장이 작고 마른 편이었다. 리오는 그녀가 그런 신체 조건과 장창으로 저 쇳덩어리를 어떻게 한다는 것인지 이해가 가지 않았다.

찌르기 자세를 잡은 그녀, 오비에가 기합을 내질렀다.

"이야앗!"

그녀가 앞으로 나가면서 쇳덩어리를 창으로 찔렀다. 발할라가 흔들릴 정도의 굉음과 함께 쇳덩어리가 움푹 들어갔다. 오비에가 찌른 표면의 반대쪽에서 함몰된 양만큼의 쇳덩이가 창끝 모양으로 튀어나왔다.

만약 그 쇳덩어리가 진짜 용족이었다면 일격에 몸이 뚫려 사망했을 것이다.

리오가 너무 놀라 주춤거리는 한편, 오딘은 박수를 치며 즐거워했다.

"허허, 우리 막내가 이제 언니들만큼 할 수 있게 됐구나."

"에헤헤."

오비에는 볼을 붉히며 웃었다.

그녀가 자기 자리로 돌아가는 한편, 오딘은 보란 듯이 기묘하게 일그러진 쇳덩이를 손으로 가리켰다.

"자, 봤느냐? 무기로도 이런 것이 가능하단다."

경악에 휩싸여 아무 말도 못하던 리오는 어느새 바싹 마른 목으로 침을 삼킨 뒤 다급히 물었다.

"그냥 힘입니까, 아니면 기술입니까?"

"힘이라고 할 수도 있고 기술이라고 할 수도 있지. 정확하게 말하자면 공격을 할 때 발생하는 일련의 법칙을 조작하는 것이야. 그렇게 조작할 수 있는 법칙 중에 대표적인 것이 바로 중력이지."

"중력?"

오딘은 버릇처럼 두 팔을 펼쳤다.

"서로를 끌어당기는 힘이지. 그 중력이 물체를 끌어당기는 힘의 크기를 무게라고 한단다. 중력을 자유롭게 조작할 수 있으면 넌 네가 가진 그 검의 무게를 수십에서 수백 배로 불릴 수 있단다. 용족의 머리통 따위는 한 방에 깰 수 있는 흉기가 만들어지는 것이지."

오딘은 지금 말한 것을 다시 증명하듯 손에 든 검으로 땅을 찔렀다. 산사태가 난 듯한 충격이 땅을 타고 리오의 몸을 격렬하게 흔들었다.

"이것이 인간의 영역을 초월하는 첫 단계다. 여기서부터는 마음의 검이니 검과 몸이 하나가 되느니 하는 자위적인 표현은 적용되지 않는단다. 그런 짓 아무리 해봤자 이런 거 한 방이면 끝나거든. 어때? 배워보겠느냐?"

"재밌겠군요."

리오의 단련된 팔뚝이 흥분감에 파르르 떨렸다.

*　　*　　*

오딘의 직접적인 훈련이 시작된 이후 스무 번째 겨울이 지나갔다.

리오는 왜 겨울로만 시간을 따지냐며 오딘에게 물은 적이 있었다. 제자의 그 질문에 오딘은 겨울이 자신에게 있어서 큰 의미를 갖기 때문이라고 대답했다.

"오늘부터 바깥세상 구경을 좀 하자꾸나."

오딘이 대뜸 말하자 리오는 의아해했다.

"감시당하시는 게 아니었습니까?"

그는 오딘과 발할라의 구성원 모두가 하이볼크의 주신계 밑에서 엄중하게 감시당하고 있다는 사실을 최근 깨달았다. 게다가 그 감시가 다른 신계, 즉 선의 신 '제홉' 이 다스리는 선신계와 악의 신 '아롤' 이 다스리는 악신계의 간섭을 막는 일종의 방패막이라는 사실도 추가로 알게 됐다.

오딘의 의자에 앉아 있던 까마귀 중 하나, 후긴이 입에 물고 있던 종이를 펼쳐 보였다. 그곳에는 하이볼크의 인장이 빛을 내고 있었다.

오딘은 그 종이를 손가락으로 가리켰다.

"허가를 받았지. 네놈과 함께 몇 개월 정도 인간들의 세상에서 머물 계획이란다. 물론 관광이 아니라 훈련을 위한 일이고 너에겐 아주 끔찍한 경험이 될 수도 있으니 마음가짐을 단단히 해라."

"예, 오딘님."

그 수학여행에는 오딘과 리오, 그리고 그들을 수행하는 발키리 네 명이 참여했다.

그러나 출발할 때 했던 엄중한 경고와 달리 오딘은 목적지에 도착할 때까지 양고기와 술을 진탕 먹어댔고 발키리들은 발할라에서 접할 수 없었던 각종 옷가지와 장신구들을 동료들의 것까지 마음껏 구입했다.

리오는 그들의 뒤치다꺼리로 하루하루를 보내야만 했다.

'확실히 끔찍한 경험이군.'

그러나 진정한 끔찍함은 목적지에 도착한 직후부터 그 정체를 드러냈다.

목적지는 다름 아닌 서룡족의 영역이었다. 서룡족 수십 개체가 숨어살고 있는 그 계곡은 일반적인 생물들은 입구조차 찾을 수 없는 강력한 힘으로 보호되어 있었다.

물론 그런 힘은 오딘에게 있어서 아무것도 아니었다. 이불을 걷어내듯 용족의 방어 술법을 간단히 걷어낸 오딘은 서룡족들의 은거지로 유유히 걸어 들어갔다.

어느 정도 깊숙이 들어가자 십여 개체의 젊은 서룡족이 그 거대하고 두려운 모습을 계곡 사이에서 드러냈다.

용족 모두가 입과 코에서 불꽃을 뿜었다. 갑옷과도 같은 두꺼운 외장도 모조리 붉은색이었다.

'전부 레드 드래곤이잖아?'

그렇게 많은 수의 성년 드래곤을 본 일이 없는 리오는 그 위압감에 숨조차 제대로 쉴 수 없었다.

그러나 오딘은 그들에게 손을 흔들며 즐겁게 소리쳤다.

"솔리더스를 보러 왔네!"

드래곤들이 서로를 쳐다봤다.

그들 중에 나이가 가장 많아 보이는 자가 오딘의 앞에 내려와 그에게 머리를 쭉 내밀었다.

"실례지만 성함을 말씀해 주십시오."

"오딘이라 하네."

황색으로 빛나는 레드 드래곤의 눈이 번쩍 커졌다.

"이런 실례를."

드래곤 모두가 내려와 오딘 앞에 머리를 조아렸다. 오딘은 호탕하게 웃으며 고개를 연신 끄덕거렸다.

"예의 바른 젊은이들이로군. 과연 솔리더스의 아이들다워."

"과찬이십니다. 제가 솔리더스님의 거처로 인도해 드릴 터이니 어서 오르십시오."

드래곤이 오른쪽 날개를 펼쳐서 자신의 등까지 이어지는 계단을 만들었다. 오딘과 발키리들은 아무렇지도 않게 날개를 밟고 올라 드래곤의 등에 두 발을 댔다. 잠깐 주저하던 리오는 오딘의 재촉에 결국 날개 위를 거의 뛰다시피 하여 오딘의 뒤에 섰다.

일행을 태우고 날아오른 드래곤은 다른 드래곤들과 함께 대형을 이루며 계곡의 가장 깊숙한 곳으로 들어갔다.

드래곤들이 안내한 곳에는 아주 작은 집 한 채가 있었다. 그 집 앞에는 주황색 짧은 머리의 중년 남성과 밧줄처럼 땋은 녹색 머리의 한 동년배 여성이 나란히 서 있었다.

오딘을 인도한 드래곤이 천천히 착지했다.

"손님을 모셔왔습니다, 솔리더스님."

"으음."

중년 남성은 경건히 무릎을 꿇었다. 옆에 있는 여성도 치마를 정돈한 후 뒤따라 허리를 숙였다.

"위대한 분, 오딘님과 만남에 이 솔리더스 발레트는 몸 둘 바를 모르겠습니다."

"후후, 여전히 날 어렵게 대하는군. 부인의 건강은 어떠한가?"

"많이 좋아졌습니다."

녹색 머리의 여성이 거듭 고개를 숙였다.

“기분만으로는 내 능력으로 자네 부인의 병을 고쳐 주고 싶지만 브리간트가 알면 자네의 가문 전체가 말살을 당할 테니 그럴 수가 없군. 대신 좋은 약을 가져왔네.”

오딘은 작은 가죽 자루를 솔리더스에게 내밀었다. 솔리더스는 두 손으로 그 자루를 받았다.

“어찌 감사드려야 할지 모르겠습니다.”

“하하하! 물론 공짜는 아닐세.”

“예?”

오딘은 뒤에 있는 리오를 불러 자신의 옆에 세웠다.

“요즘 키우고 있는 내 제자라네.”

리오는 어찌할까 망설이다가 일단 인사를 먼저 하기로 했다.

“리오라고 합니다.”

“솔리더스라고 하오.”

오딘이 솔리더스를 소개했다.

“솔리더스는 본래 서룡족의 우두머리, 이른바 용제를 모시는 호위부대인 전룡단의 단장이었단다. 하지만 부인의 병이 깊어지면서 사촌동생에게 그 자리를 물려줬지. 그 친구 이름이 발자크였나?”

솔리더스가 머리를 조아렸다.

“그렇습니다.”

"그 친구, 요즘 고생이라고 들었는데."

"이미 일은 벌어졌습니다. 알렉산더 폐하께서 태자 저하를 보신 지도 꽤 됐습니다."

"그래? 하하하하! 젊은 분이 사고를 빨리도 치셨군! 으하하하!"

오딘은 계곡이 떠나가라 웃었다.

웃음이 조금 가신 뒤 오딘의 소개가 계속됐다.

"아무튼, 솔리더스는 레드 드래곤 부족에서도 장로급의 지위를 가진 사내란다. 전룡단의 단장이자 부족 장로급의 드래곤은 엄청나게 강력하니 절대로 얕보지 마라."

얕보지 말라는 말에 리오와 솔리더스의 표정이 비슷해졌다. 그것은 곧 싸움을 의미하기 때문이었다.

오딘이 오른쪽 손가락을 튕겼다. 발할라에 있던 그의 강철 의자가 그의 바로 뒷자리에 나타났다.

"내 제자와 싸워주게, 솔리더스. 물론 목숨을 걸고 말일세."

오딘이 의자에 쿵 앉았다. 발키리들이 오딘의 좌우에 각각 자리를 잡았다.

경외심과 존경심으로 가득했던 솔리더스의 눈빛이 달라졌다. 칼로 찌르는 듯한 그의 시선에 리오는 큰 부담감을 느꼈다.

"리오라……. 예, 이제 기억이 납니다. 주신 하이볼크님께서 정하신 전사들 중의 한 명이었지요. 우리 부족의 계집아이들에게도 깨질 정도로 형편없다고 들었습니다만……."

솔리더스가 드래곤들이 앉아 있는 장소를 가리켰다. 붉은색의 드래곤들이 일제히 날아오르면서 그들의 덩치에 숨겨져 있던 큰 공터가 드러났다.

"가세, 젊은이. 실력을 보여주게."

리오는 오딘 쪽을 흘끔 봤다. 안대를 한 그 옛 주신은 팔짱을 낀 채 고개를 끄덕였다. 발키리들은 손을 흔들며 그를 응원해 주었다.

'해보자.'

그는 민소매 옷 밖으로 드러난 두꺼운 어깨를 만지며 솔리더스를 뒤따랐다.

디바이너를 꺼내 든 리오는 한 손으로 검을 이리저리 휘둘러 봤다. 처음에는 두 손으로도 들기 힘들어했던 그 검을 지금은 나뭇가지 휘두르듯 자유롭고 탄력 넘치게 다루고 있었다.

맨손의 솔리더스는 손목을 풀며 아까 하려다가 거두었던 말을 마음속에 풀었다.

'제대로 다시 만들어졌군.'

리오는 그의 맨손을 보고 인상을 험하게 구겼다.

"무기는 안 쓰십니까?"

"내 것은 사촌동생에게 물려줬다네. 하지만 자네 정도는 맨손으로도 충분하지."

"여어, 그러시군요."

순간 솔리더스의 머리 위에서 보라색의 검광이 번뜩였다. 일단은 머리 위였지만 솔리더스가 피해서 머리 위였을 뿐, 만약 그가 피하지 않았다면 그의 상체는 돌에 맞은 달걀꼴이 됐을 것이다.

솔리더스는 디바이너에 실려 있던 여력이 자신의 몸 전체를 찌릿찌릿 울리자 내심 감탄했다.

'법칙의 조작도 수준급이야. 이 정도라면 전투훈련을 받지 않은 용족은 간단히 깨부수겠군.'

그의 주먹이 리오의 복부를 찌르듯 쳤다. 근육에 의한 방어 외에 기력에 의한 방어, 법칙의 조작을 이용한 충격 흡수, 일순간 외워 완성한 방어 마법으로 인해 리오에게 전해지는 충격은 수천 분의 일 수준으로 줄어들었다.

뒤로 쭉 밀려 나간 리오는 복부와 늑골이 아팠지만 다음 공격을 위해 즉각 자세를 바꿨다.

그런데 거짓말 같은 일이 일어났다. 방금 전까지 인간의 모습이었던 솔리더스가 어느새 웅장한 레드 드래곤의 형상으로 모습을 바꿔 그를 내려다보고 있었다.

'형태 변형? 이렇게 빨리?'

그것은 그가 여태껏 봐왔던 드래곤의 형태 변형 속도를 한없이 초월하고 있었다.

문제는 거기서 끝나지 않았다. 아무런 준비 자세도 없이 서 있던 솔리더스의 입에서 엄청난 기세의 불기둥이 뿜어졌다. 다른 드래곤들처럼 숨을 들이마시거나 힘을 모으는 동작은 아예 없었다.

'숨결까지! 빌어먹을!'

불기둥이 리오를 덮쳤다.

오딘은 솔리더스의 숨결 속에서 비명도 못 지르고 잿더미로 변하는 리오의 모습에 팔걸이를 치며 웃었다.

"이런, 죽어버렸군? 하하하하하!"

* * *

"아."

탄성과 비슷한 소리를 내며 눈을 뜬 리오는 꾸부정하게 앉아 자신을 내려다보고 있는 오딘과 눈을 마주했다.

지면이 타는 냄새, 그리고 열기가 아직 느껴졌다.

'난 방금 전에 죽었을 텐데?'

그는 상황이 이해가 가지 않았다. 그가 힘겹게 상체를 일으키자 오딘이 손을 뻗어 제자의 붉은 머리카락을 만져 주었다.

"넌 내가 되살렸다."

"예?"

"하이볼크와 합의를 본 사항이니 이제부터 걱정 말고 죽으려무나. 그러니 일어나라, 어서. 솔리더스가 기다리고 있다."

리오는 걱정 말고 죽으라는 그의 말이 상당히 어이없고 불쾌했다. 오딘은 껄껄 웃으며 제자를 토닥였다.

"넌 하이볼크가 힘을 준 전사란다. 인간이 할 수 없는 일이 바로 네 일이야. 그렇다면 죽음이라는 역경도 마음에 안 드는 속옷마냥 익숙해져야겠지."

"예, 음. 괜찮네요. 속옷. 흠흠."

일단 다시 일어난 리오는 다시 인간의 모습으로 돌아와 있는 솔리더스 쪽으로 다가갔다. 싸우려고 다가간 게 아니라 솔리더스가 손짓으로 불렀기 때문이다.

"젊은이, 난 오딘님께 신세를 진 일이 꽤 있네. 이 자리에서 죽으라고 말씀하시면 난 당장 죽을 수 있어. 하지만 저분께서 나에게 바라시는 것은 그게 아님을 자네도 알 것이네."

리오는 조금 긴장한 얼굴로 고개를 끄덕였다.

"알고 있습니다."

"다행이군. 그렇다면 잘 듣게. 아무리 생물들 가운데 최강이라 불리는 용족이라 해도 전투훈련을 받은 자와 받지 않은 자의 차이는 크다네. 여태까지는 용족이라 해도 법도를 무시하고 문제를 일으킨 불량배들을 상대했겠지만 앞으로는 어떤 강적이 자네 앞에 나타나게 될지 아무도 모르네. 조금 건방지게 들리겠지만 난 그런 강적의 한 예라고 할 수 있겠지."

솔리더스는 자신의 집을 향해 왼손을 뻗었다. 그의 힘에 슬그머니 자물쇠가 열린 문의 밖으로 낡은 검 한 자루가 날아와 그의 왼손에 잡혔다.

'왼손잡이?'

리오는 드래곤에게도 그런 특이성이 있었다는 사실에 묘한 재미를 느꼈다.

더불어 검을 손에 쥐는 상대의 모습만 보고도 상대가 잘 쓰는 손의 방향을 알아차린 자신에게 놀라움을 느꼈다.

그냥 왼손으로 덥석 쥐는 것과 싸울 무기를 쥐는 것은 다르다. 고수들은 그것조차 간파당하지 않기 위해 노력한다.

솔리더스는 고수였다.

예전에 오딘의 늑대 게리는 현재 발할라에 있는 발키리들이 간부급 용족을 제외하고는 모두 상대할 수 있다고 그에게 말한 적이 있다. 바꾸자면 간부급 용족은 그만큼 강력하다는 말이기도 하다.

그 간부급 용족 중에서도 최고위급이 바로 솔리더스였다.

'발전한 건가?'

솔리더스는 리오보다 훨씬 키가 작았다. 다리도 짧아서 볼품은 없었다. 아무리 형태 변형을 한다고는 하지만 모든 용족은 인간으로서의 모습이 따로 정해져 있다. 키와 외모 등 모든 부분이 인간과 마찬가지로 유전을 따른다.

그런 작은 체구의 남자에게서 다시 한 번 찌르는 듯한 기운이 흘러나왔다.

"집중하게, 젊은이."

"아, 죄송합니다."

기운에 눌려 자신도 모르게 사과한 리오는 솔리더스의 얼굴을 똑바로 쳐다봤다.

"용족은 모든 상황에 대처할 수 있는 최강의 존재라네. 독, 고열, 극저온, 마법, 물리적 충격 등등. 더불어 깊은 바다도 문제없이 통과할 수 있지. 특히 우리의 지도자이신 용제께선 대기권 밖에서도 활동이 가능하시네. 그런 용족과 제대로 싸울 수 있다면 이 세상의 모든 존재들과 대적할 수 있다는 말과도 같네."

"그렇습니까?"

"그러니 집중하게."

솔리더스가 검을 제대로 들었다. 그것은 그냥 일반적인 장검이었으나 들고 있는 사람의 기운이 워낙 강해 검의 형태나 성능 같은 것은 리오의 머릿속에 떠오르지도 않았다.

"일단 나에 대해 적응하게. 난 자네를 위해서, 그리고 오딘님을 위해서 자네를 몇 번이고 죽일 것이네."

검과 검의 싸움이라면 밀리지 않을 자신이 있었다.

그러나 그것은 생각일 뿐, 리오는 솔리더스의 공격 한 번에 너덜너덜하게 부러지는 자신의 팔뚝을 보고 경악했다. 칼날은 막았으나 솔리더스의 압도적인 완력까지 완벽히 막아내진 못한 것이다.

제자의 팔을 고쳐 준 오딘은 솔리더스와 겨루는 리오를 자리에서 가만히 지켜봤다.

* * *

리오가 다시 눈을 떴을 때 하늘은 이미 몇 개의 달과 별들로 가득했다. 그는 옆에 앉아 있는 오딘을 의식하며 흙바닥에서 몸을 일으켰다.

오딘은 책상다리를 하고 앉은 제자를 보며 웃었다.

"허허, 오늘 네가 몇 번이나 죽었는지 기억하느냐? 서른세 번이다, 서른세 번. 별의별 꼴로 다 죽더군. 덕분에 지루하진 않았다."

리오는 놀리는 투로 말하는 스승이 얄미웠다.

"문제점이 뭘까요?"

"약하니까 진 거지, 무슨 드라마틱한 문제를 원한 거냐?"

리오의 입에서 실소가 터졌다.

그는 두 손으로 얼굴을 감싸며 한숨을 터뜨렸다.

"모르겠습니다. 검이면 검, 마법이면 마법…… 전부 빠르고 강력해서 대처할 수가 없더군요. 나중에는 피하는 게 고작이었습니다."

"그래, 맞다. 그랬지."

오딘은 발키리들이 지켜보는 가운데 리오의 옆에 똑같이

정좌를 하고 바짝 앉았다. 그러더니 두꺼운 근육질 팔로 제자의 어깨를 감쌌다.

"그걸 보고 내가 얼마나 뿌듯했는지 아느냐?"

"예?"

"비록 죽음을 대가로 하긴 했지만 넌 솔리더스의 검과 마법을 피했어. 불과 반나절 만에 서룡족 최강으로 꼽히던 자의 공격을 피했단 말이다."

리오는 기뻐하는 스승의 얼굴을 한없이 응시했다. 그렇게라도 하지 않으면 척추를 타고 등과 머리 전체로 번지는 전율을 감출 수 없을 것 같았기 때문이다.

"하, 하지만 그것만으로는 이길 수 없습니다. 공격이 통하지 않았습니다. 특히 드래곤의 모습을 하신 솔리더스님의 방어 능력은 너무 대단해서 중력을 아무리 조절해도 흔적조차 남길 수 없었습니다."

"그럼 그 이상의 공격 능력을 네가 가진다면 솔리더스를 이길 수 있겠느냐?"

그런 것이 있단 말인가? 리오의 심장이 두근두근 뛰었다.

"일어나라, 리오. 검을 들어라."

먼저 일어난 오딘은 오른손을 들고 자신의 검을 창조했다. 리오에게 검술을 가르쳐 줄 때 사용하던 바로 그 검이었다.

검의 이름은 '그람' 이었는데, 디바이너를 든 리오의 눈에는 별것 아니게 보였지만 자택 안에서 부인과 함께 식사를 하며 쉬던 솔리더스의 눈에는 그 모습 자체가 감동이었다.

리오는 일어나서 디바이너를 들었다.

"이제부터 너에게 아스가르드의 기술 중 하나를 가르쳐 주마. 아스가르드의 룬(Rune) 문자는 까마귀들에게 잘 배웠겠지?"

"그렇습니다."

"그렇다면 똑똑히 봐라."

그람을 든 오딘의 오른쪽 팔뚝에 팔찌와도 같은 빛의 고리가 무수히 생성됐다. 룬 문자가 가득 새겨진 그 빛의 고리들은 시계처럼 기계음을 내며 돌아갔다.

"이것은 스펠다이얼(Spell-Dial)이라 한단다. 입으로 주문을 외우지 않아도 마법을 사용할 수 있게끔 해주지. 그리고……."

스펠다이얼들이 마구 회전하는가 싶더니 위에서부터 차례로 철컥철컥 맞춰졌다. 한차례 빛을 뿜은 스펠다이얼들은 이내 사라졌으나 그들이 남긴 화염의 기운은 오딘의 팔을 타고 그람의 철회색 칼날 속으로 스며들었다.

그람이 불타올랐다. 마법의 불꽃에 휩싸인 그람의 모습에 리오는 그저 눈만 끔벅일 뿐이었다.

오딘은 불타는 그람을 높게 들고는 근처의 바위를 후려쳤다. 검에 실린 물리적 파괴력과 화염 마법의 폭발력이 동시에 바위를 때리면서 바위의 파편은 석탄처럼 새카맣게 불탔다.

"이것이 바로 마법검이다."

"인챈팅(Enchanting)이라면 알고 있습니다만."

"그래, 검에 마법을 걸어 파괴력을 높이는 개념까지는 동일하지. 그러나 차이는 있단다. 인챈팅은 불에 달군 인두로 적을 지지는 것과 다를 바가 없지만 마법검은 마법 그 자체를 물리적으로 쑤셔 박는 기술이야. 어찌 보면 반칙이지. 상대방의 마법 방어 능력이나 체질을 완전히 무시할 수 있거든."

"아……."

오딘은 손에 든 그람을 리오에게 내밀었다.

"물론 반칙에는 대가가 있게 마련이지. 일반적인 검은 마법검을 제대로 버틸 수 없단다. 검 자체가 마법을 견디지 못하고 파괴되거나 검을 이루는 재료에 따라서 부작용을 초래할 수도 있거든. 하지만 네가 가진 디바이너와 이 그람은 다르다. 그람을 들어봐라."

"예, 오딘님."

디바이너를 땅에 꽂고 그람을 건네받은 리오는 순간 섬뜩함을 느꼈다. 디바이너와 그람의 무게가 똑같았기 때문이다.

"후후, 무게만 같은 게 아니란다. 휘둘러 봐도 된다."

리오는 그람을 제대로 잡아봤다. 모든 느낌이 디바이너와 동일했다. 길이도, 중심도 마찬가지였다. 다른 것은 오로지 칼날의 형태와 색깔뿐이었다. 디바이너는 검끝이 뾰족했지만 그람은 사각형이었다. 칼날의 형태가 다른데도 무게중심이 같다는 것은 놀랄 만한 일이었다.

"디바이너는 이 그람의 복제품이지. 형태 외엔 모든 것이 동일하단다. 마법검을 받아들이는 성질까지 말이야."

"예?"

"그 녀석들은 그 어떤 마법검이라도 문제없이 소화할 수 있단다. 재료도 일반적이지 않을뿐더러 검에 그 어떤 속성도 적용되어 있지 않지. 이른바 무속성(無屬性)이라는 것이다."

리오는 문득 팔이 가벼워짐을 느꼈다. 그람은 어느새 오딘의 손에 돌아가 있었다.

"너에게 디바이너를 준 하이볼크의 갸륵함을 봐서라도 마법검을 익혀봐라. 그 검이 너에게 있는 한 마법검은 너에게 있어서 가장 큰 무기가 될 테니까."

리오는 옆에 꽂혀 있는 보라색의 검을 물끄러미 봤다. 만약 자신이 저 검을 받은 것과 오딘의 밑에서 가르침을 받게 된 모든 것이 주신 하이볼크의 계획이라면 마법검을 배우는 것 역시 그 계획의 다음 단계에 불과할지도 모른다.

리오는 하이볼크가 왜 자신을 이렇게 '만들려고' 하는지 궁금했다. 그리고 그 계획의 종점에서 자신을 기다리는 것이 무엇인지도 알고 싶었다.

오딘은 고뇌하는 제자의 모습을 흥미롭게 지켜봤다.

'후후, 하이볼크 녀석. 후후후…….'

그가 즐거워하는 한편, 리오의 머리채가 좌우로 흔들렸다.

'어차피 하기로 한 일이야. 집중하자.'

그는 아까 오딘이 마법검을 사용할 때 봤던 의문을 떠올렸다.

"오딘님."

"왜?"

"스펠다이얼과 마법검은 실전적인 가치가 있습니까?"

"실전에서 탄생한 기술이니 당연히 가치가 있지. 아까 내가 보여준 마법검은 그 개념의 이해를 돕기 위한 것뿐이었다. 진짜는 다르지."

오딘은 그람을 들고 왼쪽에서 오른쪽으로 빠르게 움직였다. 공격을 목적으로 한 자세가 아니었을 뿐, 리오의 뒷골이 바짝 긴장될 정도로 날카로운 움직임이었다.

리오는 그 움직임 속에서 오딘의 팔에 스펠다이얼이 떠오르는 것을 얼핏 봤다. 그리고 지금은 번개의 마법을 머금고 전류를 흘리는 그람의 모습을 보고 있었다.

"이 정도면 되겠느냐?"

"아, 예!"

스펠다이얼이 오딘의 팔에 다시 떠올라 역회전했다. 그람에 걸려 있던 마법이 그 역회전에 맞춰 풀렸다.

"가르쳐 주는 것은 오늘 밤 단 하루다. 내일 솔리더스와의 재대결에서 쓸 수 있을지 없을지는 너에게 달렸다."

"예? 하룻밤 배운 것으로 뭘 어쩌란 겁니까?"

"이론은 하룻밤으로 충분해. 아스가르드의 룬 문자를 이미 습득한 네놈에겐 그냥 주먹을 쥐고 휘두르는 것과 똑같은 일이야. 실전에 쓰고 싶다면 끝없는 반복으로 단련해라. 무한한 실패 끝에 너에게 맞는 마법검의 최종 형태를 찾아내는 거다."

오딘은 두 손을 자신의 옆구리에 댔다.

"난 네놈이 원하는 것을 알고 있단다."

리오가 움찔했다.

"넌 너를 믿어주는 자를 원했지?"

"그건……!"

"후후, 믿음이라니, 웃기는군. 얻어서 뭐에 쓸지도 모를 것을 왜 얻고자 하느냐?"

부모는 자신을 믿지 않고 버렸다.

어떻게 용병이 됐는지는 기억나지 않았다. 선명한 것은 누구도 자신을 믿지 않았고 리오 자신도 남을 믿지 않았다는 것뿐이다.

그렇다고 용병을 믿는 자는 없었다. 단지 매력을 느낀 자들이 있었다.

자신을 믿어주는 자. 그것은 어느 틈엔가 리오가 원하는 것이 되어 있었다.

"신이 강한 하인을 얻는 최고의 방법이 무엇인지 아느냐?"

"모릅니다."

"바로 창조다. 가르침이라는 귀찮은 단계를 거칠 필요는 없지. 그냥 터무니없이 강한 존재를 만들면 끝이니까. 하이볼크라는 놈은 그게 가능하지. 그런데 왜 굳이 나에게 너를 보냈는지, 후후후……."

오딘은 두 팔을 뻗어 리오의 머리를 붙잡았다. 그리고 자신에게 가까이 잡아당겼다.

"내 얼굴을 똑바로 봐라. 이제부터 하는 얘기는 너와 나만 들을 수 있다."

하나만 남겨진 오딘의 은색 눈동자에서 뿜어지는 기세에 압도당한 리오는 대답조차 못하고 식은땀을 흘렸다.

"넌 다른 놈들과 달라. 그러니 내일 솔리더스를 쓰러뜨려라. 물론 수치상으로는 불가능하지. 그 친구를 쓰러뜨리는 것은 서룡족 최강의 혈통, 용제도 쓰러뜨릴 수 있다는 말이거든. 하지만 방법은 있다. 우선 네 자신을 믿는 거다."

"예?"

"후후, 아주 진부하지? 그러나 이 세상은 그 진부한 것조차 실행하지 못하는 놈들뿐이야. 결국에는 다들 땅을 벌벌 기면서 남 탓을 하지. 너도 그런 놈이었냐?"

"……."

"네가 너를 믿고, 그 힘으로 솔리더스를 쓰러뜨린다면 난 너를 최고로 키울 거다. 멸망한 옛 신계 아스가르드의 모든 원한을 담아서."

리오는 오딘이 두려웠다. 지금까지는 술과 고기를 즐기는 노인의 인상이었으나 지금은 악마라는 형용사조차 선하게 느껴질 정도로 굉장한 압력을 뿌렸다.

오딘은 정신없이 듣기만 한 리오의 머리를 놔줬다.

“그럼 스펠다이얼부터 시작해 보자. 검은 거기에 둬라. 지금은 쓸모없는 물건이니까.”

스승이 자신에게 전하려고 했던 말이 무엇인지 이해하지 못한 리오는 일단 스승의 말을 따랐다.

*　*　*

정오가 될 무렵 잠에서 깬 리오는 통증에 이끌려 자신의 팔뚝을 봤다. 근육으로 뒤덮인 그의 팔뚝은 거친 수갑에 희롱당하다가 풀려난 것처럼 흉터로 둘러져 있었다.

‘잔 게 아니라 기절했었군.’

그는 눈을 감고 집중했다. 그의 흉터에서 연기가 나더니 이윽고 깨끗이 재생되었다.

재생은 하이볼크를 만난 이후 그가 저절로 익힌 특기 중의 하나였다. 심한 화상은 물론 팔이 잘려 없어지더라도 죽지만 않는다면 원래대로 돌아가는 것이 가능했다. 그런 막강한 재생 능력 앞에 맹독과 병균은 무의미했다.

“정신이 좀 드는가?”

그를 걱정한 사람은 솔리더스였다. 그는 칼집에 넣은 검과 잘 익은 고기 한 덩어리를 들고 리오를 향해 천천히 다가갔다.

"어젯밤 내내 훈련을 하더군. 식사부터 하게."

큰 뼈에 달라붙은 고기를 받아 든 리오는 고개를 좌우로 움직여 오딘을 찾았다. 그 옛 주신은 의자에 앉아 자신의 제자를 가만히 지켜보고 있었다.

고기를 단숨에 먹어치운 리오는 바지에 대충 손을 닦은 뒤 옆에 꽂혀 있는 디바이너를 들었다.

"솔리더스님께서는 좀 쉬셨습니까?"

"난 용족일세. 더불어 수많은 전쟁터를 돌아다녔지."

전쟁터에서 하루 이틀 정도 잠을 못 자는 것은 일도 아니었다.

"서로 조건은 비슷하군요."

그 말에 주름이 잡힌 솔리더스의 눈가가 꿈틀했다.

'원한?'

정확히는 그에 가까운 지저분함. 어제까지의 리오에겐 느낄 수 없었던 것이다.

"자, 그럼 시작하세. 오늘은 어제보다 덜 죽길 기대하겠네."

"잘 부탁드립니다."

말이 끝나기가 무섭게 둘의 검이 격돌했다.

첫 번째 접전에 허리가 꺾일 뻔한 리오는 가까스로 중심을 회복했다.

'이제 좀 알겠어. 난 늦다.'

그가 어금니를 꽉 물었다.

'법칙을 뒤트는 속도가 느려. 어차피 서로 초월한 존재야. 어제만 해도 서로 수천 번 넘게 세상에 적용되는 법칙을 뒤틀었어.'

약하니까 진 것이다. 어제 오딘이 했던 말이 리오의 머릿속 한쪽에 떠올랐다. 리오는 스승이 왜 그런 말을 했는지 깨달았다.

'제길, 강해지면 되잖아?'

리오의 표정이 바뀌었다.

미소, 그리고 시퍼런 빛을 품은 눈동자.

배우겠다는 마음이 사라진 끝에 드러난 것은 괴물 같은 살기였다.

옷을 벗기듯 한순간의 공격이 솔리더스의 검을 옆으로 밀어내 버렸다. 깜짝 놀라 검을 다시 잡은 솔리더스는 다음 공격을 시도하는 리오의 모습을 노려봤다.

'나에게 싫증이 난 모양이군.'

이제 그에게서 리오는 목숨을 노리는 맹수였다.

자신의 영역을 침범한 존재, 그리고 자신의 배고픔을 채워줄 존재. 맹수는 미치지 않는 한 그 두 가지만을 공격한다.

솔리더스는 리오가 배고픔을 채우기 위해, 정확히는 스스로를 완성시키기 위해 자신을 맹수처럼 공격하고 있음을 직감했다.

그렇다고 공격이 엉망진창은 아니었다. 기본 조건인 힘과 속도를 두려울 만큼 지켰고 기술적인 면에서도 충분했다.

그가 사용하는 각종 속임수와 검의 움직임, 그리고 간간이 급소를 노리고 들어오는 손과 발은 동룡족과의 전쟁터에서 평생을 보내온 솔리더스의 눈에만 우습게 보일 뿐, 객관적으로 보자면 가공할 만한 수준이었다.

'하룻밤 만에, 나의 수천 년 생애를 불과 200년으로 따라잡으려 하는 도전자가 됐단 말인가? 도대체 이 젊은이에게 어떤 마법을 거신 겁니까, 오딘님?'

오딘의 남은 한쪽 눈은 차가웠다.

리오와 솔리더스는 오딘의 옆에 있는 발키리들조차 분간하기 힘들 정도의 속도로 공격을 주고받는 중이었다. 하지만 오딘은 솔리더스의 왼쪽 소매에서 흘러나온 실밥이 눈에 거슬릴 만큼 둘의 움직임을 선명히 꿰뚫고 있었다.

'이제 슬슬 엎어터질 때가 됐군.'

그렇게 생각하기 무섭게 리오의 고개가 솔리더스의 돌려차기에 맞아 휙 돌아갔다. 방어에 어느 정도 신경을 썼는지 리오는 당황하지 않고 상대를 다시 공격했다.

'백전노장, 솔리더스의 경험은 무시할 수 없지. 그렇다면

상대가 경험해 보지 못한 힘과 속도로 부딪치면 되는 거다. 부딪치되 적응하기 전에 숨통을 끊어라.'

리오의 검이 더욱 빨라졌다. 검에 실리는 힘도 강해졌다. 법칙을 더욱더 삭막하게 뒤틀고 있다는 증거였다.

'좀 더 야만적으로. 좀 더 필사적으로. 그게 바로 아스가르드의 전사다.'

격렬한 난투극 도중, 리오의 왼쪽 주먹이 솔리더스의 턱에 꽂혔다. 서룡족의 전룡단 단장으로서 막강한 무력을 자랑했던 솔리더스가 두 팔과 다리를 늘어뜨린 채 나무막대처럼 비스듬히 날아가 쓰러졌다.

"헉, 헉……!"

격한 숨이 리오의 입과 코를 쉴 새 없이 오갔다. 시퍼런 살기가 감돌던 그의 눈빛이 원래대로 돌아왔다. 어릴 적, 처음 사람을 때린 이후 오랜만에 겪어보는 강렬한 흥분이 그의 전신을 자극하고 있었다.

오딘이 그 꼴을 보고 피식 웃었다.

'뭘 그리 감격하는 게냐? 애송이 티를 너무 내는군.'

쓰러졌던 솔리더스가 리오에게 맞은 턱을 만지며 일어났다.

"으음……. 자네, 뭐 하는 건가?"

"예?"

"서로 죽음을 각오하고 싸우는 것이네. 난 어제만 해도 자네를 서른 번 넘게 죽였지. 그토록 죽어 한이 쌓일 만큼 쌓였을 텐데 쓰러진 나를 죽이지 않다니, 제정신인가? 자네와 마찬가지로 나 역시 목숨을 걸었네. 같은 전사로서 상대를 욕되게 하지 말게."

리오는 사과 대신 다시 검을 잡고 살기를 품었다.

서룡족은 강인한 신체능력을 바탕으로 한 전투에 익숙하다. 그렇다고 해서 마법을 이용한 전투가 미숙한 것은 아니다.

동룡족과 마룡족을 상대하기 위해 전투훈련을 받은 서룡족의 전사는 자신이 가진 모든 특기와 특징을 이용할 수 있는 강자였다. 일반 병사들도 그런데, 하물며 자신들의 제왕을 가장 가까운 곳에서 지켜야 하는 전룡단의 구성원들은 두말할 나위가 없을 것이다.

솔리더스는 그 전룡단 가운데 최고였다. 그런 자가 고작 200년을 조금 넘게 살아온 애송이에게 턱을 제대로 맞았다는 것은 커다란 사건이었다. 아마 전룡단의 전직, 현직 멤버들이 그 상황을 봤다면 몇 명은 너무 흥분하여 기절했을지도 모른다.

솔리더스도 자세를 다시 잡았다.

"젊은이, 자네는 큰 실수를 했다네."

무슨 실수일까. 솔리더스의 얼굴은 자존심을 건드렸다느니 모욕감을 줬느니 하는 웃기는 이유를 내뱉을 만큼 젊지도,

오만하지도 않았다.

리오는 자신의 실수가 무엇인지 궁금했지만 정신을 놓진 않았다. 솔리더스의 움직임이 이상했기 때문이다. 이제부터의 싸움은 다를 것이라는 느낌이 그의 전신에 퍼진 모공 속으로 파고들었다.

고속의 불덩어리가 리오의 정면으로 날아왔다. 마법이었다. 저급의 마법이었으나 안에 실린 위력은 인간이 쓸 수 있는 그 어떤 고급 마법보다도 강력했다. 마법을 사용한 자의 마력 차이였다.

솔리더스가 주문을 외우는 것조차 보지 못했던 리오는 자리를 박차고 뛰어올랐다.

그런 그를 살린 것은 날카롭게 다듬어진 감각이었다.

그는 생각하지 않고 느껴지는 대로 검을 움직였다. 오른쪽으로 움직인 디바이너에 뭔가 막혔다. 어느새 리오가 있는 곳까지 뛰어오른 솔리더스의 검이었다.

양손으로 검을 잡아 휘둘렀던 솔리더스는 오른손을 풀고 마법을 연속으로 전개했다. 솔리더스와 마찬가지로 양손으로 검을 잡은 상황이었던 리오에겐 방어할 수단이 없었다.

급하강하여 그 화염탄들을 피한 리오는 화염탄들이 땅을 엉망으로 만들면서 일어난 진동 속에 검을 다시 치켜들었다.

거대한 채찍이 디바이너와 리오를 깔아뭉갰다. 그것은 진짜 채찍이 아니라 그 틈에 드래곤의 형태로 모습을 바꾼 솔리더스의 꼬리였다.

솔리더스는 마무리를 위해 몸을 돌리고 입을 벌렸다. 숨결을 토하여 상대를 끝장내겠다는 심산이었다.

그 순간 신의 단두대와 같은 보라색의 섬광이 솔리더스의 목을 노리고 하늘에서 번뜩였다. 급히 인간의 형태로 돌아와 그 날카로운 공격을 피한 솔리더스는 다시 마법을 연속으로 전개하여 리오를 교란시켰다.

아무 표정도 없던 오딘이 주먹 쥔 손에 턱을 괸 채 씩 웃었다.

'검으로 맞불을 놨다간 자기 목이 날아간다는 것을 깨달았군. 저렇게 필사적으로 간격을 둘 수밖에 없을 게야. 그렇다면 저 병아리 녀석은 자기 실수를 깨달았을까?'

물론 뼈저리게 느끼고 있었다.

'아까 진짜로 죽였어야 했어!'

상대가 검으로만 승부를 보려 했을 때 없애야 했다.

아무리 세상에 적용되는 법칙을 뒤튼다 해도 검을 이용한 직접 공격은 상대가 직접 맞지 않는 이상 소용이 없다. 검으로 공기를 때려 멀리 있는 상대에게 충격을 주는 기술 따위는 솔리더스에게 피해를 줄 수 없었다.

리오의 마법은 보잘것없었다. 알고 있는 마법은 많았지만 주문을 외워 완성시키는 속도가 너무 느렸다. 솔리더스는 그 점을 이용해 리오의 검이 닿지 않는 거리를 철저히 지키며 그를 괴롭히고 있었다.

'마법을 어찌어찌 완성시킨다고 해도 피하겠지. 행여나 맞춘다고 해도 용족의 저항 능력 때문에 거의 통하지 않을 거야.'

그는 자신의 오른팔을 봤다.

'배운 건 써먹어야겠지.'

그가 정신을 바짝 집중했다.

기절할 때까지 반복을 거듭했던 스펠다이얼들이 리오의 팔뚝에 떠올랐다.

리오가 선택한 마법은 그가 알고 있는 마법 중에서 위력이 가장 큰 마법인 '플레어' 였다. 핵융합폭발을 일으키는 그 마법은 열기뿐만 아니라 물리적 충격도 어느 정도 동반하기 때문에 용족에게도 효과적이었다.

그러나 그는 후회했다. 플레어를 만들기 위해 조합해야 할 스펠다이얼의 수가 너무 많았기 때문이다.

'오, 제기랄!'

그가 당황하는 사이에도 솔리더스의 공격은 계속됐다.

오딘은 금고털이를 하듯 몰래몰래 스펠다이얼을 맞추면서 솔리더스의 마법 공격을 피하고 직접 공격을 가까스로 받아치는 리오의 모습에 박장대소했다.

"하하하하! 저게 무슨 추태란 말이냐? 으하하하하!"

한편으로 그 신은 이렇게 생각했다.

'내 예상을 뛰어넘는 결과를 보여줄 수 있을까?'

고생한 끝에 리오가 맞춰 나가던 스펠다이얼이 결국 완성됐다.

'됐다! 이제 검에 불어넣으면……!'

마법과 칼날에 적잖은 피해를 입은 상태인 리오는 솔리더스의 위치를 확인했다. 거리는 충분히 멀었다. 오는 것은 화염탄들뿐이었다.

검에 마법을 불어넣는다고 해서 솔리더스를 반드시 이길 수 있는 것은 아니었다. 하지만 한 번이라도 상대를 공격할 수 있는 기회를 얻고 자신이 그 기회를 놓치지 않는다면 가능성이 없는 것은 아니었다.

스펠다이얼에 머물던 플레어의 진홍색 빛이 디바이너를 향해 내려갔다.

리오가 간과했던 사실이 그의 눈앞을 스치고 지나갔다.

솔리더스의 꼬리가 디바이너를 정교하게 때려 튕겨냈다. 리오는 자신의 손을 떠나 저 멀리 날아가는 디바이너를 하염없이 바라봤다.

솔리더스는 드래곤의 형태에서도 빠른 속도를 낼 수 있었다. 그가 멀리 떨어져 있다 해서 직접 공격을 못할 거라는 리오의 판단은 큰 오산이었다.

오딘의 표정이 씁쓸해졌다.

'쯧, 저놈도 역시…….'

기대를 접은 오딘은 자세를 편하게 했다.

마법검을 배우는 리오의 모습을 똑똑히 봤던 솔리더스는 그 기술이 자신에게 치명적으로 작용할 수 있음을 알고 있었다.

그는 리오가 스펠다이얼을 띄울 때부터 바짝 긴장했다. 아스가르드의 룬 문자를 모르기 때문에 정확히 어떤 마법을 준비하는지 알 수는 없었지만 완료했을 때 발생하는 마력으로 리오가 어떤 마법을 쓰려고 하는지 밝혀낼 자신은 있었다.

그가 완료한 마법이 플레어라는 사실을 알자마자 솔리더스는 디바이너를 노리기로 작정했다. 마법검을 제대로 소화할 수 있는 무기가 그람과 디바이너뿐이라는 오딘의 말을 어제 엿들어둔 덕분에 내릴 수 있었던 결론이다.

결정적인 공격을 성공시킨 솔리더스는 맨손이 된 리오를 드래곤의 형태로서 마무리 짓기로 했다. 괜히 인간의 모습이 되어 반격당할 위험을 높이는 것보다는 약간의 피해를 보더라도 드래곤의 형태로서 확실히 끝장을 내는 쪽이 옳다고 여긴 것이다.

그가 선택한 마지막 공격은 꼬리였다. 서룡족의 꼬리는 신체에서 가장 단단하면서도 무겁고 꼬리의 시작 부분에 있는 신경중추가 파괴되지 않는 이상 얼마든지 재생이 가능한 흉기였다.

리오가 착지했다. 그리고는 저편에 떨어진 디바이너에 시선을 뒀다.

솔리더스는 전력을 다해 꼬리를 휘둘렀다. 그 반회전의 공격이 만든 폭풍이 계곡을 흔들고 솔리더스의 작은 집에까지 불어닥쳤다.

어제부터 그랬지만 솔리더스의 집은 오딘의 강력한 힘에 보호되어 있었다. 목숨을 걸고 자신을 돕는 자에 대한 오딘의 가벼운 예의였다. 만약 그가 지켜주지 않았다면 그의 집은 어제 리오가 스무 번째 죽을 무렵 완전히 가루가 됐을 것이다.

그런데 그 집이 흔들거렸다.

폭풍이 너무 강력해서 그런 게 아니었다. 오딘이 잠시 정신을 다른 곳에 둬버렸기 때문이다.

솔리더스의 꼬리는 리오의 팔과 어깨에 단단히 막혀 있었다. 충격에 팔뚝이 부러지고 법칙을 과도하게 비튼 탓에 귓구멍에서 피가 흘렀으나 리오는 개의치 않았다.

그가 죽을힘을 다해 보호한, 검에 전달되지 못해 정체 중인 플레어의 빛이 그의 오른손에 아직 생생히 맺혀 있었다.

"다른 검들은 못 버틴다고 하는데, 당신은 어떨까?"

리오는 오른손으로 솔리더스의 꼬리를 쳤다. 플레어의 마력이 솔리더스의 육체 전체로 급속히 번졌다.

"으음……!"

뒤뚱거리며 물러난 솔리더스는 황급히 자신의 몸에 스며든 플레어를 차단하려 했다. 마법 자체는 완성시킨 것이 신기할 정도로 질이 낮았지만 몸속에서 터진다면 얘기가 달랐다.

그러나 아무리 백전노장인 솔리더스라 하더라도 마법의 직접 주입이라는 황당한 경우는 당해본 적이 없었기에 대처가 불가능했다.

"리아시스!"

솔리더스는 비명 대신 부인의 이름을 부르짖었다. 크고 작은 핵융합폭발이 그의 몸 곳곳에서 터졌다. 살점이 붙은 외피와 날개의 파편이 계곡 사방으로 튀었다.

넝마가 된 솔리더스의 거체가 잠시 비틀거리더니 땅에 쓰러졌다. 그의 피가 터진 둑에서 흘러나오는 강물처럼 바닥으로 쏟아졌다.

검을 되찾은 리오는 솔리더스의 머리 쪽으로 다가갔다. 충격에 반쯤 정신을 잃은 솔리더스는 자신을 쓰러뜨린 젊은이를 흐릿한 눈으로 지켜봤다.

"후우."

한숨을 내쉰 리오는 디바이너를 바닥에 꽂았다.

솔리더스의 눈동자가 움찔했다.

"무슨 짓인가, 젊은이? 난 분명 죽음을 각오했다고 말했네."

"압니다. 그런데 저분은 생각이 좀 다른 것 같군요."

리오는 솔리더스의 집을 가리켰다. 죽기 직전에 몰린 드래곤의 시선이 자신의 집으로 미끄러지듯 움직였다.

솔리더스의 부인이 두 손을 모은 채 기도를 올리고 있었다. 용족의 신 브리간트에게 남편의 무사를 기원하는 그녀의 모습은 같은 용족이라고 생각하기 힘들 정도로 작고 애처로웠다.

"하지만…… 이것은 전사의 명예를 욕되게 하는……."

"그냥 욕을 하시죠. 받아먹을 테니까요."

리오는 자신의 부러진 팔뚝을 붙든 채 오딘을 봤다. 어떻게 안 되겠냐는 뜻이었다.

오딘은 짓궂게 웃으며 의자에서 일어났다. 주변에 잔뜩 풍기던 피의 냄새가 순식간에 사라졌다.

흐릿해지던 눈을 번쩍 뜬 솔리더스는 거짓말처럼 멀쩡해진 육체로 자리에서 일어났다. 펑펑 울며 남편의 무사를 기원하던 솔리더스의 아내는 기침을 하며 그에게 달려갔다.

"솔리더스님! 솔리더스님!"

"오오, 리아시스."

솔리더스가 인간의 모습으로 변해 그녀를 받아 안았다.

리오는 부러진 왼팔에 힘을 넣었다. 재생 능력에 의해 뼈가 맞춰지고 단단히 붙었다.

"못해먹겠군."

말은 그랬지만 얼굴은 미소로 가득했다. 그런 리오의 어깨에 오딘이 팔을 걸쳤다.

"훌륭했다."

그 옛 신은 제자만큼이나 밝게 웃고 있었다.

"약속대로 널 최고로 길러주마."

* * *

솔리더스의 집을 떠나 발할라로 돌아온 리오를 기다리는 것은 주신계에서 도착한 선물이었다.

선물은 나무로 된 궤짝 안에 담겨 있었다. 궤짝을 열고 물건을 꺼내본 리오는 연신 고개를 갸웃거렸다.

"망토인 것 같군요."

그가 가장 먼저 집어 든 물건은 짙은 회색의 망토였다. 하지만 망토라고 하기엔 너무 컸다. 신장이 큰 리오가 두 손으로 번쩍 집어 들었는데도 바닥에 흘러내릴 정도였다.

"이리 줘봐라."

옆에 있던 오딘이 그 망토를 건네받았다.

그는 그 정사각형의 망토를 삼각형으로 접었다. 그리고 그것으로 제자의 목과 어깨를 단단히 감싼 뒤 안에서 묶어 고정시켰다.

리오는 그것만으로도 왠지 중무장을 한 느낌이 들었다.

"따뜻하군요."

"체온을 조절해 줄 뿐만 아니라 어지간한 마법은 전부 튕겨낼 수 있단다. 브리간트의 날개 가죽으로 만들어진 놈이거든.”

리오가 깜짝 놀랐다.

“용족의 신 브리간트의……?”

“안에 있는 팔뚝과 다리의 보호대도 똑같은 소재지. 그걸 고정시키기 위한 가죽 끈 역시 마찬가지란다. 복원 기능도 있으니 잃어버리거나 완전히 태워먹지 않는 한 아무리 거칠게 써도 문제도 없지.”

“그렇게 귀한 물건이 왜 지금 온 겁니까?”

“네가 솔리더스를 쓰러뜨렸기 때문이란다. 그때 일은 주신계에서도 지켜보고 있었지. 아마 녀석들도 깜짝 놀랐을 거야. 설마 네가 그런 결과를 낼 줄은 꿈에도 몰랐을 테니까. 후후, 부랴부랴 준비하느라 바빴을 꼴이 눈에 선하군.”

리오는 자신이 인정을 받았다는 사실에 큰 기쁨을 느꼈다. 한편으로는 자신 역시 오딘과 마찬가지로 주신계의 관찰 대상임을 뼈저리게 실감했다.

“아무튼 언젠가는 네가 받을 물건이었으니 그냥 잘 쓰도록 해라. 가서 고맙다고 인사할 필요도 없어. 그리고 아직 그것들을 입지 마라.”

“예?”

“말했지 않느냐? 널 최고로 길러주겠다고. 네가 나에게 배워야 할 것들은 아직 많단다. 지금 당장 하이볼크의 하수인이 될 필요는 없어.”

리오는 망토를 풀어 궤짝 안에 다시 넣었다. 사실 그도 아직은 오딘의 곁을 떠나고 싶지 않았다.

오딘과 리오는 식당으로 자리를 옮겼다.

그들은 여느 때와 마찬가지로 여기저기 균열이 간 그 허름한 식당에서 고기와 빵으로 배를 채웠다.

식사 도중 오딘이 포크를 흔들며 말했다.

"여태껏 얘기하지 않았지만 넌 하이볼크에게 선택되는 순간부터 너만이 쓸 수 있는 특별한 힘을 갖게 됐단다. 힘이라기보다는 공격 기술이지."

"어떤 기술입니까?"

"'데이브레이크'라는 것이다. 신계와 가장 가까운 힘, 즉 태양의 빛을 순수한 파괴의 힘으로 바꿔서 목표를 파멸시키는 것이지."

"강력합니까?"

"아무 방해 없이 몇 분 정도만 힘을 모으면 행성 하나가 날아가지. 잘못하면 너도 휘말려서 소멸될 수 있는 극악의 능력이란다."

생각지도 못한 위력에 놀란 리오는 침을 꿀꺽 삼켰다.

"원래 갖고 있던 힘인데, 어째서 지금까지……?"

"예정상 하이볼크가 직접 가르쳐 줘야 하는데, 내가 그렇게 착한 성격은 아니거든. 내가 좀 더 효율적인 방법으로 데이브레이크를 쓸 수 있도록 가르쳐 주마."

"오딘님께서도 쓰실 수 있습니까?"

오딘은 고기를 몇 점 씹은 뒤 대답했다.

"지금은 힘을 잃어서 못 쓰지. 단지 이론적으로만 세련되게 쓸 수 있도록 도와줄 수 있을 뿐이야. 하이볼크가 너에게 가르쳐 주려 하는 방식은 데이브레이크의 에너지를 몸에 감고 날아가다가 목표물에 투하하는 식인데, 그렇게 멋없이 쓰고 싶진 않겠지?"

"예, 뭐……."

오딘은 빵을 찢어 수프에 적셨다.

"그리고 너와 나의 마지막 훈련 일정은 '지하드'란다. 아스가르드의 전사들이 사용할 수 있는 최고의 공격 기술이지. 그런데 신을 제외하고 지하드를 제대로 다룬 전사는 신족까지 포함하여 단 몇 명뿐이란다."

"그렇게 어려운 기술입니까?"

"그보다는 죽음을 각오해야 하거든."

수프에 적신 빵을 입에 넣은 오딘은 식당의 창밖을 바라봤다.

"너라면 익힐 수 있을 거다. 하지만 넌 그보다 더 중요한 것을 배워야 해."

그러더니 창밖으로 식사용 나이프를 집어 던졌다. 아무것도 보이지 않던 창밖에서 갑자기 빛이 번쩍 터졌다.

"이쪽으로 와라! 어서!"

깜짝 놀란 리오는 허둥지둥하다가 즉시 자리에서 일어나 오딘의 곁으로 왔다.

오딘은 오른손으로 제자의 왼손을 잡았다. 아주 잠깐의 불빛이 둘의 손바닥 사이에서 오고 갔다.

"됐다. 자리로 돌아가라."

리오는 당황한 기색을 애써 감추며 오딘에게 건네받은 '힘'을 기억해 내기 위해 애썼다. 하지만 그것이 무엇인지 떠오르지도 않았고 느껴지지도 않았다.

"무엇이었습니까?"

"주신계의 감시자를 마비시켰다. 넌 시간이 지나면 내가 준 힘이 어떤 힘인지 깨닫게 될 거다. 하지만 알게 되더라도 숨겨라. 너보다는 하이엘바인을 위한 물건이니까."

오래전에 오딘의 늑대들, 게리와 프레키에게 그 이름을 들은 적이 있는 리오는 그 이름의 주인이 누구인지 들을 때가 왔음을 직감했다.

"저는 하이엘바인님에 대해 잘 모릅니다."

"그 아이에 대해서는 나중에 차차 알게 될 거다. 나도 사실 내 부인 프리그가 죽어가며 남긴 마지막 예언을 따를 뿐이야. 그래서 네가 그 아이와 만날 수 있을지 보장할 수는 없단다. 하지만 너라면 좀 다를 거라 생각한다. 그리고 그에 맞춰 널 최고로 기를 것이야."

오딘이 창밖을 봤다.

"감시자의 마비가 풀리는군. 중요한 얘기는 여기까지다. 최선을 다해라, 리오. 그리고 네 자신을 끝까지 믿어라. 알겠느냐?"

"예, 스승님."

스승이라 생각했지만 스승님이라는 말을 직접 뱉은 것은 이번이 처음이다. 엉겁결에 나온 그 진담에 리오는 얼굴이 확 달아올랐다.

오딘은 미소를 지은 채 고개를 끄덕였다.

그날 이후 주신계에서는 리오에게 맡길 일이 있다며 그의 반환을 요구했다. 하지만 오딘은 번번이 무시하며 리오에 대한 훈련을 계속했다.

결국엔 리오의 직속상관이라 할 수 있는 존재, '피엘 플레포스'까지 발할라에 찾아와 항의했지만 옛 신의 고집과 노련한 둘러댐을 꺾을 수는 없었다.

그로부터 100년이 훨씬 지난 어느 날, 리오는 오랫동안 궤짝에 묵혀놨던 회색의 망토와 보호구를 걸치고 발할라의 성문을 나섰다.

오딘은 후긴과 무닌, 게리와 프레키를 대동한 채 자신의 제자를 배웅했다. 발키리들도 아쉬움이 가득한 얼굴로 그 뒤를 따랐다.

"이제 세상 구경 좀 하겠구나."

"그렇겠군요."

리오는 어깨를 으쓱했다. 두툼한 회색 망토가 그의 움직임에 맞춰 들썩거렸다.

"별것 있겠습니까?"

"후후, 그렇겠지. 첫 임무가 무엇이냐?"

"서룡족의 새로운 용제를 만나보라고 하더군요. 아직 꼬마인데, 이름이 바이칼이라고 합니다. 계집애 같은 이름이군요."

"애들은 다루기 힘들 거다."

"그럴까요?"

"어렸을 때 너무 잘해주면 지나치게 따라다니거든. 너무 잘해주지 마."

"후후, 명심하죠."

이제는 웃음소리까지 스승과 비슷해진 리오였다.

리오는, 그 붉은 장발의 사내는 쉽게 발을 떼지 못했다. 오딘을 비롯한 발할라의 모두도 그에게서 눈을 떼지 못했다. 그만큼 깊은 아쉬움이 그들 사이에 흐르고 있었다.

"더 배울 것이 없겠습니까?"

"글쎄? 아, 그래. 제자를 한번 만들어봐라."

"제자요? 제가 말입니까?"

"그렇지. 남을 가르치면서 자신을 되돌아볼 수 있을 뿐만 아니라 잊고 있던 것들을 되살릴 수도 있단다."

거기서 멈췄으면 멋있었겠지만 오딘은 그렇게 덕이 깊은

신은 아니었다.

"너도 내 기분을 맛봐야 해."

"……."

오딘이 한숨을 쉬었다.

"자, 이제 가라. 그리고 잊지 마라. 넌 하이볼크의 하수인이야."

리오는 오른손 주먹으로 자신의 심장 위를 두드려 답을 대신했다. 그것은 아스가르드 전사의 경례였다. 오딘은 그런 제자의 모습을 묵묵히 지켜봤다.

그리고 천 년에 가까운 세월이 흘렀다.

CHAPTER 01
부정

어두컴컴하게 비가 오는 날.

어린 남매가 두꺼운 우비를 뒤집어쓴 채 큰 전투가 있었던 장소를 지나갔다.

산처럼 쌓인 오크와 트롤, 그리고 인간과 요정족의 시체는 끔찍한 몰골로 빗물에 식어가고 있었다. 그들의 몸에서 흘러나온 피 역시 빗물에 씻겨 한줄기의 붉은 강을 이뤘다.

시체들을 피해 주변을 살피며 걷던 남매의 걸음이 멈췄다.

큰 키의 남자가 시체들 옆에 서 있었다.

그는 회색 망토에 달린 후드로 머리를 단단히 가리고 있었다. 빗속에서도 선명한 그의 붉은 머리카락은 후드 밖으로 뚜

렷하게 흘러나와 물방울을 떨어뜨렸다.

남자가 남매를 응시했다.

"거기, 둘뿐인가?"

그의 질문에 남매는 바짝 긴장했다. 남자는 키만 큰 것이 아니라 체구도 좋았다. 회색 망토 아래로 살짝 보이는 적동색의 팔뚝이 어린 남매의 머리통만큼이나 굵직했다.

남자가 남매에게 천천히 다가갔다.

"이렇게 만난 것도 인연인데 가까운 마을까지 함께 가는 게 어때? 오크와 트롤들이 근처에 아직 남아 있다고. 너희들끼리 가는 건 위험해."

"그럴 수는 없습니다."

남매 중 소년이 당당히 그의 제안을 거절했다.

"오늘 처음 본 사람을 어떻게 믿습니까? 제안은 감사합니다만 저희들끼리 길을 가겠습니다."

"그래? 의심이 많네. 난 돈이나 살인에는 관심없어."

남자가 서늘하게 받아치자 소년은 할 말을 잃었다. 소년의 쌍둥이 동생인 소녀는 오빠의 얼굴만 물끄러미 바라봤다.

결국 소년은 말없이 동생의 손을 끌어당겼다. 남자는 멀리 숲길로 사라지는 남매의 모습을 가만히 보다가 머리에 쓴 후드를 매만졌다.

"빗소리가 거칠군."

중얼거린 남자는 벨트에 달린 작은 가방에서 손바닥보다

작은 철판을 꺼냈다. 그 도톰한 철판의 표면을 엄지로 슬슬 만진 그는 그것을 귀에 갖다 댔다.

"목표와 접촉. 예상대로 동행을 거부함. 지시 사항은?"

리오가 귀에 댄 철판이 오묘한 빛을 냈다.

―용제께서 연락 좀 달래.

소녀의 목소리가 철판에서 들렸다. 붉은 머리의 남자는 인상을 구겼다.

"피엘 비서관 대신 중계자를 맡았으면 제대로 해, 루이체. 여기서 바이칼이 왜 나와?"

―나름대로 서룡족의 대표자 이름으로 보낸 정식 요청이란 말이야. 그 위대하신 용제님 때문에 내가 얼마나 귀찮은지 알아?

"알았으니 지시 사항이 있으면 얘기해."

―현장 판단에 맡길게.

"오, 비서관에게서 아주 편리한 말을 배웠군."

―싫어, 그런 말투.

후드 아래로 보이는 남자의 입술이 보기 좋은 곡선을 그렸다.

"선신계와 악신계는 어때? 여전히 비협조적인가?"

―오빠 말대로 자기네들 입장만 고수하고 있어. 오빠를 발견하면 무조건 붙잡을 분위기야.

"대처 수준에 대한 제약은?"

—없어. 오빠 맘대로 해도 좋아.

"좋아. 그럼 교신은 여기까지. 특이 사항이 생기면 다시 연락하지."

—알았어. 교신 종료.

남자는 철판을, 철판 모양을 한 교신기를 귀에서 뗐다.

"계속 가보실까?"

그는 후드를 더욱 앞쪽으로 뺀 뒤 아까 그 남매들이 간 곳으로 걸음을 옮겼다.

* * *

여자아이가 남자아이를 부른 것은 숲길에 들어온 지 10분 정도 흐를 무렵이었다.

"아까 그 남자 말인데, 역시 우리 판단이 맞겠지?"

"모르겠어. 일단 계속 가자."

그들이 살고 있는 세계는 현재 오크와 트롤들이 뭉쳐 만든 '독립군'이 미지의 이유로 인간과 엘프, 그리고 드워프들을 상대로 벌이는 전쟁 때문에 혼란에 빠져 있었다.

문제는 독립군과 그에 대항하는 '연합군'의 전쟁만이 아니었다. 깊은 산이나 외진 곳에서 조용히 살아가던 초대형 짐승들이 인근의 모든 생명체들을 무차별로 공격하는 일까지 벌어지고 있었다.

강풍이 불고 빗물이 화살처럼 아이들의 얼굴을 때렸다. 손으로 비옷의 후드를 붙잡은 소녀는 앞에서 묵묵히 걷고 있는 남자아이를 다시 불렀다.

"다시 생각해 보자. 그 회색 망토의 남자, 좀 불길해."

대답을 해야 할 남자아이가 옆으로 날아갔다.

나무에 붙다시피 한 소년의 몸뚱이에는 말뚝처럼 굵은 화살이 박혀 있었다. 비에 젖은 흙을 열심히 누르던 두 발은 붕 뜬 채 대롱대롱 흔들렸다.

화살에 꿰여 나무에 박힌 남자아이의 모습에 소녀는 흐릿하게 풀린 눈으로 진흙 위에 주저앉았다.

숲 속에서 갈색 피부의 육중한 오크들과 검은색 피부의 트롤들이 우르르 나왔다. 오크들 가운데 그나마 갑옷 같은 갑옷을 입은 자가 나무에 박힌 소년을 보고 험한 인상을 더욱 구겼다.

"민간인이 아닌가? 작전 상황이 아닌데도 쏘다니, 멍청한 트롤 놈들!"

트롤들은 자기들끼리 투덜댈 뿐 특별한 대꾸는 하지 못했다.

트롤들을 비난한 그 지휘관 오크의 곁으로 같은 오크족의 부관이 다가왔다.

"저 인간 계집은 어찌할까요?"

"부족장님의 지시도 있으니 그냥 남겨놓고 간다. 지금은 철수가 우선이야."

"알겠습니다."

부관이 부하들에게 지시를 내리기 위해 돌아선 순간이었다.

"아아아아아악!"

귀신처럼 비명을 지른 소녀의 온몸에서 붉은 빛이 퍼졌다. 보이지 않는 사슬처럼 소녀를 묶은 그 빛은 막대한 압력을 지니고 있었다. 그 압력이 거침없이 떨어지던 빗물들을 구형으로 밀어냈다.

소녀의 사방에서 검은색이 섞인 보라색의 소용돌이들이 일어났다. 그 크고 작은 소용돌이를 깨고 뭔가가 땅에 내려왔다.

그것은 생물이었다. 하지만 지상에 사는 그 어떤 생물도 아니었다. 곤충처럼 생긴 것부터 도마뱀처럼 생긴 것, 또는 곤죽처럼 생긴 것까지 형태도 다양했다.

괴물들이 오크와 트롤들에게 일제히 달려들었다. 뒤이어 죽음의 소리가 빗방울 속에서 퍼졌다.

상황은 간단했다. 한쪽의 일방적인 살육이었다. 오크와 트롤들은 형체도 남기지 못하고 허무하게 죽어나갔다.

어떤 오크는 곤죽 모양의 괴물이 내민 촉수에 꽂히는 순간 뼈를 비롯한 모든 것이 쭉 빨려 가죽만을 남겼다. 그 가죽은 쥐처럼 생긴 작은 몸집의 또 다른 괴물들이 깔끔히 챙겨 먹었다.

오크와 트롤들을 순식간에 처리한 괴물들은 소녀에게 눈을 돌렸다. 살육전이 벌어지는 동안 의식을 되찾은 소녀는 도망도 치지 못하고 덜덜 떨었다.

소녀를 향해 괴물들이 다가왔다. 사방에서 입맛을 사근사근 다시는 소리가 소녀를 입체적으로 둘러쌌다.

그들의 움직임이 일제히 멈췄다.

"결국 이렇게 됐군."

소녀는 뒤를 돌아봤다. 아까 마주쳤던 회색 망토의 남자가 괴물들에게 시선을 둔 채 머리에 쓴 후드를 걷고 있었다.

후드가 걷히자 거친 형태의 머리채가 드러났다. 드래곤의 꼬리처럼 두껍고 거친 머리채가 거센 빗줄기를 무시하고 흔들리는 모습이 주변에 있는 모든 괴물들을 압도했다.

그가 망토 속에서 검을 꺼냈다. 그것은 아주 진한, 영혼을 빨아들이는 듯한 보라색의 큰 검이었다.

곤충처럼 생긴, 무리에서 가장 큰 괴물이 낫처럼 생긴 네 개의 앞다리를 앞세우고 돌격했다. 소녀가 비명을 지르는 가운데 남자도 몸을 띄웠다.

남자가 공격 범위에 들어오자 괴물이 앞다리들을 공격적으로 웅크렸다. 망토에 흠집이 나려는 순간 남자가 괴물의 머리를 어깨로 들이받았다. 그 충격에 목이 꺾인 괴물은 사지를 벌리며 추락했다.

"여어, 튼튼하네?"

지나가듯이 말한 남자는 땅에서 몸을 부르르 떠는 괴물을 보며 검을 들었다.

팔찌 모양의 붉은색 고리들이 그의 팔뚝에서 잠깐 떠오르나 싶더니 그의 검 놀림에 맞춰 부채꼴의 화염이 괴물을 덮쳤다.

괴물은 몸에 붙은 불을 끄기 위해 몸부림을 쳤으나 폭우 속에서도 불은 꺼지지 않았다. 그것은 자연적인 불이 아니라 목표물을 죽을 때까지 태우도록 설계된 마법의 불꽃이었다.

화로에서 방금 꺼낸 듯 붉게 달아올랐던 검이 다시 보라색으로 식었다. 동시에 괴물의 발버둥이 멈췄다.

남자는 불꽃에 지글지글 끓으며 사라지는 괴물을 뒤로하고 다른 괴물들에게 눈을 돌렸다.

이번엔 도마뱀의 모습을 한 괴물이 여섯 개의 발로 흙탕물 위를 달려왔다. 도중에 위치한 오크와 트롤들의 갑옷과 무기, 방패 등이 괴물의 몸에 달라붙어 괴물의 몸을 보호했다.

"지능이 없는 건 아니군."

괴물이 공격하려는 찰나, 검으로 괴물의 입을 쭉 찔러 목구멍까지 꿴 남자는 그 상태로 괴물을 훌쩍 들어 자신의 반대편에 메다꽂았다. 마침 그곳의 땅을 뚫고 튀어나오려던 곤죽 형태의 괴물이 이미 목숨을 잃은 동료의 시체에 찍혀 납작하게 퍼졌다.

입과 목을 찔린 괴물이 이빨을 세워 남자의 칼날을 단단히 잡았다. 검을 든 남자는 의아해했다.

"뜨거운 건 못 참고 찔린 건 얼마든지 참을 수 있나?"

작은 몸집의 괴물들이 그 붉은 장발의 남자에게 일제히 달려들었다.

"그럼 좀 고급스럽게 가보자고."

남자의 양팔에 파란색 빛의 고리와 붉은색 빛의 고리가 동시에 떠올랐다.

그냥 보면 맹렬히 회전할 뿐이지만 실은 금고의 다이얼이 맞춰지듯 고리의 표면에 새겨진 문자들이 마법 주문에 맞춰 배열과 해제, 그리고 재배열을 반복하고 있었다.

검을 잡은 오른팔에는 붉은색 고리가 떠 있었다. 고리들이 빛을 터뜨리며 사라지고 고리들이 남긴 붉은색 빛은 검으로 스며들었다.

"우선 굽고."

그의 검이 마법으로 부르르 떨렸다. 검을 이빨로 문 괴물과 그 밑에 깔린 괴물이 검을 중심으로 터진 폭염에 바짝 구워졌다.

남자는 파란색 빛의 고리가 뜬 왼팔로 검을 다시 잡았다.

"다음은 튀기고."

구워져 딱딱해진 괴물의 시체를 뚫고 대량의 전격(電擊)이 튀어나갔다. 그 마법의 번개는 남자를 향해 모여들던 작은 괴물들을 하나씩 감전시키며 질주했다. 전류가 마지막 괴물에게까지 이어졌을 때 남자의 주변은 거미줄보다 복잡한 번개의 연쇄로 찌릿찌릿 울렸다.

탄화된 괴물들이 바닥에 우수수 떨어졌다.

일을 마치고 검을 거둔 남자는 얼굴에 묻은 빗물을 가죽제의 두꺼운 팔뚝 보호대로 대충 닦았다.

"여기까지 진화했다 이거지? 계속 내버려 뒀다간 골치 꽤 아프겠군."

중얼거림을 멈춘 그는 소녀를 봤다. 소녀는 머리가 화살에 꿰어 나무에 매달려 있는 오빠를 향해 두 손으로 땅을 짚으며 기어가고 있었다.

"오빠, 오빠! 카리안 오빠! 아아아악!"

짐승처럼 괴성을 지르는 소녀의 옆에 그녀의 목숨을 구해준 붉은 장발의 남자가 다가왔다.

"진정해. 아까 그 괴물들을 다시 부르고 싶어?"

소녀가 흐리멍덩한 눈으로 그를 봤다.

"부르다니요?"

남자는 소녀의 오빠를 나무에서 내려주었다. 시신을 수습하기 위해서였다. 그는 소녀가 보지 못하도록 몸으로 시신을 가린 채 소년의 머리를 관통한 화살을 조심스레 뽑았다.

그가 시신을 바라보며 말을 이었다.

"아까 지나온 전쟁터 말인데, 너희들이 거기까지 어떻게

오게 됐는지, 왜 날 거기서 만나게 됐는지 기억나?"

가만히 생각해 보던 소녀는 고개를 저었다. 대답이 들리지 않자 그녀를 흘끔 본 남자는 한숨을 쉬었다.

"양측 군대를 몰살시킨 건 너희 남매야."

소녀의 눈이 크게 벌어졌다. 남자는 흰자위가 잔뜩 드러난 소녀의 눈을 보며 이야기를 계속했다.

"네가 괴물들을 부르고 네 오빠가 괴물들을 제어하더군. 아마 무의식중에 일어난 상황이라 너희들은 기억하지 못할 거야. 예전에도 그런 일이 있었는지는 잘 모르겠지만……."

소녀가 옆으로 풀썩 쓰러졌다. 남자가 말해주는 '진실'을 받아들이지 못한 끝에 벌어진 일처럼 보였다.

"그래, 차라리 기절하는 게 낫지."

그는 검을 다시 꺼내 땅을 때렸다. 그 충격만으로 사람 한 명을 눕히기에 적당한 자리가 만들어졌다.

남자는 소년의 시신을 자리에 눕혀준 뒤 흙을 덮었다.

그 간이 무덤을 한참 살핀 남자는 기절한 소녀를 어깨에 걸쳤다. 그는 비를 피할 겸 천천히 숲으로 들어갔다.

그가 다시 가방에서 교신기를 꺼냈다.

"특이 사항 발생. 확인 바람."

—응, 오빠. 위치 정보 확인.

"교신상에서는 그렇게 사적으로 부르지 마. 그런데 이번에 나타난 적들을 앞으로 뭐라고 부르지?"

—렘런트(Remnant)라고 부르기로 했어.

"명칭 접수. 자, 이제 어쩌지? 귀환하면 되나?"

—근방의 도시에서 꽤 높은 등급의 사건이 발생했어. 자세한 것은 조금 뒤에 비서관님께서 직접 설명해 주실 거야. 그때까지 기다려 봐, 리오 오빠.

교신기 저편에 있는 동생이 다시금 '사적인 호칭'을 쓰자 남자의 입에서 한숨이 나왔다.

—아, 또 한숨!

"알았으니 끊자. 교신 종료."

—흥.

그것으로 교신을 마친 남자는 뒤에 있는 오크와 트롤들의 시체더미들을 돌아봤다. 제대로 남은 시체는 하나도 없었으나 흔적만큼은 처참했다.

예전에도 그랬다. 그는 시체더미에서 하이볼크를 만났고, 그 이후에도 시체를 배경으로 사람들을 자주 만났다. 그리고 시체와 함께 만난 사람들은 꼭 좋지 못한 결과나 결말을 보여줬다.

일종의 나쁜 징크스였다.

"옛날 생각이 나는군."

중얼거린 그가 걸음을 재촉했다.

* * *

파란 하늘 한가운데를 구름 떼가 조용히 헤엄쳐 지나갔다.

초원이 내려다보이는 언덕의 끄트머리를 향해 한 소녀가 후다닥 뛰어올라 갔다. 소녀는 뒤따라오는 남자를 향해 작은 손을 흔들었다.

"리오 오빠!"

굵고 거친 포니테일을 흔들며 올라오던 남자가 그녀를 향해 빙긋 웃었다.

그로서는 소녀를 구했다고 봐야 할지 떠맡았다고 봐야 할지 정확히 정의를 내리기 힘든 상황이었다. 분명한 것은 그 소녀가 의식을 되찾은 직후부터 자신을 친오빠로 인식하고 있다는 점이었다.

빗속에서 그 소녀를 구해준 붉은 장발의 남자, 리오는 일단 그녀가 원하는 배역을 맡아주기로 마음먹었다. 그녀가 불러낼 수 있는 괴물의 숫자와 종류, 힘의 수준이 어디까지인지 아직 알 수 없었기 때문이다.

확실한 것은 이 세계의 사람들이 무슨 수를 써도 절대 대응할 수 있는 힘이 아니라는 사실이었다. 그리고 그것이 그의 존재 이유이기도 했다.

소녀의 곁에 선 리오는 선이 좋은 코끝으로 숨을 길게 내쉬었다.

'높은 등급의 사건이 이거였나?'

초원은 곳곳이 새카맣게 타 있었다. 증발이라는 단어를 써도 무방한 수준이었다. 그렇게 타버린 곳 중 가장 큰 지점은 작은 요새를 끼워도 무리가 없을 만큼 넓었다.

"뭘까? 산불일까?"

소녀가 묻자 리오는 초원 곳곳을 세심하게 살핀 뒤 진중하게 대답했다.

"드래곤이야."

"드래곤?"

리오의 큰 손이 소녀의 밤색 더벅머리를 털었다.

"우리 레나에겐 잘 안 보이겠지만 숨결이 닿지 않은 곳에는 사람들의 시체가 있어. 그것도 아주 많이."

"정말?"

소녀의 몸이 긴장됐다.

'레나'라는 이름은 그녀의 본명이 아니었다. 본명은 그녀도 몰랐다.

처음 의식을 되찾자마자 자신의 이름을 묻는 그녀에게 리오는 레나라는 이름을 주었다. 과거의 개인적인 사연과 연관된 이름이었지만 리오의 머릿속에서 당장 떠오르는 이름 중 하나이기도 했다.

"드래곤은 정말 나쁜 존재들이었네."

두려움과 실망감이 레나의 얼굴에 깃들었다. 그 표정을 본 리오는 흘리듯 웃었다.

"그렇진 않아."

그가 말했다.

"대부분의 용족, 아니, 드래곤들은 인간들에게 관심이 없지. 살아가는 시간만 따져 봐도 인간의 생애는 드래곤에게 있어서 하루살이나 마찬가지거든. 드래곤들의 가치관에 따라 그 지표가 다르긴 하지만 법규 때문에 이렇게 대놓고 포악한 행동을 하는 경우는 거의 없어. 잘해야 사탕과 과자를 내놓으라고 협박할 뿐이야."

마지막에 의외의 말이 나오자 레나가 깜짝 놀랐다.

"사탕과 과자?"

"그런 게 있어."

장난스럽게 웃은 리오는 이야기를 계속했다.

"아무튼 드래곤이 이 정도의 일을 저지르려면 인간들에게 자기 자식을 잃어 분노하거나 미쳤을 경우밖에는 없어."

"미쳐?"

"그렇지. 여기선 레나 눈에 잘 안 보이니 조금 내려가 볼까?"

그는 갑작스레 생겨 버린 여동생을 어깨에 얹은 뒤 언덕 아래로 뛰어내렸다.

그는 돌과 돌을 밟으며 사뿐사뿐 내려갔다. 일반인이라면 당장 다리뼈가 부러질 상황이었지만 리오의 회색 망토를 붙든 레나는 충격은커녕 보통 사람은 절대 느낄 수 없는 스릴감에 즐거워했다.

적당한 위치를 잡은 리오는 레나를 다시 내려주었다.

"좋아, 발자국이 보이지?"

그의 말대로 초원에는 드래곤의 거대한 발자국을 중심으로 인간과 드워프, 엘프들의 시체가 잔뜩 깔려 있었다. 하지만 일반인의 시력으로는 큰 발자국만 보였고 시체들은 길바닥에 깔린 개미보다도 작게 보였기에 레나는 아무 무리 없이 발자국에만 집중할 수 있었다.

"크다!"

소리를 지른 레나는 사방에 깔린 발자국들을 둘러보며 감탄했다.

"발자국이 이 정도면 몸은 얼마나 클까? 오빠는 알아?"

"발자국만 따졌을 때는 3,000살에서 4,000살 사이의 레드 드래곤일 거야."

"레드 드래곤?"

"유전적으로 불의 힘을 가진 붉은색 드래곤이지."

레나가 입술을 뾰족하게 내밀었다.

"그러니까, 크냐고."

소녀의 관심사는 그것뿐이었다.

"엄청 크지. 그 큰 놈한테 저기서 죽은 사람의 숫자는 대략 300명 정도인 것 같아."

레나가 입을 동그랗게 모았다.

"300명이면 많은 거잖아?"

리오가 씩 웃었다.

"그 정도 나이의 드래곤은 3만 명이 달려들어도 못 이겨."

"우와."

놀란 레나가 조막만 한 두 손으로 입가를 가렸다.

리오가 말했다.

"아무튼 양쪽 다 정상적인 상태가 아니었던 것 같아. 발자국들이 이상하게 찍혀 있지?"

"응. 어지러워."

레나의 말대로 드래곤의 발자국은 초원 사방에 마구잡이로 찍혀 있었다.

리오의 설명이 이어졌다.

"수백 명 정도의 인간을 상대할 때 드래곤은 굳이 땅을 밟을 이유가 없어. 하늘을 날면서 숨결을 한 번 토하면 끝이거든. 그런데 드래곤이 그런 합리성을 무시하고 땅을 밟았어. 그리고 저렇게 발자국을 찍으며 난동을 부렸지. 이건 정상이 아니야."

복잡하고 진지한 얘기가 계속되자 레나가 새치름한 얼굴로 주머니에서 막대사탕을 빼 들었다. 며칠 전에 들른 마을에서 리오가 잔뜩 사준 선물이었다.

리오는 그런 것도 모른 채 얘기를 계속했다.

"사람들은 그 정도 크기의 드래곤이 얼마나 강한지 알고 있어. 드래곤의 힘을 모른다 할지라도 일단 규모부터가 압도적이라 자연스레 알게 되지. 그런데 고작 수백 명이 달려들었다는 것은 그쪽도 미쳤거나 뭔가 이유가 있다는 얘기겠지."

사탕을 문 레나가 말을 끊듯 리오의 망토를 잡아당겼다.

"가자, 오빠. 재미없네."

무안해진 리오는 그냥 웃고는 레나를 팔에 껴안고 언덕을 올라갔다. 낙차가 큰 바위들을 계단처럼 밟고 뛰어올라 가는 모습은 그 어떤 짐승보다도 날쌔고 힘찼다.

큰 길로 들어선 리오는 여행자들을 위해 그 지방 영주가 만들어놓은 작은 벤치에 앉았다.

레나가 동그란 물통을 두 손으로 잡고 홀짝홀짝 목을 적시는 가운데 리오는 눈을 감고 후각을 일깨웠다.

서쪽에서 타는 냄새가 났다.

'목재, 사람, 가축……. 냄새의 규모를 봐서 드래곤이 도시를 습격한 것 같군. 이것도 분명 레드 드래곤 일족의 짓인데, 비서관의 말대로 렘런트와 관련이 있나?'

그가 다시 눈을 뜨고 레나를 봤다. 레나가 그의 머리를 토닥거렸다.

그녀와 마주 웃는 한편, 그는 속으로 드래곤에 관한 생각을 계속했다.

'렘런트 관련이 아니더라도 서룡족 관련 사건은 무시할 수 없지.'

그는 레나가 등에 지고 있는 작은 가방에서 지도를 꺼냈다.

"네 시간 정도 걸으면 제법 큰 도시가 나오는데, 오늘은 거기서 머물까?"

리오는 이어서 그녀의 더벅머리를 만졌다.

"간 김에 머리도 다듬자."

"응!"

지도를 접고 가방을 닫은 리오는 레나의 가방을 툭툭 두드렸다.

몇 시간 뒤, 지쳐 잠든 레나를 등에 업고 도시 앞에 선 리오는 헛웃음을 터뜨렸다.

'심각하군.'

절벽처럼 거대한 도시의 외벽과 정문이 짙게 그슬린 채 완파되어 있었다. 부서진 정문 뒤편에는 드래곤의 발자국과 거대한 생명체에 땅이 쓸린 자국이 선명하게 찍혀 있었다.

그는 정문과 외벽 주변을 살폈다. 정문 뒤로 이어지는 거리의 건물들이 거인의 검에 맞은 것처럼 찢겨져 있었다. 좌측과 우측 모두 마찬가지였다.

리오는 그 각도를 세심하게 살폈다.

'하강하면서 정문을 부순 게 아니야.'

그가 눈을 부릅떴다.

'추락했어.'

리오는 주변을 보며 이곳에 드래곤이 습격했을 당시의 상황을 떠올려 봤다.

드래곤은 분명 정문을 향해 숨결을 한 번 내뱉었을 것이다. 뭔가 특별한 합금으로 겉을 둘러싼 것이 아니라면 아무리 거대하고 두꺼운 몸집을 가진 문이라 하더라도 몇 초를 버티지 못한다.

그 뒤에는 넝마가 된 정문을 향해 드래곤의 묵직한 낙하가 이어지는데, '원래 이런 일이 전문' 인 리오는 성년기 이상의 드래곤들이 인간들을 괴롭힐 때 그런 행동들을 자주 보인다는 것을 잘 알고 있었다.

인간은 가장 단단한 것으로 자신의 약한 부분을 지키는 습성이 있다. 드래곤들은 하등동물들의 그 습성을 파고들어 굳이 부술 필요가 없는 정문이나 외벽을 일부러 격파함으로써 자신의 적들이나 혹은 장난감들에게 공포를 심어준다.

문제는 그다음의 과정이었다. 리오가 상상하는 당시의 광경 속엔 정문을 짓밟으며 당당히 포효하는 드래곤의 모습이 존재하지 않았다.

발자국은 정문 뒤편에 엉망으로 찍혀 있었다. 쓸리고 으깨진 거리의 길바닥과 부서진 건물들 사이에 들어맞는 퍼즐은 오직 추락하여 나뒹구는 드래곤의 추태밖에 없었다.

'바닥에 엎어지고 날개로 좌우 건물들을 훑었어. 그렇다고 드래곤이 당한 건 아니야. 혈흔도 , 냄새도, 드래곤의 파편을

수거한 흔적도 없어.'

리오의 추리가 계속됐다.

만약 드래곤이, 만에 하나, 정말 1만분의 1의 확률로 뭔가에 당해서 추락했다면 도시 사람들은 그 신성한 생물을 용서하지 않았을 것이다. 그러나 도시 어디에도 드래곤의 머리는 커녕 비늘이나 날개 조각조차 달려 있지 않았다.

리오는 무슨 일이 있었는지 궁금했다. 그러나 그것을 알아내기엔 단서가 부족했다.

등에 업은 레나 덕에 별다른 검문 없이 정문을 통과한 리오는 주변에 있는 병사들을 빠르게 살폈다.

병사들의 장비 상태는 괜찮았다. 귀와 몸이 길쭉한 엘프들도, 건장한 체구 위에 중무장을 한 드워프들도 장비만은 문제가 없었다.

문제는 정신 상태였다. 나이가 좀 들어 보이는 병사들은 덜했지만 어린 병사들은 공포에 질려 옆에 누가 지나가든 말든 신경조차 쓰지 않았다. 남자 엘프들은 인간보다 우월한 종족이라는 자부심마저 잊고 눈물을 보이는 자까지 있었다.

도시 내의 상황은 더했다.

시장은 인적이 뜸했다. 오로지 술집과 식량을 파는 곳에만 사람들이 북적거렸다. 차례를 기다리는 사람들의 눈빛에서 리오는 배고픔보다는 진한 공포감을 읽었다.

도시 중앙엔 15층 정도로 보이는 쌍둥이 탑이 굳건히 서 있었다. 그 건물이 멀쩡한 것으로 봐서 드래곤이 거기까지 공격하진 못한 게 분명했다.

'외벽과 성문만 부수고 가버렸군.'

리오는 드래곤의 몸에 쓸린 것으로 추정되는 길바닥을 발밑으로 쭉 훑었다. 근처를 지나던 극소수의 사람들이 그의 행동에 의아해했지만 의심하는 사람은 없었다.

그의 머릿속 시계가 움직였다.

'도시 습격 이후 몇 시간 뒤에 초원 쪽에서 학살이 벌어진 거야.'

그는 더 깊게 조사를 하고 싶었지만 레나를 데리고 할 수 있는 일은 아니었다.

어찌할까 고민하는 그의 눈에 마침 탁아소가 들어왔다. 그는 탁아소의 창문을 통해 안을 살폈다. 때는 밤이라 탁아소 안쪽의 분위기는 한산했고 시설도 대도시답게 나쁘지 않았다.

장신에 짙은 회색 망토를 두른 그가 슬그머니 들어오자 이런저런 장난감과 이야기로 아이들을 봐주던 사람들이 흠칫했다. 아마 그가 얼굴까지 험악했다면 분위기는 더욱 이상해졌을 것이다.

일단 미소로 분위기를 좀 바꿔본 리오는 탁아소의 원장으로 보이는 중년의 부인에게 다가갔다.

"실례합니다. 동생을 잠시 맡기고 싶은데, 괜찮겠습니까?"

"동생이요?"

리오는 몸을 돌려 등에 업은 레나를 보여줬다. 리오의 머리채에 덮여 있는 꼴이 좀 우스웠지만 잠을 자는 모습이 평온해 보였기에 원장의 풍성한 얼굴이 누그러졌다.

"그러세요. 언제쯤 돌아오실 거죠?"

"두 시간에서 세 시간 정도면 충분할 것 같군요."

"알았어요. 아이는 저 침대에 눕히시고 이곳에 손님의 성함과 아이의 이름을 적어주세요."

원장의 지시대로 레나를 침대에 눕힌 리오는 깃털로 된 펜으로 명부에 이름을 적었다.

"리오님에…… 레나 양이군요. 아이가 깨어나면 뭐라고 전할까요?"

리오는 망토를 풀어 레나가 누운 침대 옆에 놓아두었다. 검은색 민소매 셔츠 밖으로 잘 쪼개진 적동색의 어깨 근육이 드러나자 탁아소의 아이들과 직원들 모두가 숨을 죽였다.

"이걸 보여주시면 됩니다. 제가 오기 전에 일어나면 좀 씻겨주시고 먹을 것도 부탁드리겠습니다. 오는 동안 비를 좀 맞았거든요."

"어머, 그렇군요. 걱정하지 마세요."

돈을 지불하고 탁아소를 나온 리오는 팔짱을 끼고 고민에 빠졌다.

'어디부터 조사해야 하지?'

그는 우선 드래곤의 상태부터 조사해 보기로 했다. 하지만 그 혼란 상황에서 드래곤을 제대로 목격한 사람이 있을지 의문이었기에 그의 한숨이 깊어졌다.

'정문 근처의 병사들에게 가볼까?'

마침 그의 옆으로 바구니를 든 소녀가 다가왔다. 머리에 노란색 스카프를 두른 평범한 인상의 소녀였다. 깨끗한 헝겊으로 잘 덮인 바구니 속엔 갓 구운 빵이 잔뜩 들어 있었다.

그녀는 리오가 검을 차고 있음에도 불구하고 그를 두려워하지 않았다. 최근 오크와 트롤을 중심으로 한 독립군과 인간과 드워프, 엘프들을 중심으로 한 연합군이 전쟁을 벌이면서 거리를 활보하는 용병들의 숫자가 부쩍 늘어난 덕분이었다.

"방금 구운 빵이에요, 선생님. 동화 한 닢에 드실 수 있어요."

리오가 친절하게 손을 저었다.

"아, 난 그다지……."

그때였다.

리오가 주시하고 있던 정문에서 병사 한 명이 갑자기 소리를 질렀다. 리오는 시력과 청력을 그에게 집중시켰다.

"몇 번이나 다시 말해야 돼? 에밀이 신호 마법을 썼어! 오크들의 기습이라고!"

"알아! 수는 얼마나 되지?"

"마법의 불꽃이 두 개인 것으로 봐서 200명쯤 될 거야!"

"200명? 이런, 이 상황에선 놈들을 못 막는다고!"

"그보다 에밀이 걱정이야! 긴급 지원을 요청하는 신호 마법도 썼다고! 정찰대에 부상자가 있는 게 분명해! 어서 구릉지로 가자고!"

"우리가 지원을 받아야 할 판인데 누굴 지원하자는 거야?"

"그럼 죽게 내버려 두자고?"

거기까지 보고 들은 리오는 시력과 청력을 원래대로 되돌린 뒤 빵 바구니를 든 소녀에게 물었다.

"혹시 이 근처에 구릉지가 있니?"

"구릉지요? 아, 서쪽에 있답니다."

"좀 더 정확히."

"길을 따라 서쪽이에요. 하지만 위험하답니다. 지금은 오크들 때문에 갈 수가 없어요."

"고마워, 아가씨."

그는 주머니에서 금화 한 닢을 꺼내 소녀의 손에 쥐어주었다. 손에 들린 금화를 보고 깜짝 놀란 소녀는 황급히 고개를 들었다.

"서, 선생님!"

그러나 방금 전까지 앞에 있던 붉은 장발의 남자는 온데간데없이 사라져 있었다.

*　　*　　*

금발의 엘프족 소년이 구릉지의 긴 수풀 속을 가르며 뛰어갔다. 소년의 어깨엔 트롤의 화살이 스친 흔적이 끔찍하게 남아 있었다.

트롤들이 쓰는 활과 화살은 인간과 엘프들이 쓰는 것보다 훨씬 컸고 위력도 그만큼 대단했다. 게다가 정확도도 뛰어났다. 단지 너저분한 생김새가 문제일 뿐이었다.

정찰대와 함께 드래곤의 둥지를 찾아 움직이던 소년의 역할은 후방 지원이었다. 하지만 나이가 어리고 배움도 그만큼 짧았기에 그가 할 수 있는 지원이라고는 활을 쓰는 것과 기초적인 마법으로 만든 신호탄을 공중에 날려 터뜨리는 것뿐이었다.

운이 없게도 정찰대는 도시를 공격하기 위해 진군하는 오크들과 마주쳤다. 200대 10이라는 압도적인 열세로 인해 정찰대는 지금 도망치고 있는 엘프족 소년 에밀만을 남겨둔 채 전멸하고 말았다.

에밀의 귀에 오크들의 거친 숨소리가 점점 더 가까워졌다. 약 열 명 정도 되는 추격부대였다.

에밀은 답답하고 두려웠다. 엘프들의 보금자리라 할 수 있는 숲으로 들어가면 어떻게든 살아남을 수 있을 것 같았지만 숲은 너무 멀었고 하늘에 뜬 두 개의 달은 잔인할 정도로 밝았다.

그런 에밀의 눈앞에 뭔가가 보였다. 붉은 머리채를 흔들며 걸어오는 누군가의 실루엣이었다.

'오크? 아니, 사람인가?'

오크치고는 몸의 균형과 길이가 훌륭했다. 사람이라면 보통 남자보다 머리 하나 이상은 큰 사내일 것이다. 에밀은 그렇게 생각했다.

그 남자가 검을 뽑아 들었다.

"네가 에밀인가?"

인간의 목소리가 들리자 에밀이 당황했다.

"위험해요!"

순간 에밀의 머리 위로 보라색의 대검이 쏜살처럼 날아갔다. 검은 에밀을 바짝 추격하던 오크의 가슴 한가운데에 정확히 박혔다.

"위험하라고 던진 거야."

중얼거린 그가 에밀에게 가까이 다가왔다. 엘프족 소년의 얼굴을 사나운 붉은 장발이 훑고 지나갔다. 대충 봐도 보통 사람은 아닌 것 같은 분위기의 사내였다.

추격부대가 에밀과 남자를 순식간에 둘러쌌다. 에밀은 모든 게 끝났다는 생각에 눈을 질끈 감았다.

그런 상황에서 남자가 물었다.

"물어볼 게 있어."

"예?"

에밀은 이 남자가 제정신인지 궁금했다.

"도시를 습격한 드래곤 말인데, 엘프니까 드래곤의 상태가 어땠는지 제대로 봤겠지?"

황당하여 말문이 막힌 에밀은 입만 뻥긋거렸다. 씩 웃은 남자는 목을 우두우두 풀었다.

"흠, 우호적인 자세를 보여주면 말을 할라나?"

남자가 앞으로 내달렸다. 오크들이 휘두르는 철퇴와 도끼를 불가사의한 동작으로 피한 남자는 보라색 검을 가슴에 박은 채 숨을 헐떡이는 오크에게 직진했다.

그가 검을 뽑아 들었다. 오크의 동맥에서 간헐천처럼 뿜어진 핏물과 검을 거머쥔 채 뛰어오른 남자의 모습이 보름달 속에서, 그리고 엘프족 소년의 눈동자 속에서 아른거렸다.

남자가 말한 '우호적인 자세'라는 말이 에밀의 귓가에서 맴돌았다.

오크들의 눈앞에서 보라색 섬광이 번쩍거렸다.

남자의 검에 맞은 오크가 부서진 무기와 갑옷, 그리고 피를 뿌리며 날아갔다. 베여 죽은 것이 아니라 충격에 내장이 엉클어져 즉사한 그 오크의 시체는 젖은 솜뭉치처럼 동료들을 묵직하게 덮쳤다.

갑옷을 차려입은 자가 검에 맞아 장작개비처럼 날아가는 모습을 처음 목격한 오크들은 본능적으로 멈칫했다. 활을 든 트롤들도 마찬가지였다.

붉은 머리채가 유령처럼 추격부대 사이를 활보했다. 그의 검과 주먹, 무릎, 팔꿈치 등이 오크들의 각 급소를 정확히 노렸다. 두 대 이상 맞아 죽는 자가 없을 정도로 치명적인 그의 공격 앞에 추격부대의 숫자는 순식간에 줄어들었다.

그가 마지막 남은 트롤을 두 동강 내어 멀리 날리는 찰나, 사방에서 오크와 트롤들이 지축을 울리며 달려들었다.

발 빠른 추격부대를 따라 이동하던 오크들의 본대였다.

그들은 붉은 장발의 남자와 에밀을 둥글게 포위했다. 그렇게 포위진을 짠 오크들 중 몇 명이 울음소리를 냈다. 지금 죽은 추격부대의 친구들이었다.

"모두 물러나라!"

오크들의 뒤편에서 누군가가 소리쳤다. 오크들이 일제히 물러나자 전신에 갑옷을, 아니, 묵직한 쇳덩어리를 걸친 큼지막한 오크가 모습을 드러냈다.

도시에서 독립군과 몇 번의 싸움을 치렀던 에밀은 묵직한 '쇳덩어리' 를 걸친 그 오크가 누군지 알고 있었다.

'철의 학살자 벡스터!'

에밀은 문득 자신이 200명의 오크와 트롤들이 빙 둘러 만든 경기장의 중심에 있다는 사실을 깨달았다. 그가 겁에 질린 나머지 자신도 모르게 물러나려 하자 트롤들의 화살이 일제히 꿈틀거렸다. 거기서 한 발이라도 움직이면 화살의 맛이 어떤지 보여주겠다는 의미였다.

쇳덩어리의 오크는 에밀을 무시한 채 붉은 장발의 남자를 보고 껄껄 웃었다.

"추격부대를 전부 죽이다니, 제법 힘을 쓰는 인간이로군. 저쪽 도시의 연합군 중에 너 같은 놈이 있다는 얘기를 들어본 적이 없는데, 혹시 용병인가?"

그가 어설픈 인간의 언어로 질문하자 붉은 장발의 남자는 옆에서 도끼날을 번뜩거리는 오크를 흘끔 보더니 마치 친구처럼 그 오크의 어깨에 팔을 걸치며 고개를 끄덕거렸다.

"비슷하지."

유창한 오크들의 언어였다. 오크들이 웅성거리는 가운데, 남자에게 어깨를 빌려준 오크는 당황하여 이러지도 저러지도 못한 채 가만히 서 있기만 했다.

이번엔 붉은 장발의 남자가 물었다.

"네가 이 패거리들의 대장인가?"

"후후, 용병이라면서 이 벡스터를 모른단 말인가?"

쇳덩어리의 오크가 등에 차고 있던 거대한 쇠망치를 들어 땅을 쿵 찍었다. 그 망치의 일격에 말을 탄 기사가 일격에 넝마가 되어 죽는 모습을 봤던 에밀은 눈을 질끈 감았다.

"오래간만에 흥미로운 놈을 만나는구나! 네가 내 갑옷을 부수고 내 몸에 상처를 입힐 수 있다면 모두 살아서 돌아갈 수 있게 해주마!"

벡스터의 제안을 들은 장발의 남자는 자신에게 어깨를 빌려주고 있는 오크에게 물었다.

"저 친구, 좀 강한가?"

오크가 좌우를 살피더니 고개를 끄덕끄덕했다.

"그럼 좋은 본보기가 되겠군."

그의 어깨에서 팔을 뗀 남자는 에밀 쪽으로, 정확히는 그 뒤에 있는 쇳덩어리의 벡스터 쪽으로 걸어갔다. 그가 든 보라색 대검이 주인의 걸음에 맞춰 수풀과 공기를 고요히 갈랐다.

엘프족이어서 그럴까. 에밀은 그 검의 요사스러운 빛깔에서 오랫동안 축적된 싸움의 흔적을 느꼈다. 그 흔적은, 에밀은 여태껏 본 적도 들은 적도 없는 위험한 것이었다.

벡스터와 오크, 트롤들이 남자와 에밀을 서서히 조여들어왔다. 동시에 에밀이 몸을 바짝 웅크렸다.

'죽을 거야!'

둔탁한 소리가 들리고 거대한 그림자가 에밀의 머리 위를 지나갔다. 뒤이어 소년의 주변에 철의 학살자 벡스터가 입고 있던 쇳덩어리의 파편들이 우수수 쏟아졌다.

'저 남자에게 다 죽을 거야!'

에밀의 머리를 지나 땅에 쓰러진 나체의 벡스터는 두 팔을 움찔하더니 숨을 거뒀다. 멀리 붉은 장발의 남자의 곁에서 비틀거리던 벡스터의 하체도 무릎을 꺾고 쓰러졌다.

벡스터의 상체를 날려 버린 남자의 검에는 피 한 방울 묻어 있지 않았다. 검을 내린 남자는 넋을 잃고 굳어진 오크들을 돌아봤다.

“살고 싶으면 어서 돌아가. 여기서 더 늦으면 탁아소에 심야 할증금을 줘야 한단 말이야.”

일격에, 인간이 한 손으로 휘두른 검 한 방에 벡스터가 두 개로 나뉘어 날아가는 모습을 똑똑히 본 오크들은 바짝 질렸다. 그들의 둔한 머릿속에서 200대 1이라는 단순한 숫자는 이미 지워져 있었다.

“캬아아악!”

까만 피부의 트롤이 겁에 질린 나머지 비명을 지르며 활의 시위를 놓아버렸다. 남자의 머리를 향해 일직선으로 날아간 화살은 보라색 검에 맞아 빙글 돌았다.

남자는 방향이 반대가 된 화살을 검으로 후려쳤다. 되돌아온 화살에 머리를 관통당한 트롤은 그대로 숨을 거뒀다.

남자가 화살을 검으로 쳐서 되돌리는 모습을 얼핏 봤던 오크와 트롤들은 그 결과에 다시금 경악했다.

남자가 검을 어깨에 걸쳤다.

“그래, 뭐, 할증금 정도야 괜찮겠지. 죽이다 보면 돈도 나올 테고.”

“으아아아!”

오크와 트롤들이 괴성을 지르며 일제히 뛰었다. 벡스터 대신 그들을 통제해야 할 분대장들은 부하들을 말리려 했으나 반쯤 미쳐 버린 그들에게 이성적인 지시는 통하지 않았다.

남자의 눈동자에서 시퍼런 살기가 흘러나왔다.

에밀의 눈앞에서 다시금 죽음의 향연이 시작됐다.

지금 피바람을 부르고 있는 남자, 리오는 어지간하면 최소의 살상 행위로 두려움을 줘서 쫓아버리는 방법을 택한다. 그런 편이 시간도 절약할 수 있을 뿐만 아니라 주목도 덜 받고 그 뒤에 있을지도 모를 미지의 기습에도 대처할 수 있기 때문이다.

임무에서 가급적이면 살생을 피하는 그의 행동은 그를 내려보내는 주신계의 법칙이기 이전에 그만의 철칙이었다. 그렇게라도 선을 그어두지 않으면 언제 끝날지 모를 자신의 싸움이 끝까지 무의미해질 것 같았기 때문이다.

200명 중에 20여 명이 온갖 모습으로 죽어 수풀 속에 누웠다.

오크들의 눈에는 달빛에 반사되는 검의 섬광만이 언뜻 보일 뿐이었다. 그보다 눈이 좋은 트롤들의 눈에는 귀신의 혓바닥처럼 선정적으로 흔들리는 리오의 붉은 머리채만이 보였다.

오크 분대장 중 한 명이 검에 꿰인 채 번쩍 들렸다. 평균 체중이 인간의 두 배에 가까운 오크를 검으로 꿴 채 한 팔로 들어 올리는 것은 같은 오크들조차 낼 수 없는 무지막지한 힘이었다.

리오는 검에 꿰여 서서히 죽어가는 오크를 좌우로 흔들며 시위했다.

"자, 계속할 텐가? 조금 있으면 저 꼬마를 구하려고 연합군들이 몰려올 텐데?"

아까 허리가 절단되어 죽은 벡스터의 말 외에는 듣는 둥 마는 둥 했던 오크들이 방금 그 말에 정신을 번쩍 차렸다. 명령체계조차 와해된 지금 상황에서 적에게 공격을 받는다면 결과가 어떻게 된다는 것은 그들도 알고 있었다.

오크와 트롤들이 눈치를 봤다. 앞에 닥친 괴물과 언제 닥칠지 모를 적을 상대하느니 도망치는 것이 더 낫지 않겠냐는 침묵의 회의였다.

그들이 결론을 내렸다. 물론 도망이었다.

그러나 그들이 알지 못하는 미지의 힘은 그들이 가진 삶의 희망을 완전히 꺾고 말았다.

멀쩡히 달려 있던 오크들과 트롤들의 머리가 일순간 몸에서 분리되어 하늘로 솟았다. 리오는 밤하늘 높이 치솟는 180개의 피 분수를 보며 검에 꿰고 있던 오크를 멀리 던졌다.

"꼬마는 건드리지 마."

"어이쿠."

뒤에서 갑자기 들린 목소리에 움찔한 에밀은 어느새 자신의 턱 아래에 커다란 낫이 닿아 있는 것을 보고 경악했다.

낫은 날을 제외하고는 온통 붉은색이었다. 농기계와는 다른, 뭔가 한없이 기계에 가까운 것들이 잔뜩 박힌 낫의 자루가 인상적이었다.

"소문대로 인종 차별이 심하시군요. 오크와 트롤들은 죽도록 놔두고, 엘프는 살리고. 아이, 심해라."

웃음소리를 낸 낫의 주인은 에밀의 머리를 주먹 밑으로 톡 두드렸다. 의식을 잃은 에밀은 핏물을 잔뜩 먹은 수풀 위에 철퍼덕 쓰러졌다.

에밀을 노린 자는 진홍색의 턱시도를 입고 있었다. 갸름한 얼굴은 희고 깔끔했으며 바람 속에서 흔들리는 긴 백발은 신비롭기까지 했다.

에밀이 쓰러짐과 동시에 리오의 주변에 낫을 든 자들이 스르륵 나타났다. 그들은 총 다섯 명이었는데, 검은색의 후드로 머리를 포함한 몸 전체를 단단히 가리고 있었다.

그들이 누군지, 또 진홍색 턱시도의 남자가 누구인지 알고 있는 리오는 한숨을 푹 쉬었다.

"악마왕의 직속부대가 왜 내 밥벌이를 방해하는 거지?"

백발의 남자가 품에서 검은색의 뿔테 안경을 꺼냈다. 안경 속으로 보이는 그의 황색 눈동자가 달빛 아래에서 빛을 발했다.

"밥벌이? 오크와 트롤들의 고기로 사업이라도 하시나요?"

"됐으니 용건이나 말해."

"우후훗."

지적당한 백발의 남자가 혀를 내밀고 윙크했다.

"며칠 전에 주신계에서 각 신계에 공문을 보냈지요. 여태까지 미지의 적으로 분류했던 적의 정식 명칭을 '렘런트'라고 결정했다더군요. 우훗, 그것 때문에 한바탕 소란이 난 건 아시죠?"

남자답지 않게 애교가 섞인 그의 목소리에 리오는 자신도 모르게 인상을 구겼다.

"글쎄? 난 얘기도 못 들었을뿐더러 다른 임무로 왔는데?"

"우훗, 그러시겠지요. 사실 우리 악마들은 렘런트가 어찌 되든 상관없어요. 단지 선신계 쪽의 움직임이 이상한 게 신경 쓰일 뿐이죠."

방금 말이 나온 그대로 그들은 악마였다. 그것도 가끔 어둠 속에서 나타나 사람들을 괴롭히는 흔한 악마가 아니라 단신으로도 나라 하나를 쥐락펴락할 수 있는 고위 악마였다.

또한 리오에게 말을 걸고 있는 턱시도의 악마는 그 고위 악마들을 통제하는 지휘관 중의 한 명이었다.

"선신계가?"

리오가 묻자 백발의 턱시도가 고개를 끄덕거렸다.

"다시 말하지만 우리 악마들은 렘런트 따위에는 관심없어요. 주신계에서 공식적으로 렘런트를 처리하겠다고 나섰을 때 우리는 별말없었죠. 하지만 선신계는 미친 듯이 반발했답니다. 장로급 천사들까지 나서면서 말이죠."

"그래서, 하고 싶은 말이 뭐지?"

리오가 디바이너를 턱시도 쪽으로 내밀었다. 그의 뒤편에서 있던 다른 악마들이 낫을 놓치며 앞뒤로 픽픽 쓰러졌다.

턱시도의 남자는 낫을 놓고 손바닥을 활짝 폈다.

"아아, 흥분하지 마세요. 얘기만 전하고 싶어서 왔으니까요. 우리는 당신이 이 세계에서 어떻게 활동하든 상관하지 않을 겁니다. 밑에 있는 애들에게도 공문을 다 돌려놨어요. 하등 종족의 소환 요청에 응해 벌어먹고 사는 애들에게는 전달이 안 됐지만요."

"그 친구들은 또 왜?"

"개인 사업자들이라 소득조차 파악하기 힘들거든요."

영 틀린 말은 아니었기에 리오는 뒷머리를 긁적거렸다.

"하지만 선신계 천사들은 조심하세요. 그리고 이 세계 자체에도 조심을 하시는 게 좋을 거예요."

"이곳에 대해서 뭔가 좀 아나?"

"그것보다는 탐사가 안 되는 곳이 몇 군데 있죠. 그러니 부디 조심하시고, 혹시라도 선신계에 한 방 먹일 수 있는 정보가 생기면 저에게 알려주세요. 제가 당신 담당이니까요."

"담당?"

그가 턱시도 안에서 분홍색의 빳빳한 종이를 내밀었다.

"여기, 명함. 우후훗."

리오는 벨트 가방에서 교신기를 꺼내 명함에 적힌 문자를 긁었다.

“케롤라흐 람 트리비터……. 흠, 트리비터 가문이라. 꽤 높은 귀족의 자제 분이시군.”

그가 명함에 적힌 이름을 중얼거리자 진홍색 턱시도의 악마는 몸을 부르르 떨었다.

“으홍, 그런 어려운 이름은 싫어요. 케롤이라고 불러주세요.”

“그럼 처음부터 그렇게 적던가.”

“당신에게만은 케롤. 우후훗.”

그가 윙크했다. 검을 쥔 리오의 손에서 우두둑 소리가 터졌다.

“슬슬 실례하고 싶은데?”

“아, 죄송, 죄송. 그러면 언제든지 연락하세요. 인생 상담은 물론 금전 문제도 해결해 드리지요. 개인적으로 리오님의 팬이거든요. 우후후훗!”

케롤이라 불리길 원하는 그 악마는 기절한 부하들을 데리고 사라졌다.

“귀찮군.”

검을 거둔 리오는 에밀의 상태를 확인한 뒤 그곳을 떠났다. 멀지 않은 곳에서 연합군의 지원부대가 오고 있었기 때문이다.

* * *

탁아소로 돌아온 리오는 레나가 잠들어 있는 침대에 앉은 채 생각에 잠겼다.

원래 그의 계획은 에밀을 구하고 그에게 도시를 습격한 드래곤에 대해 알아내는 것이었다.

물론 에밀처럼 어린 엘프가 이번 일에 대해 자세히 알 리는 없었다. 하지만 이런 일에 대한 경험이 많은 그에게는 어설픈 목격담조차도 큰 단서가 된다. 하지만 악마들 때문에 그 계획은 실패하고 말았다.

악마들의 이야기는 분명 가볍게 듣고 넘길 것이 아니었다. 하지만 드래곤이 인간들을 습격한 일 역시 무시할 만한 문제는 아니었다.

고민에 잠긴 리오를 향해 구수한 냄새가 밀려왔다. 탁아소의 원장이 수프가 담긴 컵을 자신에게 내밀자 리오는 굳어져 있던 표정을 애써 풀었다.

원장이 몸매만큼이나 푸근하게 웃었다.

"고민이 많으신가 보네요."

"그렇지요."

"도움이 될지 모르겠지만 좀 드시지요."

"감사합니다."

나무를 깎아 만든 컵을 건네받은 리오는 그 묽은 수프를 한 모금 마셨다.

그는 혹시나 하는 생각에 원장에게 물었다.

"며칠 전에 드래곤이 이 도시를 습격했다고 하더군요. 보셨습니까?"

"그럼요. 어제 아침에 있었던 일인 걸요."

원장이 가까운 의자에 앉았다. 두려움이 그녀의 주름진 얼굴에 피어올랐다.

"정말 무서웠지요. 설마 카일로스님이 우리 도시를 공격하실 줄은 꿈에도 몰랐어요."

"예?"

움찔한 리오가 곧장 물었다.

"드래곤의 이름을 아십니까?"

"물론이지요. 카일로스님은 이 근방의 근엄한 수호자셨어요. 다른 지역에서도 꽤 유명하신 분인데, 모르셨나요?"

그녀의 말 한마디에 리오의 혼란이 가중됐다.

"그럼 그 드래곤, 아니, 카일로스의 상태가 어땠습니까?"

"저는 모르지요. 1년에 한 번 꼴로 하늘을 지나는 분일뿐더러 오로지 엘프족의 사제들만이 그분과의 대화를 허락받을 수 있거든요. 그리고 일이 벌어졌을 때 저는 이곳에서 아이들을 지키느라 정신이 없었답니다."

리오가 연이어 물었다.

"이곳으로 오는 도중에 초원에서 병사들이 죽은 모습을 봤습니다. 그것도 카일로스와 관련이 있습니까?"

분명 관련이 있다는 것을 알면서도 꺼낸 질문이었다.

원장이 고개를 끄덕거렸다.

"카일로스님은 정문에 한동안 쓰러져 계시다가 다시 날아가셨답니다. 얼마 뒤에 엘프족 사제 중의 한 분이 군인들과 함께 초원 쪽으로 갔지요. 왜 갔는지는 저도 모르겠어요. 분위기를 봐서는 카일로스님께 해를 끼치려는 것 같진 않았지만……."

"그렇군요."

리오는 그렇게 말을 맺고 수프를 마셨다.

원장과의 대화를 통해 해결된 것은 없었지만 드래곤이 수호자로 지칭된 것은 그의 지식 선상에 있어서 매우 중요한 단서였다.

문득 이 탁아소에 자신과 레나만이 손님으로 있다는 사실을 깨달은 리오는 서둘러 일어났다.

"저희는 여관으로 옮겨가겠습니다. 너무 늦게까지 폐를 끼쳤군요."

원장은 아니라는 듯 고개를 저었다.

"지내시기에 좋은 여관들은 여기서 좌측으로 세 블록 정도 가시면 나온답니다. 이 근처의 여관들은 아이들이 지내기엔 너무 지저분해요."

"친절함에 감사드립니다."

망토를 몸에 두른 리오는 레나의 등을 톡톡 두드렸다.

"자, 레나. 일어나야지?"

"으응……."

얼마나 피곤했는지 레나는 소리만 낼 뿐 눈을 뜨지 못했다. 웃으며 그녀를 안아 든 리오는 원장과 인사를 나누고 탁아소를 나왔다.

이 도시에서는 무수한 길과 교차로로 나뉜 건물들의 집합을 '블록'이라 부르는데, 그로 인해 도시는 상공에서 내려다보면 오밀조밀한 퍼즐처럼 보였다.

리오가 한 블록 정도를 지날 무렵, 그의 청력을 자극하는 소리가 정문 쪽에서 들렸다.

"그 벡스터가 죽었다고? 녀석들의 부대도 몰살당하고? 그럼 에밀은?"

"에밀은 살아남았네. 그런데 깨어나자마자 헛소리를 하더군."

"헛소리?"

"붉은 장발의 남자가 그 쇳덩어리 벡스터를 한칼에 죽였다는 거야. 다른 오크와 트롤들도 그가 몰살시켰다고 하더군. 그런데 사실 같아, 아무래도. 벡스터의 시체가 정말 둘로 나뉘어져 있었고 에밀이 발견된 곳 주변에는 목이 날아간 오크와 트롤들 다수가 있었지."

"허어."

"아무튼 새 명령이 떨어질 것 같네. 에밀의 말을 바탕으로 그 남자의 몽타주를 만들고 있으니 내일부터 그 남자를 찾아봐야 할 것 같네."

거기까지 얘기를 들은 리오는 이를 악문 채 망토의 후드로 자신의 머리를 덮었다.

"빌어먹을."

중얼거린 그의 모습이 골목의 어둠 속으로 사라졌다.

*　　*　　*

다음날 아침, 리오는 어제 방문했던 탁아소가 문을 열자마자 레나를 그곳에 데려갔다.

오빠랑 떨어지기 싫다며 난동을 부리는 그녀를 가까스로 어르고 달래어 떨어뜨려 놓은 리오는 곧장 주변에서 가장 높은 건물의 지붕 위로 올라가 도심의 상황을 살폈다.

리오의 초감각 속에 다섯 명씩 나뉘어 움직이는 병사들이 감지되었다.

병사들은 이곳저곳을 다니며 붉은 장발의 남자를 봤냐는 질문을 하고 있었다. 어찌할까 고민해 본 리오는 직접적인 방법을 쓰기로 결정했다.

"그래, 물어봐야지."

그는 건물과 건물 위를 도시 사람들이 모르게 뛰며 병사들을 살폈다.

입이 무거울 듯한 인상의 병사들이나 베테랑 지휘관급 병사가 낀 병사들은 일단 피했다. 엘프족이 낀 자들도 그냥 넘겼다. 몇몇 엘프들은 정신력을 통해 동족들에게 자신의 위험을 알릴 수도 있기 때문이었다.

은밀하게 도심을 활보한 끝에 그의 입맛에 딱 맞는 병사들이 눈에 들어왔다.

젊은 여성 장교를 중심으로 한 팀이었는데, 구성원 모두 인간이었고 특히 여성 장교가 그의 눈을 만족시켰다.

그 장교는 평범한 몸매에 그냥 그런 외모였지만 인상이 정신적, 혹은 물리적 협박에 잘 견디지 못할 분위기였다.

그들을 따라 움직이던 리오는 그들이 좀 으슥한 골목으로 들어가는 순간 행동에 돌입했다.

병사들의 뒤편에 짐승처럼 조용히 착지한 그는 가장 뒤에 나란히 선 두 명의 목을 동시에 가격했다. 기절하여 쓰러지는 그들을 받아 조용히 눕힌 리오는 장교 바로 뒤의 두 명을 노렸다.

양손으로 그들의 입을 각각 막은 후 목을 꺾어 기절시킨 그는 일부러 둘을 그냥 놓아버렸다.

병사들이 쓰러지는 소리에 앞서 가던 여성 장교가 움찔하여 돌아섰다.

그녀는 부하 네 명이 전부 쓰러져 있는 것에 우선 놀랐고, 그들을 그렇게 만든 자가 붉은 장발의 소유자라는 것에 또 한 번 놀랐다.

그녀는 허리에 찬 짧은 검을 뽑아 들려고 했으나 리오는 왼손으로 그녀의 오른쪽 팔목을 잡아 행동을 봉쇄한 뒤 그 상태로 재빨리 그녀의 등 뒤에 붙었다. 그녀의 오른팔을 밧줄로 삼아 몸을 구속하는 기술이었다.

오른손으로 그녀의 입을 틀어막은 리오는 벽에 그녀를 밀어붙여 준비를 마쳤다. 일순간 붙잡혀 버린 그녀는 어떻게든 소리를 내려 했으나 자신의 광대뼈와 턱뼈에 엄청난 힘이 들어오자 이내 공포에 질려 아무것도 못하게 됐다.

그녀의 뒤편에 선 리오는 그녀의 얼굴에 자신의 얼굴을 가까이 했다.

"여어, 아가씨. 우리 즐거운 시간을 좀 가져볼까?"

"으읍!"

"룰은 간단해. 내 질문이 맞으면 고개를 끄덕이고 틀리면 고개를 저으라고. 그 외의 행동을 했다가는 목이 어디까지 돌아가야 인간이 죽는지 체험하게 될 거야. 무슨 말인지 알겠지?"

그녀가 끄덕거렸다.

"좋아, 착한 아가씨군."

리오가 질문했다.

"당신들, 어제 에밀이라는 꼬마를 구해준 붉은 장발의 남자를 찾나?"

그녀는 반복해서 끄덕거렸다.

"이유가 뭐지? 평화적으로 거래를 해보려고?"

그녀가 다시 고개를 끄덕였다.

일단 한시름 덜게 된 리오는 그녀의 팔과 얼굴을 풀어주었다.

"그럼 인간적으로 얘기를 해보기로 하지."

풀려나자마자 그를 향해 돌아선 장교는 분한 얼굴로 검을 뽑으려 했다. 그러나 리오는 그녀의 눈앞에서 뭔가를 흔들었다. 칼집째로 풀어낸 그녀의 검과 군화 속에 숨겨뒀던 단검이 그의 손에 들려 있었다.

할 말을 잃은 여성 장교는 리오에게 붙잡혔던 오른쪽 팔목을 만지며 말했다.

"정말 당신이 그 쇳덩어리 벡스터를 죽였나요? 오크와 트롤들도 몰살시켰고요? 어떻게 그런 일이 가능하죠?"

"어제 컨디션이 좀 좋았어."

그의 썰렁한 농담에 장교는 잠시 멍하게 있다가 이내 헛웃음을 터뜨렸다.

"이상한 사람이군요. 아무튼 사령관님께서 당신을 찾고 계세요."

"이유는?"

"전 하급 장교라 거기까지는 듣지 못했어요. 단지 당신을 찾아 모시라는 명령만 하달받았을 뿐이에요."

"그렇군."

리오는 그녀의 물건들을 돌려주었다. 여성 장교는 단검을 일단 주머니에 끼우고 칼집을 허리에 다시 채웠다. 그녀는 칼집이 달린 벨트를 단단히 채우며 중얼거렸다.

"대체 세상이 어떻게 돌아가는 건지 모르겠군요. 카일로스님이 이상해지신 것도 그렇고, 당신처럼 이상한 사람이 나타난 것도 그렇고……. 그보다 제 부하들은 살아 있는 거겠죠?"

다시 고개를 든 그녀는 방금 전까지 앞에 있던 리오의 모습이 어디에도 없자 황당하여 한숨을 내쉬었다.

* * *

도시 주둔군의 사령관 람베르트는 자신의 집무실에서 피곤한 얼굴로 보고서를 읽고 있었다. 짧게 깎은 금발과 텁수룩한 수염은 그리 깨끗하지 못했고 어두워진 눈 밑은 수면 부족을 호소했다.

어제 아침에 그는 드래곤 카일로스의 습격으로 깜짝 놀랐다. 그러나 그것은 시작에 불과했다.

오후에는 도시 의회의 명령에 따라 카일로스를 설득하기 위해 보냈던 병사 400여 명이 동행한 엘프족 사제 한 명과 함께 몰살됐다는 이야기에 충격을 받았다. 그리고 저녁에는 철의 학살자로 불리며 자신들을 괴롭히던 오크족 지휘관 벡스터와 그 부하들이 시체로 발견됐다는 소식에 아예 할 말을 잃었다.

군 검시관은 병사들이 고생하여 가져온 벡스터의 시신을 살펴본 뒤 자신의 명예를 걸고 '한 번에 베여 잘린 것' 이라는 결론을 내놓았다. 목을 잃은 180여 명의 오크와 트롤들 역시 이해하기 힘들 정도의 예리함을 지닌 무기에 베어졌다는 말을 했다.

람베르트는 그 일을 도저히 믿을 수 없었으나 깔끔하게 죽은 적들의 시체는 말이 없었다. 더불어 살아서 돌아온 엘프족 소년 에밀은 반쯤 정신이 나간 채 붉은 장발의 사신이 나타났다는 말만 계속했다.

그런데 오늘 아침, 그가 부족한 잠을 보충하기 위해 소파에 눕기 무섭게 엘프족 사제들이 그를 불렀다.

도시를 관장하는 의원들의 한 축인 그들은 벡스터와 오크, 트롤들을 죽인 남자를 찾아내 불러오라고 명했다. 람베르트는 무리라고 했으나 사제들은 그 남자만이 이번 일을 해결할 유일한 희망일지도 모른다고 그를 설득했다.

람베르트는 앞이 막막했다.

그런데 정문 근처의 주민들이 아이를 등에 업은 붉은 장발의 남자를 목격했다는 제보를 해왔다. 사령관은 당장 병사들에게 그를 찾으라는 명령을 내렸고, 지금은 피해 보고서를 살피면서 부하들이 작은 단서라도 찾아내기를 간절히 빌고 있었다.

집무실 창문이 덜컹 열렸다. 강한 바람이 커튼을 젖히고 쏟아져 들어와 람베르트의 책상에 놓인 서류들을 날려 버렸다.

"돌겠군."

짜증을 내며 일어나 창문을 닫은 사령관은 바닥에 흩어진 서류들을 주워 들었다.

"부지런한 분이시군. 부하를 부르는 게 낫지 않겠습니까?"

갑자기 들린 낯선 목소리에 람베르트는 움찔하여 고개를 들었다. 붉은 장발의 남자가 책상 한쪽에 기대어 앉은 채 팔짱을 끼고 있었다.

그 남자다. 그렇게 판단한 람베르트는 서서히, 똑바로 일어났다.

"마음은 그렇지만 당신의 머리색을 보니 그러면 안 될 것 같구려."

"저도 당신 부하들을 눕히고 싶은 마음은 없습니다."

잠시 상대를 지켜보던 람베르트가 이윽고 입을 열었다.

"몇 가지 물어도 되겠소?"

"제가 먼저 하고 싶습니다만?"

두 남자의 눈빛이 팽팽하게 맞섰다.

한참 동안 상대를 노려보던 람베르트는 한숨을 쉬며 왼손을 털었다.

"좋소. 궁금한 것이 무엇이오?"

장발의 남자 리오가 옅게 웃었다.

"카일로스였던가요? 어제 그 드래곤이 이 도시를 습격했다고 하던데, 뭔가 이상한 점이 있었습니까?"

예상을 벗어난 질문이 나오자 람베르트가 움찔했다.

"카일로스님에 대한 것은 왜 물으시오?"

그의 반응에 리오가 고개를 갸웃했다.

"궁금해서 그렇지요."

"아니, 왜 궁금하냔 말이오? 그냥 보면 떠돌이 검사나 용병 같은데, 그런 사람이 드래곤이라는 위대한 존재에 대해 궁금해할 이유가 없지 않소?"

리오는 팔짱을 낀 채 고개를 끄덕끄덕했다. 좋은 지적이라는 뜻이었다.

"호기심이 많아서 그렇다고 하면 믿지 않으실 것 같지만 대충 그렇게 알아두십시오."

"이유는?"

"깊게 알면 사령관님의 건강에 지장을 초래할 뿐입니다."

뭔가 있는 사람이다. 아니, 사람을 가장한 괴물일지도 모른다. 그런 느낌에 람베르트는 바짝 긴장했다.

"건강은 충분히 나빠졌소. 그리고 카일로스님과 관련된 일은 나도 모르오. 하지만 엘프족 사제님들이라면 뭔가 아실 것이오."

"엘프족 사제?"

탁아소의 원장도 거론했던 '엘프족 사제' 라는 말이 나오자 리오가 인상을 찡그렸다.

람베르트가 설명했다.

"사제님들은 인간과 엘프가 교류하기 전부터 카일로스님과 대화를 해왔다오. 카일로스님은 엘프족에게 수많은 지식을 주셨고 엘프족은 그 지식을 바탕으로 번영을 누렸다는데…… 뭐, 아무튼 그렇다고 하더이다. 개인적으로는 엘프를 좀 싫어해서 말이오."

이야기를 듣고 잠시 생각한 리오는 이윽고 빙긋 웃었다.

"재미있는 이야기군요."

그의 반응을 본 람베르트는 자신이 하고 싶은 이야기를 해도 되겠다고 생각하여 입을 열었다.

"그보다 벡스터를 처리한 사람이 정말 당신이오?"

"그렇습니다만, 그 친구가 이 근방에서 그렇게 유명했습니까?"

"그렇소. 이 도시에 주둔했던 기사단까지 그놈의 손에 단장을 잃고 해산될 정도였다오. 당신이 누구인지는 아직 모르겠지만 벡스터를 처리해 준 것에 대해 이 도시의 연합군 모두를 대표하여 감사를 표하오."

"도움이 되었다니 다행입니다."

"아니오. 그보다 중요한 이야기가 있는데, 괜찮겠소?"

"말씀하십시오."

"마침 엘프족 사제님들이 당신을 찾아내라면서 날 괴롭히고 있소. 그분들께서는 당신이 이번 일을 해결할 희망이라고 하시더이다."

그 말에 리오가 씩 웃었다.

"그렇습니까?"

"괜찮다면 지금 당신을 곧장 사제님들께 안내하고 싶소."

"곧장 가야 할 이유라도 있습니까?"

말을 망설이던 람베르트가 한숨을 쉬었다.

"그래야 내가 잠을 잘 수 있다오."

그의 인간적인 반응을 본 리오는 그의 제의를 흔쾌히 받아들였다.

"빠른 안내를 부탁드리죠."

들어올 때와 달리 문으로 집무실을 나온 리오는 람베르트의 안내를 받아 부대를 빠져나왔다.

리오가 들어오는 모습을 보지 못했던 경비병들은 놀랄뿐더러 사령관의 무서운 눈총을 받아야만 했다.

리오는 병사들의 경례를 받으며 앞서 가는 람베르트를 따라가 물었다.

"카일로스가 이 근방의 인간들과 교류한 일은 있습니까?"

"한 번도 없었소. 그 때문에 우리와 엘프들 사이에 말다툼이 좀 있었다오. 정확하게 말하자면 우리 측의 질투지만 카일로스님 본인이 인간들을 만나지 않겠다고 하니 어쩌겠소? 도대체 엘프가 뭐가 그리 좋은 것인지, 원……."

람베르트의 한탄에 리오의 호기심이 발동했다.

"엘프들에 대해 불만이 좀 있으시군요?"

"좀 있는 게 아니오. 아주 많소. 징병되어 배치되는 병사들만 봐도 그렇소. 우리 인간들과 차별되는 엘프들의 특기는 마법인데, 마법을 제대로 사용할 수 있는 엘프가 현장에 배치되는 경우는 없소."

그는 담배와 성냥을 꺼냈다. 그는 흰 연기와 함께 불만을 계속 토해냈다.

"대부분 인간과 다를 바가 없는 친구들이라오. 심한 경우에는 아이들을 보낼 때도 있소. 어제 만난 에밀, 기억하오? 그런 꼬마가 거친 오크와 트롤들을 상대로 싸운다는 것이 말이나 되는 소리요? 나만 해도 에밀 정도는 당장 반으로 접어버릴 수 있소."

사령관이 혀를 찼다.

"아무리 인간과 다른 면이 있다고는 하지만 동족들을 그렇게 막 다루다니, 나로서는 도저히 이해가 안 된다오. 엘프가 문제인지, 아니면 엘프들의 윗대가리들이 문제인지, 쯧."

리오는 말없이 웃었다.

람베르트는 도시 안쪽에 서 있는 쌍둥이 탑 중 왼쪽의 건물로 리오를 안내했다. 도시의 규모가 꽤 컸기에 거기까지 가는 데에만 20분 가까이 시간이 흘렀다.

리오는 흐린 하늘을 배경으로 서 있는 쌍둥이 탑의 꼭대기를 봤다.

“15층짜리 건물인데, 그 꼭대기까지 계단으로 올라가야 합니까?”

“아, 사제님들은 3층에 계시오.”

대답한 람베르트가 피식 웃었다.

“그럴 수밖에 없는 것이, 이 탑들은 구식이라 화장실이 1층에만 있다오.”

“아하.”

람베르트와 마찬가지로 피식 웃은 리오는 쌍둥이 탑의 오른쪽 건물을 봤다.

“저 건물은 뭡니까?”

“우리 인간 측 의장님들이 쓰시는 곳이오. 의장님들은 현재 전투 지역에 물자를 보급하기 위해 파견을 나가신 관계로 저 건물은 텅 비었다오.”

“그렇군요.”

이윽고, 람베르트와 리오가 엘프족 병사들이 지키는 탑의 정문에 도달했다.

탑을 지키는 엘프 병사들은 도시 바깥쪽에서 일하는 엘프 병사들과는 복장부터가 달랐다. 눈에서도 마력이 집중된 파란 빛이 감돌았다.

‘고위 계급의 엘프들이군.’

병사들을 살펴보는 리오의 눈과 초감각에 익숙한 느낌이 감지됐다.

'예상대로야.'

람베르트가 엘프 병사들에게 다가갔다.

"사제님들께 얘기는 들었을 거라 생각하오. 그분들의 지시대로 손님을 모셔왔으니 안내해 드리시오."

엘프 병사들이 탑의 문을 열어주었다.

"사제님들께서 기다리십니다."

고개를 끄덕인 람베르트는 리오에게 탑 쪽으로 가보라는 손짓을 했다.

"자, 들어가시오."

"함께 안 가십니까?"

"아, 불편하다면 내가 병사들과 다시 얘기해 보겠소."

"아닙니다. 함께 가시려 했다면 제가 말렸을 겁니다."

리오의 말에 람베르트는 의아했다.

"그럼 들어가 보겠습니다."

"그러시오."

리오가 엘프 병사들과 함께 탑 안으로 들어갔다. 문은 안쪽에서 굳게 닫혔다.

다시 담배를 입에 물고 잠시 쉬던 람베르트는 가만히 있다가 눈을 질끈 감았다.

"아차, 이름을 안 물어봤군."

다음에 만나면 꼭 묻자고 결심한 그는 담배연기를 뿜으며 탑을 뒤로했다.

* * *

폭이 넓은 계단을 올라 3층에 도달한 리오는 엘프 병사의 안내에 따라 사제들이 있는 회의실로 들어갔다.

회의실은 매우 넓었으며 조용했다. 쇠붙이들을 가급적 멀리하는 엘프들의 특성 때문에 회의실 내에 있는 것이라고는 커다란 원탁과 나무 의자뿐이었다.

그가 회의실 내에 들어오자 원탁에 둘러앉아 있던 사제들이 일제히 일어났다.

하얀 사제복을 입은 그 엘프들은 모두 여성이었고 미모 또한 눈에 띄게 훌륭했다. 평온한 미소로 리오를 맞이한 그들 앞으로 조금 더 화려한 옷을 입은 엘프족 여성이 걸어나왔다.

"어서 오십시오, 미지의 전사여. 당신을 기다리고 있었습니다. 저는 이 도시의 대사제인 에벤이라고 합니다."

"리오라고 합니다."

인사에 응한 리오는 좀 급하다 싶을 정도로 그녀에게 물었다.

"저를 찾으셨다고 들었습니다. 특별한 이유라도 있습니까?"

"설명 드리지요."

그녀의 얼굴에 시름이 깃들었다.

"실은 이 일대의 수호자이신 카일로스님과 관련된 일 때문에 당신을 찾았습니다. 현재 카일로스님은 사리 분별을 못하실 정도의 중병을 앓고 계시지요. 그로 인해 수많은 사람들이 희생됐습니다. 저희도 사제 한 분을 잃었지요."

"유감입니다."

그녀, 에벤이 말했다.

"리오님이라고 하셨지요? 당신께서 철의 학살자라 불리던 오크족의 용장 벡스터를 한칼에 물리치셨다는 말을 들었습니다. 그래서 당신께 도움을 요청하고자 합니다. 저희들이 힘을 빌려 드릴 터이니 부디 카일로스님을 막아주십시오."

그녀가 리오에게 흰 손을 내밀었다.

"힘이라……. 후훗."

표정을 조금 비튼 리오는 혀로 입술을 한 번 훑은 후 팔짱을 꼈다.

"혹시 아시는지 모르겠습니다."

갑작스런 그의 말에 에벤의 표정이 미묘해졌다.

"무엇을 말입니까?"

"드래곤들에게는 드래곤들만의 법규가 있습니다. 그중의 하나가 바로 다른 종족, 좀 더 확실히 말하자면 인간이나 엘프들 같은 하등한 종족 위에 드래곤이 군림하거나 대대적인 존경을 받아서는 안 된다는 것이지요. 물론 이름을 알려서도 안 됩니다."

"……."

"그런데 카일로스라는 드래곤은 멋지게도 수호자 카일로 스님이라고 불리더군요. 게다가 당신들, 정확히는 엘프족 사제들과 정기적인 '교류'를 했다고 들었습니다. 그것은 앞서 말씀드린 법규에 완전히 위배되는 일이지요."

말을 마무리한 리오가 눈을 부릅뜨고 물었다.

"당신들도 아시지 않습니까?"

에벤과 사제들의 표정이 서서히 바뀌었다. 다른 사제들과 함께 의심스러운 눈으로 그를 바라보던 에벤이 이윽고 표독스러운 목소리로 물었다.

"보통 인간이 그 규칙을 알 수는 없을 텐데, 어디에서 온 분이십니까?"

목소리 끝에서 울리는 이상한 파동이 리오의 초감각을 강하게 자극했다.

확신 속에, 리오가 검지로 위쪽을 가리켰다.

"저기, 하늘나라에서."

그 말 한마디에 에벤을 비롯한 사제들 전원이 격한 반응을 보였다.

"신의 하수인!"

에벤이 리오에게 내밀고 있던 손을 앞으로 쭉 뻗었다. 하얗고 곱던 그녀의 손이 검은색으로 탁해지더니 송곳처럼 뾰족하게 변해 리오 쪽으로 뻗어나갔다. 늘어났다고 봐도 무방했다.

리오의 보라색 검이 부채꼴의 섬광을 만들었다. 무서운 속도로 공기를 가로지른 칼날에 깨끗이 잘려 나간 에벤의 팔이 바닥을 구르다가 독한 연기를 내뿜으며 증발했다.

리오가 검끝을 그들에게 내밀었다.

"그래, 그 하수인들 가운데에서도 가장 질이 나쁜 그룹의 한 명이지."

팔을 잃었음에도 불구하고 통증을 느끼지 못하는 에벤과 뒤에 있던 사제들이 눈빛을 교환하더니 일제히 옷을 벗어 던졌다.

벗은 것은 옷만이 아니었다.

어떤 자는 곤충과 비슷한 모양으로, 어떤 자는 도마뱀과 비슷한 모습으로, 어떤 자는 야수처럼 네발로 땅을 디디며 긴 송곳니를 드러냈다.

그녀들, 아니, 그것들 모두가 앞서 레나가 미지의 힘으로 불러냈던 괴물들과 비슷했다.

리오는 휘파람을 불었다.

"워, 이거 놀랍군. 지적능력이 없는 놈들인 줄 알았더니 그게 아니었잖아? 너희들, 대체 정체가 뭐지? 일단 우리는 너희들을 렘런트라 부르기로 했는데 말이야."

대답 대신 에벤의 몸이 거대하게 부풀었다. 큰 원숭이처럼 변한 에벤은 고운 목소리마저도 잃고 괴성을 질러댔다.

엘프족 병사들이 문을 열고 회의실로 들어왔다. 그들은 문을 지나자마자 사제들과 마찬가지로 엘프의 껍질을 벗어던지며 괴물로 변했다.

괴물 렘런트들이 일제히 외쳤다.

"도망칠 생각은 마라!"

세 마리의 괴물이 리오에게 달려들었다.

그들이 바짝 접근하는 순간 리오의 주변에서 보라색의 검풍이 불었다.

곤충 모양의 렘런트는 일격에 허리가 끊어져 가장 먼저 세상을 떴다. 도마뱀 모양의 렘런트는 다음 순간 머리를 잃었다.

박쥐와 비슷하게 생긴 렘런트가 발톱을 앞세우고 날아들었으나 발과 두 날개를 차례로 잘린 뒤 바닥에 추락했다.

추락한 렘런트의 머리 위에 오른발을 둔 리오는 살기로 파랗게 빛나는 눈으로 남은 렘런트들을 노려봤다.

"물론 나도 그냥 갈 생각은 없어."

그의 발밑에서 꽤 두툼한 물건이 으스러지는 소리가 탄력있게 터졌다.

"한 마리 정도는 샘플로 가져가야 하거든. 누구로 데려가면 좋을까나?"

앞으로 걸어나가던 그가 갑자기 검을 옆으로 휘둘렀다. 몸을 투명하게 하여 슬슬 접근하던 야수 형태의 렘런트가 두 동강 나며 날아갔다.

"재미있군. 방금 그것은 정령들과의 소통이 가능할 정도로 소질이 좋아야만 쓸 수 있는 고위 엘프들만의 능력이었어. 단순히 엘프들의 모습으로 위장한 게 아니라 엘프들의 몸을 흡수한 모양이군. 나까지 이런 형태로 만들 생각이었나?"

에벤이, 에벤이었던 렘런트가 원숭이처럼 낄낄 웃으며 답했다.

"흡수가 아니다. 너희들 입장에선 '감염' 이지."

"감염?"

리오의 좌우에 멀리 떨어져서 자리를 잡은 렘런트들은 하나같이 검은색 표범의 모습을 하고 있었다. 그들이 길목을 지키는 신상처럼 리오를 향해 입을 쩍 벌렸다.

그들의 입안에서 뭔가가 맴돌았다. 검은색 타르를 뒤집어쓴 것처럼 추악한 괴물의 모습과 달리 그들의 입안에 뭉치는 것은 깨끗한 바람이었다.

'마법!'

리오가 그리 느낀 순간 괴물들이 준비를 끝낸 바람의 마법들이 포탄이 되어 리오에게 날아갔다.

리오가 왼손으로 몸에 감은 회색 망토를 풀더니 벌레를 쫓듯 주변을 휘저었다. 날아오던 마법들이 망토에 튕겨 마법을 썼던 자들에게 다시 날아갔다.

망토를 원래대로 몸에 휘감은 리오는 홀로 남은 렘런트 에벤에게 물었다.

"아무래도 카일로스 역시 너희에게 감염된 것 같은데, 무슨 수를 쓴 거지? 대충 짐작은 가지만 직접 듣고 싶군."

렘런트가 낄낄 웃었다.

"그 드래곤은 엘프 암컷들을 좋아했지. 엘프들에게 드래곤들의 지식을 조금씩 가르쳐 주는 대신 신이라도 된 듯 즐거운 '공양' 을 받았어."

얘기가 예상했던 대로 지저분하게 흘러가자 리오는 불쾌한 미소를 지었다.

"그래서?"

"우리는 공양이 예정된 사제들을 '감염' 시킨 뒤 때를 기다렸어. 결국 녀석은 우리가 원하는 대로 '감염' 됐지."

"매독(梅毒)처럼?"

그가 비꼬자 괴물이 웃었다.

"비슷하지. 드래곤이라 그런지 다른 생물보다는 오래 버티더군. 이곳에 날아와 우리를 죽이려고까지 했어. 우린 동포 한 명을 더 보내서 감염 속도를 가속해 보려고 했으나 그건 실패했지. 성공했다면 아마 이 도시는 어제 오후에 불바다가 됐을 거야."

리오가 품었던 모든 의문이 한 번에 해결되는 순간이었다.

"너무 좋아하진 마라. 카일로스의 저항은 거의 끝났어. 아주 약간의 영혼과 정신력을 제외하면 카일로스의 육체와 능력의 대부분은 우리 손에 있지. 그의 정보도 말이야."

리오는 '정보'라는 말이 마음에 걸렸다.

"다른 생물들을 그렇게 감염시키고 다니는 이유는 뭐지? 그 '정보' 때문인가?"

"얘기는 끝이다!"

괴물이 체액을 토했다. 아주 간단히 체액을 피한 리오는 가공할 만한 속도로 돌진하여 어깨로 상대의 몸을 들이받았다. 내장이 뭉개질 정도의 충격으로 인해 괴물은 무릎까지 꿇으며 고통스러워했다.

리오는 괴물의 정수리에 검끝을 댔다.

"나를 신의 하수인이라고 부르는 것을 보면 보통 놈들은 아닌 것 같군. 그렇다고 지금 당장 너희들의 정체를 알고 싶은 생각은 없어. 이런 외진 도시의 엘프 사제들이 감염됐을 정도면 다른 곳은 더 큰일에 휩싸여 있다는 말이니 머지않아 알게 되겠지."

리오가 검을 뒤로 당겼다. 괴물이 그 틈을 노리고 체액을 토하기 위해 입을 벌리는 찰나, 리오의 팔뚝을 중심으로 흰색의 반투명한 팔찌들, 스펠다이얼이 구성되어 철컥 맞춰졌다. 다이얼은 사라졌지만 거기에서 만들어진 힘은 보라색의 대검에 흘러들어 갔다.

그의 검을 흰색의 질풍이 휘감았다.

"참고로, 마법이라는 것은 이렇게도 응용할 수 있지."

리오는 그 상태로 상대의 입에 검을 처넣었다. 검 자체에 담긴 물리적 충격과 검에 휘감긴 강력한 질풍이 괴물의 육체를 파열시켰다.

남은 것은 검을 입에 물고 있는 괴물의 머리뿐이었다. 그런데 다른 괴물과 달리 그 괴물은 머리만 남았는데도 끈질긴 생명력을 보였다.

리오가 검을 흔들어 괴물의 머리를 떨어뜨렸다. 괴물은 리오를 보며 또다시 킥킥거렸다.

"끝났다고 생각하지 마라. 카일로스의 몸을 빼앗은 우리 동포가 조금 뒤 이곳으로 올 테니까. 이제 이 도시는 너와 함께 불바다로 변할 것이다!"

괴물이 경고하자 리오가 어깨를 으쓱했다.

"그래? 잘됐군. 나도 마침 감염된 드래곤이 어떤 꼴을 하고 있는지 보고 싶었거든."

그의 여유에 괴물이 놀랐다.

"두렵지 않은가? 상대는 드래곤인데?"

"마음도 좋으셔라."

리오가 발로 괴물의 머리를 걷어찼다. 머리는 벽에 충돌하여 산산이 부서졌다.

그렇게 해결해야 할 과제 중 하나를 끝낸 리오는 검을 거둔 뒤 진지한 얼굴로 회의실을 빠져나갔다.

그는 계단을 뛰어내려 가며 생각했다.

'여유는 부렸지만 성년기 드래곤의 육체까지 빼앗을 정도라면 보통 일이 아니군. 이건 천사나 악마조차도 감염시키는 데 문제가 없다는 얘기야.'

탑을 빠져나온 리오는 거대한 기운이 도시 쪽으로 날아오는 것을 느꼈다.

"빨리도 오는군."

그의 두 발이 위로 붕 떠올랐다. 새처럼 치솟아 쌍둥이 탑의 옥상에 발을 디딘 그는 팔짱을 낀 채 하늘 저편을 봤다.

붉은색의 드래곤 카일로스가 먹구름을 가르며 도시를 향해 날아오고 있었다.

"웃흥!"

리오의 옆쪽에서 애교 섞인 웃음소리가 터졌다. 리오는 이마를 잔뜩 구긴 채 그쪽을 돌아봤다.

"왜 또 왔지?"

그가 어제 만났던 진홍색 턱시도의 악마 케롤이 키득키득 웃었다.

"설마 이 자리에서 저 드래곤과 싸우려는 건 아니시겠죠? 그랬다간 천사들이 몰려올지도 몰라요."

"그건 걱정하지 마. 같이 저세상으로 보내 버리면 되니까."

"후훙, 터프하셔라."

"됐으니 용건없으면 돌아가."

그의 시큰둥한 반응에 케롤은 검지와 중지로 자신의 뿔테 안경을 누르며 아쉬워했다.

"너무하시네요. 도와드리려고 온 건데."

"돕겠다고?"

케롤이 손으로 자신의 앞머리를 툭 털었다.

"말씀드렸을 텐데요? 전 당신의 담당이에요. 담당이란 말 그대로 책임지는 자. 그런데 당신이 천사들과 문제를 일으키면 전 크게 혼이 날 겁니다."

"흠, 왠지 날 걱정해서 그런다기보다는 내가 천사들과 접촉하는 것을 정치적으로 꺼려 하는 것처럼 들리는군."

"우후후, 그건 당신의 오해. 그리고 저는 단지 당신을 걱정하는 담당."

"아, 그러신가? 마음은 고맙지만 정식으로 날 귀찮게 하고 싶으면 주신계에 가서 서류부터 받아와. 안 그러면 어떤 악마가 불의의 사고로 목숨을 잃었다고 얼버무려 버릴 거야."

"후훙, 서류는 당신도 떼어야 하지 않나요? 우리는 용족과 아무 관계도 아니라서 당장 싸움이 나도 상관없지만 주신계 사람들은 용족의 신 브리간트님과 하이볼크님 사이의 관계 때문에 어떤 용족이든 함부로 죽일 수 없다고……."

리오가 말을 끊듯 피식 웃었다.

"죽이라는 임무를 받았는데 무슨 서류를 또 떼라는 거야?"

케롤이 멍한 표정을 지었다.

"정말 저 드래곤과 관련된 임무를 받으셨던 건가요?"

"알았으니 좀 가라고!"

리오가 결국 소리를 버럭 질렀다.

그들은 쌍둥이 탑 중 오른쪽에 있었다. 공터처럼 텅 비어 있던 왼쪽 탑의 옥상에 카일로스의 육중한 두 다리가 내려왔다.

드래곤으로서 중년기에 가까운 카일로스는 나이만큼이나 대단한 덩치를 자랑했다.

뒷발만 해도 적당한 크기의 집 십여 채를 확실히 누를 수 있을 만큼 큰 그 초대형 생물이 하강하며 일으킨 공기의 압력은 인간들의 입장에서 봤을 때 가히 살인병기나 마찬가지였다.

실제로 카일로스가 탑에 앉자마자 탑 주위에 있던 건물 중 좀 오래되거나 구조가 약했던 집들은 그 폭압에 모조리 주저앉았다. 탑 자체도 파편을 튀기며 중저음의 비명을 질렀다.

카일로스가 일으킨 강풍이 도시를 뒤덮었다.

바람이 잦아들자 탁아소 안에 있던 레나가 밖으로 나갔다. 탁아소 아이들이 그녀의 뒤를 우르르 따라 나갔다. 원장과 선생들은 한 번 웃고는 아이들을 말리기 위해 밖으로 나왔다.

"애들아, 신발은 신어야지."

가장 어린 아이들의 신발을 들고 밖으로 나온 원장은 거리에 있는 모두가 흙먼지를 뒤집어쓴 채 한곳에 눈을 두고 있자 헛발을 디딜 정도로 깜짝 놀랐다.

그녀는 사람들을 따라 시선을 돌렸다.

그녀가 들고 있던 아이들의 노랗고 빨간 신발들이 땅으로 떨어졌다.

탑에 앉은 카일로스가 두 날개를 크게 펼치며 위용을 뽐냈다. 그는 구름 낀 하늘 속에서 고개를 쳐들고 크게 포효했다. 장성한 드래곤의 권위와 공포가 힘으로 구현된 붉은색 파동이 도시 전체로 번졌다.

모든 사람들이 공포에 질렸다. 어떤 이는 바닥에 주저앉았고 선 채로 똥오줌을 동시에 지리는 자도 있었다.

람베르트를 포함한 병사들도 다를 바가 없었다.

어제 도시를 급습한 카일로스를 봤을 때 그냥 놀라기만 했던 사령관은 '이제 끝장이다' 라는 생각으로 고향에 있는 가족과 친지들을 떠올렸다.

그러나 레나는 차디찬 눈빛으로 카일로스를 노려봤다. 주위의 모두가 카일로스에게 정신이 팔려 있었기에 그 표정을 본 사람은 아무도 없었다.

물론 주변의 일일 뿐이었다. 그녀와 눈이 마주치는 것만 가까스로 피한 케롤은 쓴 것을 깨문 표정으로 리오에게 속삭였다.

"리오님, 저 아이……."

"아무 말도 하지 마. 건드리지도 말고."

"하아, 참 굳센 분이시군요. 알았어요. 여기서 꼼짝 말고 당신의 싸움을 구경하지요. 구경 정도는 해도 되겠죠?"

"구경 정도라……. 성년기를 넘긴 드래곤과 그것도 서룡족과 싸워본 일이 있나?"

"저 드래곤은 전투훈련을 받은 경험이 없어요. 훈련을 받게 되면 해당 훈련장과 소속 부대의 인장을 얼굴에 마킹하는 것이 가능해지는데, 저 카일로스는 도서관 이용권을 소지하고 있다는 점 외엔 특별한 게 느껴지진 않네요. 그럼 저처럼 큐트한 악마에겐 상대가 안 되죠."

디바이너를 뽑아 들던 리오가 고개를 갸웃했다.

"정말 '큐트' 하기 때문에 상대가 안 된다는 말은 아니겠지?"

"웃흥, 재미없는 남자. 꼭 야수 같군요."

"알았으니 구경만 해."

리오는 시력을 집중하여 드래곤의 상태를 살폈다. 대체적으로 봤을 때는 외양적인 변화가 없었지만 머리 위에는 검은색의 물질이 투구처럼 씌어져 있었다.

"저것이 렘런트군."

"뇌를 완전히 장악하진 못했네요."

"그런가?"

케롤은 뿔테 안경을 만졌다. 렌즈 위에 악마들의 문자가 마구 떠올라 카일로스의 머리를 계속 살피고 투영했다.

"육체적 기능은 대부분 잠식했고 남은 것은 뇌인데……. 렘런트가 전투 및 그가 알고 있는 모든 기억까지도 침식했지만 완벽하진 않아요. 카일로스 자신의 정신적인 부분은 침식되지 않았네요."

리오는 잠시 상황을 살핀 뒤 디바이너를 다시 거뒀다.

"대화를 할 수 있을까, 카일로스?"

"나 카일로스는…… 서룡족의…… 학자!"

"그래, 학자. 당신과 엘프들의 부적절한 관계만 아니었다면 난 아마 당신 책에 사인을 받고 있을 거야."

"난…… 책을 낸 적이…… 없네."

"오우, 이런."

사과의 뜻으로 슬쩍 웃은 리오는 벽처럼 단단히 팔짱을 꼈다.

"정신 유지의 한계가 어디까지일 것 같소?"

"한계는…… 다했네. 나와 내 육체를 침식한 존재들이 나에게 얘기할 기회를 주는군."

"기회?"

"쌍둥이의…… 명령이라는군. 무슨 소린지 도저히 모르겠네. 자네는 누군가? 이들이 자네를 신의 하수인이라고 부르는군."

"주신계에서 왔소."

"주신계……! 오, 그렇군. 우리 서룡족의 위대한 수도 드래고니스에서 자네들에 대한 얘기를 들은 일이 있네. 그렇다면 걱정할 것 없겠군. 어서 날 죽이게. 죄로 얽힌 나와 이 육체에 자유를 주게."

"그게 내 임무요."

리오가 그에게 오른손을 뻗었다. 다층 구조의 진홍색 마법진이 그의 손을 중심으로 늘어나 카일로스의 머리를 조준했다.

"일단 이것으로 한 번."

마법진에서 진홍색의 빛이 일어났다. 그 마법의 빛, '플레어'의 힘은 핵융합폭발의 광선으로 변해 카일로스의 머리에 직격했다.

자신에게 닥쳐오는 진홍색의 광선을 눈을 감고 기다린 카일로스는 이내 머리와 목 중간까지 일격에 잃고 말았다.

"흐훙, 가볍게 끝났군요."

"설마."

서서히 늘어지던 카일로스의 육체가 갑자기 벌떡 일어났다. 떨어진 목의 단면에서 시커먼 물질들이 마구 올라오더니 방금 플레어를 맞고 사라진 카일로스의 목과 머리를 재창조했다.

"쌍둥이에게 들은 대로 대단한 힘의 소유자로군, 신의 하수인이여.”

“어느 순간 덥석 신의 가호를 받은 애송이들과는 좀 다르지. 그보다 쌍둥이는 뭐지? 너희들의 지배자인가?”

“대답할 이유는 없다. 넌 우리가 얻은 드래곤의 육체가 얼마나 강력한지 시험하게 해줄 첫 상대일 뿐이다!”

렘런트 드래곤이 리오를 향해 꼬리를 휙 돌렸다. 그 두껍고 묵직한 철퇴에 리오가 밟고 있던 건물 옥상은 저항조차 못하고 저 멀리 날아가 도시 한가운데에 떨어졌다.

케롤과 함께 하늘로 날아올라 공격을 피한 리오는 양손의 관절을 우둑우둑 풀었다.

“휘두르는 폼이 제법인데? 또 해보실까?”

드래곤이 방향을 바꿔 다시금 꼬리를 휘둘렀다.

탄력있는 반발음이 리오가 있던 허공에서 터졌다. 황색으로 빛나는 렘런트 드래곤의 눈이 활짝 커졌다.

통나무를 옆구리에 껴서 옮기는 자세로 드래곤의 꼬리를 막아낸 리오는 왼손으로 꼬리의 단단한 표피를 두드렸다.

렘런트 드래곤은 꼬리를 움직이려 했으나 꼬리는 마치 못이 박힌 듯 꼼짝도 하지 않았다.

“혹시 솔리더스라는 분을 알고 있나?”

“카일로스의 기억 속에서 그 이름을 찾아냈다. 솔리더스 발레트. 레드 드래곤 부족의 부족장. 약 300년 전에 부인을 잃고 드래고니스로 돌아갔다고 되어 있군.”

꼭 기록장에서 그 부분을 찾아 설명해 주는 듯한 투였다.

"그 솔리더스라는 드래곤과 지금 상황이 어떤 연관이 있나?"

렘런트가 묻자 리오는 어깨를 으쓱했다.

"그분 꼬리에 수없이 죽었거든. 단지 그뿐이야."

리오는 꼬리를 잡은 팔에 힘을 넣었다. 표피가 그의 손가락 모양으로 뚫리고 팔의 근육질이 한계까지 팽창했다.

렘런트 드래곤의 거대한 육체가 하늘에서 빙글 돌더니 땅에 격돌했다. 탑 두 개를 완전히 무너뜨리고 지면까지 깨뜨린 충격이 도시 전체를 엉망으로 만들었다.

리오는 렘런트 드래곤의 꼬리를 굳게 잡은 채 충격에 허덕이는 상대를 노려봤다.

"동료들에게 전해라. 이제부터 내 눈치를 봐야 할 거라고 말이야."

"으으윽……!"

리오가 드래곤의 꼬리를 위로 추켜올린 뒤 몇 번 돌리고는 산맥이 보이는 곳으로 드래곤을 내던졌다. 뒤이어 두 손으로 바람의 마법을 연거푸 날렸다. 공성병기의 대형 포탄처럼 강력한 마법의 바람들이 렘런트 드래곤을 연타하여 산맥 한가운데에 처박았다.

"후우."

심호흡을 한 리오는 깍지 낀 두 손을 머리 위로 들었다.

케롤은 주변의 빛이 그에게 집중되는 것을 느꼈다. 더불어 그 빛이 리오의 내부에서 가공할 만한 속도로 변질되는 것도 감지했다.

리오의 손 사이에서 짙은 회색의 스파크가 터졌다. 그가 깍지를 풀자 리오보다 몇 배는 더 큰 부피의 에너지 덩어리가 만들어졌다.

살아 있는 모든 것을 활성화시키는 태양의 빛. 그 빛의 활성화 속도를 극단적으로 높여 모든 것을 파괴에 이르도록 만드는 힘.

"히익, 그것은!"

케롤이 겁에 질렸다.

그것이 바로 리오를 대표하는 대소멸 공격 기술 '데이브레이크' 였다.

"처음 보나? 그런 얼굴이군."

그가 손을 다시 모으자 데이브레이크의 빛이 그의 가슴둘레보다 조금 작은 크기로 압축되었다. 압축에는 근력이나 법칙의 변이 같은 것은 사용되지 않았다. 대신 그가 1,000년 전, 발할라에서 머물며 배웠던 아스가르드의 룬 문자가 빛을 듬뿍 머금은 채 데이브레이크의 활성화를 억누르고 있었다.

"여기까진 피해가 없을 테니 구경 잘하라고!"

리오가 내던진 데이브레이크의 탄환이 산맥에 쓰러진 렘런트 드래곤에 충돌했다.

데이브레이크의 빛이 퍼지면서 그 일대의 모든 것이 파멸적인 활성화로 인해 원자 단위로 분해되고 그마저도 서로 충돌하며 연쇄 폭발을 일으켰다. 렘런트라고 해서 그런 지옥으로부터 벗어나지는 못했다.

"과거는! 우리의 과거는……!"

그는 지금 자신에게 닥쳐오는 상황을 필사적으로 분석하려 했다. 그러나 뭔가 하기도 전에 새카맣게 타고 분해된 뒤 원자 단위로 부딪쳐 폭발했다.

저 멀리서 시작된 충격의 여파가 지진처럼 도시 전체를 흔들었다. 리오는 데이브레이크의 파괴 지점을 잠깐 살핀 후 땅으로 천천히 내려갔다.

그는 벨트에 달린 주머니에서 교신기를 꺼냈다.

"목표물 제거. 데이브레이크 투하. 특별한 지시 사항 없나?"

―피엘 플레포스입니다. 렘런트가 성년의 드래곤을 침식시키는 데 걸리는 시간은 어느 정도였습니까?

"시간은 처음 연락을 주셨을 때가 침식의 시작으로 추정됩니다. 이 도시의 사람들은 다들 갑작스런 상황으로 받아들이더군요."

―상대가 드래곤인만큼 렘런트의 접촉 방법은 일반적이지 않았을 것 같습니다만, 그에 대해서도 조사하셨습니까?

"교접(交接)을 노렸습니다."

—……예?

“카일로스가 젊은 엘프 여성들과 자주 즐겼다고 하더군요. 그래서 엘프를 먼저 침식시킨 후 때를 기다린 겁니다.”

—하아, 지금 이 자리에 루이체가 없는 것이 다행이군요.

그녀의 한숨 소리에 리오가 짓궂게 웃었다.

“흠, 어떤 이유로 다행인지 말씀을 듣고 싶군요.”

—저를 추행하시는군요. 나머지 보고는 제정신일 때 다시 하십시오. 교신을 종료합니다.

“교신 종료.”

리오는 즐거운 얼굴로 교신기를 넣었다.

옆에서 듣고 있던 케롤이 고개를 저었다.

“정말 짐승이시군요. 피엘 플레포스 비서관은 미혼이라고 들었는데 말이죠.”

“이거보다 더 심한 농도의 보고도 자주 했어.”

“그래요? 반응이 어떻던가요?”

“제정신일 때 다시 하라더군. 후후.”

“오우. 우후후훗.”

두 사람이 착지한 후 약간의 시간이 흘렀다.

흔들리는 망루 속에서 웅크리고 앉아 있던 병사는 어느 정도 안정감이 느껴지자 망루 밖으로 고개를 내밀었다.

“어?”

병사는 카일로스가 공포를 뿌렸을 때도 굳게 거머쥐고 있던 활을 너무 쉽게 놓아버렸다.

만년설에 뒤덮여 묵묵히 시간을 보내던 거대한 산맥의 한 가운데가 검게 탄 자국만 남긴 채 사라져 있었다. 그나마 남은 곳도 굉장한 소리를 내며 붕괴되었다.

뜬금없이 일을 당한 도시 사람들은 대혼란에 빠졌다. 사령관 람베르트도 당황했으나 도시 내의 그 어떤 사람들보다도 빠르게 정신을 수습하여 병사들에게 치안 유지를 위한 긴급 명령을 내렸다.

"우선 약탈이 일어나지 않도록 막아야 한다! 어서 움직여! 어서!"

거리로 나오며 지휘하던 그는 문득 발걸음을 멈췄다. 어린 아이를 팔에 업은 붉은 장발의 남자가 가만히 머리채를 흔들며 도시 바깥으로 나가는 모습을 봤기 때문이다.

자신이 여태껏 알지 못했던, 하지만 분명 존재했던 전설과 마주했던 것일지도 모른다는 생각이 사령관의 머릿속에 피어올랐다. 그러나 그의 소년과 같은 감정은 자신을 찾는 부하들의 애타는 목소리에 금방 사라졌다.

'역시, 이름을 들어야 했는데.'

아쉬움이 그의 마음에 긴 여운을 남겼다.

CHAPTER 02
수습요원

카일로스 처치 후 며칠을 이동한 끝에 리오는 한적한 마을의 여관에 자리를 잡았다.

레나가 정신없이 잠든 야심한 밤, 리오는 여관방의 커튼을 단단히 치고 교신기를 꺼냈다.

책을 열 듯 교신기를 연 그는 그것을 탁자 위에 올려놨다.

교신기의 단면에서 빛이 뿜어져 나왔다. 그 빛은 적당한 크기의 스크린을 리오의 앞에 만들어주었다.

리오가 교신기 옆에 뜬 빛의 다이얼을 이리저리 조정하자 잠시 후 안경을 쓴 금발의 여성이 스크린에 모습을 드러냈다.

—아, 리오님. 연락을 기다리고 있었습니다.

"예, 피엘 비서관. 아이가 좀 늦게 잠이 들었습니다."

—그렇군요. 아, 저기 보이네요.

그녀, 피엘이 밝게 웃었다.

레나를 살피는 피엘에게 리오가 물었다.

"제가 드린 정보와 일치하는 세력이 존재합니까?"

피엘은 고개를 저었다.

—드래곤의 정신과 육체를 침식할 수 있는 존재는 천사나 악마들을 제외하고서라도 상당히 많답니다. 고대의 신들까지 감안하면 헤아릴 수 없지요. 조금 더 깊은 조사가 필요할 것 같습니다.

"음……."

불편한 한숨이 리오의 적갈색 팔뚝 위로 쏟아졌다. 피엘도 아쉽게 웃었다.

—하지만 그 세계의 엘프들이 문제인 것은 확실한 것 같군요. 좀 더 직접적인 방법을 써보시겠습니까?

"어떤 방법입니까?"

—엘프들의 거주지를 살펴보는 것이죠. 제가 수집한 정보에 따르자면 그 세계의 인간과 엘프들은 현재 서로 간의 도시를 방문하는 것이 매우 통상적인 일이 되어 있더군요. 제가 그 근방에서 가장 가깝고 큰 엘프들의 도시를 안내해 드리겠습니다.

화면 한쪽에 지도가 떠올랐다. 자신이 이곳에서 구한 지도와 그 지도를 비교해 위치를 확인한 리오는 고개를 끄덕거렸다.

"그럼 이곳에서 정보를 더 모아보겠습니다. 흠, 걸어서 가면 시간이 꽤 걸릴 것 같군요."

—어차피 걸어가셔야 합니다.

피엘이 그렇게 말하며 빙긋 웃었다. 그녀가 그렇게 웃을 때마다 임무가 추가된다는 사실을 아는 리오는 속이 뜨끔했다.

"무슨 말씀이시죠?"

—예. 이번에 우리 측에 새로운 분이 들어오셨습니다.

"새로운 분? 사무직입니까?"

—리오님과 같은 현장 근무원이지요.

리오는 그리 달갑지 않은 표정으로 그녀의 말을 받아들였다.

"이제 와서 추가 인원이라니, 별일이군요."

—그렇지요.

그녀가 동감의 미소를 지었다.

—그분께서 수습 과정을 훌륭히 마치시면 아마 정식으로 선발되실 겁니다. 하지만 리오님께서도 잘 아시다시피 수습 과정은 큰 고통을 수반하지요. 물론 그분의 능력은 과분할 정도지만요.

과분할 정도의 능력을 가진 수습요원이라는 말에 리오는 조금 혼란스러웠다. 또한 불안했다.

"다 좋은데, 그 수습요원과 저를 결부시킬 생각은 아니시겠지요?"

—제가 지금 표시해 드리는 도시에서 접선하시면 됩니다. 거리상 내일 정오 정도면 도착하실 겁니다.

그녀가 강압적으로 밀어붙이자 리오는 몸을 웅크리면서 두 손으로 얼굴을 감쌌다. 저 여자는 항상 이런 식이다. 그 생각이 리오의 머릿속에서 휘몰아쳤다.

"이건 은밀히 진행되는 임무가 아니었습니까?"

—악마왕 디아블로의 직속부대 대장 케롤라흐 람 트리비터에 대한 보고를 누락시키신 분이 누구지요?

그녀의 지적에 리오는 할 말을 잃었다.

—너무 걱정하지 마세요. 내일 만나실 분의 능력이라면 한층 더 편하게 임무를 진행할 수 있으실 겁니다. 다만 리오님께서 정신적인 피로를 감수하셔야 하겠지만 말이지요.

"예?"

리오가 의아해하는 순간 화면이 이상하게 일그러졌다.

—아, 신호에 간섭이 들어오는군요. 수습요원과 합류할 장소와 시간을 보내 드리겠습니다. 리오님도 아는 분이니 너무 걱정하지 마세요. 그럼 다음에 뵙지요.

화면이 하얗게 변했다. 뒤이어 어떤 도시를 위에서 그린 지도가 떠올랐다. 도시의 정문에서 두 갈래로 나뉘는 길의 한가운데에 붉은색의 표시가 있었다. 그곳이 수습요원과의 접선 장소였다.

"찾기 쉬운 장소이긴 한데…… 누구지? 내가 아는 사람 중에 우리 일을 수습할 정도의 능력자가 있었나?"

리오는 모르겠다는 듯 고개를 흔들고는 머리채를 묶은 끈을 푼 뒤 자신의 침대에 누웠다.

* * *

다음날.

몇 가지 사소한 문제로 인해 리오가 접선 시각에 늦는 한편, 접선이 약속된 장소에는 어떤 여성이 서성이고 있었다.

꼭 은으로 말끔히 도금된 것 같은 느낌의 은발을 뒤쪽으로 동그랗게 틀어 올린 그녀는 위아래 모두 검은색의 옷을 입었고, 그 위에는 몸매가 가볍게 드러나는 연황색의 가죽 갑옷을 걸치고 있었다. 신고 있는 가죽 역시 연황색이었다.

그녀는 지나가는 모든 이들의 시선을 받을 정도로 미모가 출중했다. 뾰족하고 긴 귀는 엘프들과 비슷했지만 어딘지 모르게 강한 위엄이 서린 인상과 지나치게 조신한 분위기, 그리고 엘프족들 사이에서도 본 적이 없는 머리색 때문에 함부로 말을 거는 사람은 없었다.

그녀는 땅에 늘어진 자신의 그림자를 푸른색 눈동자로 살펴 시간을 확인했다.

'늦는군.'

마침 그녀의 옆으로 도시 경비병들이 바짝 긴장된 발소리를 내며 지나갔다. 그녀는 망설임없이 경비병들을 불렀다.

"이보시오."

마침 그녀를 한 번 보고 지나갔던 경비병들이 움찔했다.

"아, 무슨 일이십니까?"

그들이 응하자 그녀가 물었다.

"제가 사람을 만나려고 이곳에 왔는데 행여나 잘못 찾아온 게 아닌가 하여 여쭙고 싶소. 혹시 이곳 말고도 큰 문 앞에 위치한 갈림길이 또 있소?"

경비병들은 그녀를 특이한 말투의 엘프족 여성이라 생각하며 고개를 저었다.

"이 도시는 큰 문이 하나라서 이곳이 틀림없을 겁니다."

"그렇구려. 고맙소. 도움이 되었소."

"아닙니다. 몸조심하십시오."

경비병들과 인사를 나눈 그녀는 원래 있던 곳으로 돌아갔다. 경비병들은 서로를 보며 어깨를 으쓱한 뒤 자신들이 가던 길을 계속 갔다.

그녀는 시간을 보낼 겸 주변을 둘러봤다. 건물 곳곳이 망가져 있었고 지나가는 모든 이들의 표정이 하나같이 어두웠다. 게다가 주변을 지나는 경비병들의 숫자도 많았고 무장 상태도 좋았다.

'이들에게 일이 있나 보군. 비록 수습이지만 나도 하늘에서 온 자이니 그냥 지나칠 수는 없지.'

그녀는 바지 주머니에서 작은 수첩을 꺼냈다. 그 안에는 깨알 같은 글씨로 여러 가지 항목이 적혀 있었다.

그것들을 쭉 읽어 내려간 은발의 여성은 보조개가 생길 정도로 입술에 힘을 꾹 준 뒤 고개를 끄덕거렸다. 첫 일을 앞둔 자기 자신에 대한 응원이었다.

그녀는 가까운 곳에 있는 노점상 쪽으로 걸어갔다. 얼굴에 근심이 가득한 얼굴로 자리에 앉아 있던 상점 주인은 그녀가 다가오자 슬그머니 일어났다.

"실례하오. 말씀을 좀 묻겠소."

그녀가 손님이 아니라는 사실을 깨달은 노인은 자리에 다시 앉았다.

"그러시구려."

이곳에 무슨 일이 있느냐고 물으려는 찰나였다.

집채만 한 생물 하나가 도시의 외벽과 건물을 차례로 오르더니 그녀가 있는 곳 바로 뒤편에 떨어졌다.

그 생물은 사자의 몸에 독수리의 머리와 날개를 가진 존재, 그리핀이었다. 검은색 물질을 머리에 잔뜩 뒤집어쓴 그 거대한 맹수는 미친 듯이 머리를 털며 괴로워했다.

덩치가 큰 생물이 그렇게 난동을 부리자 사람들은 당황하는 기색 없이 일제히 도망쳤다. 건물 안에 있던 사람들까지도 기계적으로 빠르게 대피했다. 반대로 경비병들은 기다렸다는 듯 각종 무기를 들고 그리핀을 향해 뛰어왔다.

미리 준비를 했거나 몇 번이고 당해보지 않으면 보일 수 없는 행동이었다.

그리핀 쪽으로 돌아선 은발의 여성은 그리핀의 상태와 사람들의 행동을 보고 고개를 끄덕거렸다. 사람들의 걱정이 무엇인지 이해한 것이다.

그러나 경비병들의 눈에는 외지에서 온 여성이 겁에 질린 나머지 그냥 서 있는 모습으로밖엔 보이지 않았다.

말을 탄 장교가 눈을 부릅뜨고 소리쳤다.

"도망치시오! 어서! 저 그리핀은 이제 악마로 돌변한단 말이오!"

그 말을 들은 여성은 그리핀의 상태를 소상히 살폈다. 머리에 붙은 괴이한 물질이 그리핀의 머리를 지나 뇌와 영혼 속으로 침범하고 있었다.

'저것이 문제였군. 저 그리핀은 구할 수 없겠어.'

도망칠 줄 알았던 그녀가 그리핀에게 다가가자 장교와 경비병들이 비명을 질렀다.

"으아악! 뭐 하는 짓이오!"

은발의 여성이 어느 한도 내로 접근하는 순간 고통스러워하던 그리핀이 기습적으로 부리를 휘둘렀다.

큰 들소도 한 번에 꿰뚫어 부술 만큼 날카롭고 위력적인 그 부리에 주민들과 동료들이 끔찍한 모습으로 죽어나가는 것을 지겹게 봤던 장교와 경비병들은 눈을 질끈 감았다.

뭔가 부서지는 소리와 함께 그리핀의 몸이 솟구쳤다. 그 아래엔 작은 주먹을 쥐어 올린 은발의 여성이 있었다.

일격에 부리가 박살 난 그리핀은 하늘에 둥실 뜨더니 날개조차 퍼덕이지 못하고 땅에 떨어졌다.

그 소리에 경비병들이 다시 눈을 떴다. 그들은 밋밋한 표정으로 그리핀의 꼬리를 붙잡는 은발의 여성을 보고 의아해했다.

"지금 무슨 일이……?"

그녀가 그리핀을 잡은 팔을 치켜 올렸다. 그러자 그리핀이 꼬마들에게 꼬리를 잡혀 유린당하는 생쥐처럼 하늘로 다시 떠올랐다.

그녀는 두 발을 땅에 붙인 채 그리핀을 좌우로 연거푸 패대기쳤다. 그 소리와 땅의 진동이 그 자리에 있던 모든 이들을 경악시켰다.

그리핀이 넝마가 되어 죽을 무렵, 리오가 도시에 도착했다.

이상한 느낌에 움찔한 리오는 시력을 강화하여 저 멀리 정문 뒤로 보이는 상황에 주목했다.

그와 수습요원이 만나기로 한 갈림길은 피와 살점으로 얼룩져 있었다. 뭔가 큰일이 있었던 것이 분명하지만 그것만으로는 상황을 파악할 수가 없었다.

그때, 정육점에 걸린 고기 신세가 된 그리핀의 꼬리를 잡아 경비병들을 향해 질질 끌고 가는 여성의 모습이 그의 시야에 잡혔다.

리오가 눈을 질끈 감았다.

"오, 이런. 세상에."

"왜 그래, 오빠?"

뒤에서 타박타박 걸어오던 레나의 질문에 리오는 대답을 하지 못했다.

가까스로 냉정을 되찾은 리오는 망토의 후드를 깊게 쓴 뒤 은발의 여성을 향해 황급히 달려갔다.

"레나는 잠깐 여기 있어!"

"응."

레나가 아무것도 모르는 얼굴로 손을 흔들었다.

리오는 은발의 여성이 저지른 일을 어떻게든 수습해야 했다. 방법은 간단했다. 그녀를 데리고 이 도시에서 도망치는 것이었다.

"하이엘바인님!"

리오의 부름에 은발의 여성이 고개를 그쪽으로 돌렸다.

"오, 리오. 이제 왔나?"

리오가 그녀의 손을 버럭 잡았다.

"뛰십시오!"

"뛰라니?"

그녀의 손을 잡고 벼락처럼 내달린 리오는 정문 밖에 서 있는 레나를 옆구리에 낚아챈 뒤 더욱 속도를 높였다.

상황이 어떻게 돌아가는 것인지 전혀 모르는 레나는 자신을 옆구리에 끼운 채 무서운 속도로 달리는 리오를 멍하니 바라봤다. 너무 빨리 달리느라 생긴 공기의 저항이 소녀의 머리카락과 피부를 바깥쪽으로 밀어냈다.

"숨 쉬기 힘들어!"

"참아!"

리오는 속도를 유지했다.

일단 길을 따라 쭉 뛰어간 그들은 30분 정도 지난 뒤에야 가까스로 멈췄다.

리오는 그래도 불안했는지 은발의 여성을 붙잡고 숲으로 들어갔다. 레나는 가쁜 숨을 쉬면서도 다급히 그 뒤를 따랐다.

리오가 몸을 숙이고 한숨을 크게 쉬었다. 은발의 여성은 조금 흐트러진 자신의 올림머리를 정돈하며 그에게 물었다.

"사람을 도운 뒤에는 항상 이런 식으로 모습을 감춰야 하는 건가?"

"그건 도운 게 아닙니다."

리오의 지적에 그녀가 흠칫 놀랐다.

"도운 게 아니라니? 나는……."

"그렇게 공개적으로 힘을 쓰면 혼란만 일어날 뿐입니다.

아까 보니 당신께서 들고 계시던 그 고깃덩어리는 원래 그리핀이었던 것 같던데, 그 정도의 야수를 맨손으로 제압하는 일반 여성은 세상 그 어디에도 없습니다."

"아, 그런가? 그래서 사람들이 놀랐던 것이로군."

그녀가 몰랐다는 투로 말하자 리오는 머릿속이 하얗게 되어 아무 말도 하지 못했다.

그가 따지듯 물었다.

"그보다 당신께서 왜 여기에 계신 겁니까? 이제 자유의 몸이 되셨지 않습니까?"

"오딘님께서 요즘 세상을 배울 겸 자네들의 일을 도우라고 하셨네. 자네들의 상관께서도 허락하셨지. 대신 수습 기간을 훌륭히 마쳐야 그대들과 같은 권한을 부여하겠다고 말씀하시더군."

리오는 지금 거론된 '두 분', 즉 오딘이라는 존재와 자신의 최고 상관이 자신의 일을 어떻게 보고 이런 짓을 하는지 도저히 이해할 수 없었다.

"너무 곤란해하지 말게. 내가 활동하던 시대와 지금이 완전히 다르다는 것은 지금 자네가 해준 말을 통해 깨달았으니까."

리오는 뭐라고 하려다 말고 고개를 끄덕거렸다. 그녀, 하이엘바인은 미안함이 섞인 미소로 그를 대했다.

"미안하네. 하지만 내가 줄 수 있는 도움도 분명 있을 것이야."

그녀가 자신의 길고 뾰족한 귀의 끝을 손으로 잡아 살짝 내렸다. 보란 듯한 그녀의 행동에 시선을 돌린 리오는 고개를 갸웃거렸다.

"원래 그렇게 귀가 기셨습니까?"

"이곳에 온 직후 바꿔봤네. 오랜만이라 기억이 안 나나? 원래 내 귀는 이렇지."

그녀의 귀가 반짝 빛을 발하더니 인간의 귀 모양으로 돌아왔다. 그 광경에 레나는 깜짝 놀랐다.

"우와, 마법이다!"

레나가 다급히 리오의 망토를 잡고 흔들었다.

"오빠, 저 언니는 누구야? 응? 응? 마법을 쓰고 있어!"

리오는 엄청난 압박감을 받았다.

하이엘바인이 레나를 보며 빙긋 웃었다.

"너무 놀랄 것 없다, 인간의 아이여. 나에겐 당연한 일이다."

그 말에 레나가 눈을 휘둥그레 떴다. 반대로 리오는 쓰러지고 싶었다.

리오는 왼손을 레나의 어깨에, 오른손을 자신의 얼굴에 댄 채 굵은 목소리로 물었다.

"아주 놀랍군요. 그런데 굳이 귀를 그렇게 바꾸신 이유가 뭡니까?"

"자네에게 맡겨진 일에 대해 대충 들었네. 그래서 엘프와 비슷한 외모를 가져보려고 했지. 이렇게 하면 인간인 자네가 할 수 없는 일을 내가 할 수 있게 되지 않겠나?"

리오는 기가 막혔다.

"아, 그렇군요."

그는 레나의 어깨에서 손을 떼고 팔짱을 꼈다.

"좋습니다. 그럼 지금 이 시간부터는 제 지시에 따라주십시오. 나이와 위치로 보자면 저는 당신의 발밑에도 미칠 수 없지만 그것 때문에 제가 맡은 일을 날려 버리고 싶진 않습니다."

하이엘바인이 고개를 끄덕였다.

"오딘님께서도 그리 말씀하셨네. 자네를 후배로서 따르겠네."

"알겠습니다. 그럼 기본부터 시작하지요."

리오는 레나의 옆에 몸을 숙이고 앉아 그녀의 밤색 머리를 만져 주었다.

"레나, 하이엘바인님께 인사드리렴."

"안녕하세요, 하이엘바인님. 레나라고 합니다."

레나가 몸을 꾸벅 숙여 인사했다.

"아, 그 아이가……."

뭔가 말을 하려 했던 하이엘바인은 리오가 말을 자제하라는 눈빛을 보내자 거기서 말을 끊었다.

리오가 정신감응을 이용해 그녀에게 말했다.

[당신께서 활동하던 시대에는 신과 인간의 접촉이 잦았지만 지금은 그렇지 않습니다. 일의 은밀성을 유지하기 위해서라도 당신은 한 사람의 인간으로서 그녀를 대해야 합니다.]

[그럼 어찌해야 하나?]

[그냥 귀엽다거나, 착하게 보인다거나, 총명하게 보인다고 하시면 됩니다.]

[알겠네.]

그녀가 레나를 보며 웃었다.

"이름이 레나라고 했나?"

"예!"

레나가 밝게 대답했다. 하이엘바인의 미소가 더욱 밝아졌다.

"그냥 귀엽다거나, 착하게 보인다거나, 총명하게 보이는 아이로구나."

레나의 눈이 다시 커졌다. 고개를 돌린 리오의 입에선 웃음과 신음 사이에 걸친 소리가 구슬프게 흘러나왔다.

하이엘바인의 얼굴이 빨갛게 타올랐다.

[난 자네 말대로 했네! 오히려 자네의 조언이 이상하다는 생각까지 했단 말일세!]

[그나마 다행이군요.]

이상해졌던 리오의 표정이 조금 누그러들었다.

[한 사람의 인간으로서 평범하게 대하시면 된다는 말씀이었습니다.]

[아, 그렇군.]

잠깐 긴장했던 하이엘바인은 자신을 멍하니 바라보는 레나에게 사과하듯 말했다.

"미안하구나, 얘야. 난 역시 농담에는 소질이 없는 것 같구나."

"아뇨. 재밌었어요."

레나가 킥킥 웃었다.

"언니라고 불러도 되나요?"

"그러려무나. 이쪽으로 오렴. 한번 안아보고 싶구나."

하이엘바인이 두 팔을 벌리자 레나가 그녀에게 뛰어 안겼다. 리오는 레나를 감싸드는 하이엘바인의 두 손에 묘한 빛이 흐르는 것을 가만히 바라봤다.

'레나를 분석하고 계시군.'

두 사람의 진지한 속마음을 모르는 레나는 하이엘바인의 빛나는 은발을 감상하다가 얼른 리오에게 고개를 돌렸다.

"오빠, 근데 말이야."

"응."

"오빠랑 하이엘바인 언니는 어떻게 알게 된 사이야?"

뭐라고 설명할까 고민하던 리오는 옅은 미소를 지었다.

"음, 그러니까……."

"웃홍!"

그 순간 낮익은 웃음소리와 함께 진홍색의 돌풍이 그들 옆에서 휘몰아쳤다.

말을 끊은 리오는 화가 잔뜩 난 눈으로 돌풍이 일어난 곳을 돌아봤다.

"왜 또 나타났지?"

돌풍을 걷어내며 나타난 악마 케롤은 두 팔을 벌리며 특유의 간드러진 목소리를 냈다.

"우후훗, 난 당신의 담당. 영원한 추적자!"

"오오."

감탄한 사람은 하이엘바인이었다. 움찔한 케롤은 긴장한 얼굴로 그녀를 살펴봤다.

"이 계집은 누구죠? 뭔가 강력한 힘이 느껴져서 달려온 건데, 설마 이 계집입니까?"

리오가 한숨을 쉬었다.

"예의를 지켜. 저분은 신족이야."

"신족? 신족이 인간계에? 그것도 당신의 옆에?"

케롤의 표정이 이상해졌다.

"리오님, 설마 하반신으로 신계를 정복하실 셈인가요?"

심신에 가해지는 여러 가지 자극에 의해 체내에서 일어나는 비특이성 반응. 이른바 스트레스.

감정을 가진 생물 대부분은 스트레스가 높아진 상황에서

신체적 증상과 정신적 증상, 감정적 증상, 행동적 증상 등을 보인다. 리오는 육체적으로 봤을 때 인간의 범주에서 완전히 벗어난 존재지만 스트레스에 대한 저항력은 강인한 수준일 뿐이었다.

간추리자면, 그도 화가 날 만한 상황이 계속되면 결국 화를 낸다는 것이다.

리오는 분노를 꾹꾹 누르며 하이엘바인의 눈치를 살폈다. 케롤이 말한 '하반신'이 정확히 무엇인지 전혀 모르는 그녀는 뒷짐을 진 채 상체를 좌우로 흔들며 리오의 바지 앞뒤를 살피고 있었다.

"하반신?"

그녀의 맑은 시선에서 이상한 굴욕감을 느낀 리오는 격노할 뻔했으나 하이엘바인의 유일한 가족이자 자신의 스승인 오딘의 얼굴이 눈앞에 뭉게뭉게 떠오른 덕에 가까스로 인내심을 발휘할 수 있었다.

"체통을 지키시지요."

"음? 아, 내가 실례를 했나 보군."

리오는 이쯤에서 케롤에게 하이엘바인을 소개할지, 아니면 목격자 제거 작업을 해버릴지 고민했다. 그녀의 공개 여부에 대해서 들은 바가 없었기 때문이다.

그런데 거기서 그의 이성의 끈이 끊어지는 일이 벌어졌다.

케롤이 하이엘바인의 정수리를 손바닥으로 푹 누른 것이다.

"흠, 생체적 구조는 인간과 흡사하네요. 키는 작고, 몸매도 그저 그렇고. 아무래도 어떤 신이 인간과 장난을 쳐서 낳은 것 같은데 그나마도 혈통까지 별 볼일 없나 보네요."

리오가 당황한 나머지 이성을 잃으려는 찰나, 하이엘바인이 해맑게 웃었다.

"내가 못 미더운 모양이군."

"흥, 어차피 신족은 그냥 잡종일 뿐이라서……."

케롤의 말이 끝나기도 전에 하이엘바인이 두 손으로 그의 머리를 붙들었다.

"앗?"

그리고 산이 흔들렸다.

나뭇가지 위에서 시간을 보내던 새들은 폭음과 진동에 놀라 일제히 날아올랐고 네발 달린 짐승들은 이리저리 날뛰었다. 벌목을 하던 사람들은 지진이나 화산 폭발이라며 몸을 웅크렸다.

하이엘바인의 무릎에 복부를 제대로 맞은 케롤은 시체에 가까운 표정이 된 채 숨조차 제대로 내쉬지 못했다.

"무슨……?"

마치 악귀가 잘못을 빌 듯 그녀의 다리를 붙든 채 스르륵 쓰러진 케롤은 방금 전 자신에게 닥친 충격을 이해할 수 없었다. 수천 겹이나 되는 자신의 각종 방어 체계, 이른바 '결계'들이 단 한 번의 무릎차기에 완전히 뚫려 버렸기 때문이다.

'어째서?'

고민을 해도 답은 나오지 않았다. 그는 자신의 지식 범주를 뛰어넘는 힘이라는 사실 외에는 아무런 결론도 낼 수 없었다.

리오가 디바이너의 칼자루를 엄지로 만지작거렸다.

"비밀 유지에 대한 이야기는 어디까지 듣고 오셨습니까?"

"대놓고 돌아다녀도 큰 문제는 없을 거라고 들었네."

곧이곧대로 듣기엔 좀 묘했지만 사실이라면 케롤의 목숨을 빼앗을 필요는 없어 보였기에 그는 디바이너에서 손을 떼었다.

리오가 케롤의 옆구리를 발로 툭툭 걷어찼다.

"뭔가 얘기를 듣고 싶으면 어서 일어나. 아니면 돌아가던가."

"으, 으흐으음."

일어나면서까지 간드러진 소리를 낸 케롤은 아직 몸에 남은 충격 때문에 허리를 펴지 못했다.

하이엘바인은 그에게 손을 활짝 내밀어 악수를 청했다.

"난 하이엘바인이라 하네, 젊은 악마여. 아스가르드의 신족이지."

케롤은 넋이 나간 채 그녀의 손과 얼굴을 번갈아 봤다.

"하, 하이엘바인님? 아스가르드의 하이엘바인님?"

케롤은 울렁거리는 속을 붙잡은 채 교신기를 꺼냈다. 리오가 쓰는 것과 디자인이 조금 달랐고 표면도 검은색과 붉은색으로 채색되어 있었다.

그가 빛으로 된 다이얼을 맞추고 숫자를 넣자 세 개의 거대한 뿔을 머리에 단 붉은색의 괴물이 화면에 모습을 드러냈다.

—무슨 일이냐, 케롤라흐 람 트리비터?

“예, 디아블로님. 지금 이 자리에 아스가르드 출신의 하이엘바인이라는 분이 계십니다.”

반쯤 감겨 있던 디아블로의 용암색 눈동자가 번쩍 밝아졌다.

—하이엘바인님이라고? 네놈, 거짓이라면 네 일족 전체를 멸해 버리겠다!

“사, 사실입니다, 왕이시여! 주신계의 리오님도 함께 계십니다!”

—주신계의……? 음, 그렇군. 주신계에서 농담으로 보낸 공문이 아니었군.

열기와 괴이한 힘으로 이글거리던 디아블로의 눈이 믿을 수 없을 만큼 잔잔해졌다.

—하이엘바인님께 예의는 갖췄느냐?

“에, 저, 그러니까…….”

리오가 이때구나 싶어 끼어들었다.

“키는 작고, 몸매도 그저 그렇고, 혈통도 별 볼일 없다고 하더군요. 그랬지, 케롤?”

제대로 한 방 먹이기 위한 수작이었다. 덕분에 케롤의 표정이 바짝 얼었다.

붉은색의 악독한 위용을 온몸에서 뿜어내던 디아블로가 눈을 질끈 감았다.

—케롤라흐 람 트리비터.

"예, 예!"

—넌 나를 포함한 내 왕국의 모든 악마들을 노숙자 신세로 만들 생각이냐?

"예에?"

케롤은 상관의 그 말을 이해하지 못했다.

—설명해 봤자 믿지도 못하겠지. 이 일은 내가 직접 사죄드려야겠구나. 하이엘바인님을 뵙고 싶으니 움직여라.

케롤은 디아블로의 얼굴이 떠 있는 교신기를 하이엘바인 쪽으로 조심조심 돌렸다.

하이엘바인의 모습을 직접 확인한 디아블로는 세 개의 뿔이 사납게 불거진 큰 머리와 두꺼운 몸집을 깊숙이 숙였다.

—아스가르드의 위대한 자손이시여, 당신께서 자유를 얻으셨다는 소문을 얼마 전에 들었습니다. 직접 찾아뵙고 축하드리지 못해 송구합니다.

"으음, 아닐세. 예전보다 몸과 기세가 많이 좋아졌군."

디아블로는 악마들 가운데에서 가장 강력한 축에 속한다.

몸의 크기를 통상의 수백 배까지 키워 지금은 희귀종이 된 고대의 거인족과 힘으로 맞상대할 수 있을 뿐만 아니라, 공포라는 개념의 근원으로까지 불리는 그의 기세는 작은 대륙의 모든 생명체에게 영향을 끼칠 정도로 강대하다.

그런 디아블로가 하이엘바인에게 고개를 숙였다. 그는 지금만이 아니라 처음부터 그녀와 눈을 똑바로 마주치지 못했다.

—그래도 여전히 당신의 발밑에 미치지 못합니다. 부하의 결례를 용서하십시오.

"아, 너무 그러지 말게. 모르면 다 그럴 수도 있지 않은가?"

—너그러움에 감사드립니다.

하이엘바인은 지그시 웃었다.

"정말 긴 시간이 흘렀군. 다시 봐서 반갑네."

—하이엘바인님과 다시 얘기를 나누게 될 줄은 생각 못했습니다. 다시 또 얘기를 나눌 기회가 왔으면 합니다만 지금 당장은 어려울 듯합니다.

"바쁜가?"

—아닙니다. 선신계와 그들의 하수인들이 그 세계에서 이상한 움직임을 보이고 있습니다. 대략적인 이야기는 소인의 부하인 케롤라흐 람 트리비터에게 들으십시오. 볼일을 다 보신 뒤에는 녀석을 죽이셔도 됩니다. 제가 트리비터 가문에는 얘기를 잘해놓겠습니다.

"하하, 난 정말 괜찮다네."

—당신의 인자함에 이 디아블로, 부끄러움을 느낍니다.

감복하여 탄성을 내지른 디아블로는 이윽고 자신의 눈을 일제히 케롤에게 돌렸다.

—운이 좋구나, 케롤라흐 람 트리비터. 하지만 넌 나와 긴 이야기를 해야 할 것이다. 단단히 기대해라.

디아블로의 모습이 번쩍 사라졌다.

그에게 잔뜩 겁을 먹어 후들거리던 케롤은 다리가 풀린 듯 풀썩 주저앉았다.

"아, 나에게 이런 슬픈 시련이……!"

리오가 그를 보며 팔짱을 꼈다.

"설명을 들으면 더 슬퍼질걸?"

리오는 설명에 앞서 케롤에게 슬금슬금 다가가는 레나를 낚아채듯 안아 들었다. 레나는 표정으로 불쾌감을 드러냈으나 리오는 특별한 해명 없이 하려던 이야기를 꺼냈다.

"발할라에 대해서는 알고 있겠지?"

"아스가르드의 거점이잖아요? 그 거대한 성 발할라는 아스가르드의 모든 것이 부서지는 그날까지도 함락되지 않았죠. 오딘님이 항복을 선언한 뒤에는 신계 한구석에 처박혔고요. 마치 전리품처럼 말이죠."

전리품이라는 말에 하이엘바인의 표정이 어색해졌다.

"어째서 함락되지 않았는지 들은 적이 있나?"

리오가 묻자 케롤은 고개를 도리도리 저었다.

"글쎄요? 그 부분은 디아블로님을 비롯한 모든 원로들께서 말씀을 안 하셔서 잘 모르겠네요."

리오는 레나를 꼭 껴안은 채 자리에 앉았다. 얘기가 길다는 예고나 마찬가지였기에 다른 이들도 차례차례 바위와 나무그루터기 위에 자리를 잡았다.

"머릿수와 아군의 배신 등으로 싸울 힘을 거의 상실한 아스가르드의 군대는 발할라에서 최후의 항전을 했지. 신이라고는 오딘님 한 분만 남았고 전사들의 대부분은 심한 부상으로 전투 불능 상태가 됐는데, 아스가르드의 군대는 발할라에서 항전을 결의한 이후에 무려 여덟 차례의 공격을 버텼지. 숫자만 따져도 80대 3억이었어."

"80대 3억이요?"

"수준 이하의 잡졸을 빼면 80대 수백? 하지만 더 놀라운 건 오딘님께서 항복하시던 그날에는 80대 30이 됐다는 사실이야. 그리고 살아남은 30여 명은 현재 신계혁명의 공로자로서 장로나 원로 대우를 받으며 아주 잘살고 있지."

그 장로나 원로 중의 한 명이 디아블로라는 사실을 알고 있는 케롤은 입을 다물지 못했다.

"어떻게 그렇게 될 수가 있죠?"

리오가 검지를 폈다.

"한 명이 있었지. 그리고 200여 명이 있었어. 그 200여 명의 특공대는 천사와 악마들 사이에서 난다 긴다 하는 자들만

뽑은 거야."

"호오……."

"혁명군은 머릿수로 발할라를 밀어붙였다가 아까 얘기한 '한 명' 에게 모조리 박살 나는 바람에 혁명군에서는 그 한 명을 잡기 위해 특공대를 짜기로 한 거지. 특공대는 총 일곱 차례에 걸쳐 발할라를 공격했어."

"오오."

"하지만 총 일곱 차례에 걸친 시도는 모두 실패했고 생존자는 30여 명에 그치게 됐지. 그 생존자 중에는 디아블로가 끼어 있었는데……."

리오가 짓궂은 의도로 하이엘바인에게 물었다.

"하이엘바인님, 왜 그때 디아블로를 살려주셨습니까?"

그 한마디에 케롤의 표정과 앉은 자세가 싹 바뀌었다.

하이엘바인이 해죽 웃었다.

"너무 어리고 기특했지."

그 순간 케롤은 자신이 알고 있던 모든 상식이 붕괴되는 느낌을 받았다.

사실 하이엘바인이라는 이름은 그도 알고 있었다.

디아블로를 비롯한 여러 악마왕들이 연회 자리에서 가끔 그녀의 이름을 언급하곤 했기 때문이다. 하지만 이름이 나올 때마다 분위기가 안 좋아졌기에 신계혁명을 직접 겪지 않은 악마들은 그냥 '위험분자' 의 이름 정도로만 취급했다.

"그리고 혈통 얘기가 나와서 말인데……."

리오의 눈가에 감정이 실렸다. 그가 그렇게 대놓고 불쾌감을 드러내는 것은 오딘과의 얽힌 의리 때문이었다.

"현재의 신족은 최상위 신들에게 축복받지 못하면 노새처럼 잡종 취급을 받지. 하지만 아스가르드를 비롯한 옛 신계 시절의 신족은 그렇지 않아. 불멸의 권능만이 없을 뿐, 능력 그 자체는 부모와 동일하거나 그보다 더 강할 때도 있어."

"……."

"하이엘바인님은 아스가르드에서 가장 힘이 센 신으로 유명한 토르님의 막내야."

그 순간 케롤이 주먹을 쥐고 벌떡 일어났다.

"갑자기 급한 일이 생각나 버렸군요!"

"아아, 그래. 어서 가."

진땀에 흠뻑 젖은 케롤의 모습이 진홍색 돌풍과 함께 사라졌다.

"처음부터 이상한 일에 휘말리시는군요."

그의 말에 하이엘바인은 그냥 웃기만 했다.

미소가 그리 밝진 않았다. 리오의 설명 때문에 옛 영광은 물론 나쁜 기억들까지 모두 떠올라 버렸기 때문이다.

리오는 간식으로 준비한 빵을 레나에게 준 뒤 하이엘바인과 마음속으로 이야기를 나눴다.

[그보다, 거기서 그리핀을 잡아 털고 계셨던 이유가 무엇입니까?]

[사람들을 돕기 위해서였네. 그 그리핀은 미지의 생명체에게 육체와 영혼을 침식당하고 있었지. 이곳에 드래곤의 육체와 영혼마저 빼앗는 미지의 존재가 있다는 이야기를 들었는데, 혹시 관계가 있는 일인가?]

[그렇습니다. 하지만 그리핀의 육체를 빼앗으려고 하다니, 이상하군요. 아무리 그리핀이라 해도 그저 짐승일 뿐인데 말입니다.]

[그 도시에서는 그런 경우가 좀 빈번했던 것 같네. 도시 곳곳이 파괴되었고 사람들은 마음의 준비를 단단히 하고 있었지. 조사해 볼 가치가 있을 것 같네.]

[그 말씀에는 공감합니다만 하이엘바인님께서 저지르신 일 때문에 저 혼자만 조사가 가능할 것 같습니다.]

[아, 걱정할 것 없네. 내가 지금 가서 그들의 기억을 지우고 오겠네.]

리오가 고개를 푹 숙였다.

[당신께서 그 정도의 힘을 발휘하셨다가는 어디 있을지 모르는 천사와 악마의 첩자들에게 우리의 위치가 발각될 겁니다.]

[아, 그렇군. 그럼 모습만 감추고 자네를 따라다니도록 하지. 몸을 투명하게 하면 되려나?]

[고대 신족이 사용하는 힘이라 해도 투명화는 큰 힘을 발산하게 되어있습니다. 들킬 확률이 열의 아홉입니다.]

[하지만 나 혼자 도시 밖에서 자네를 기다릴 수는 없네. 그건 내 양심이 허락하질 않네.]

그녀가 책임감 강한 여성이라는 사실을 알고 있는 리오는 자기 자신과 조금 타협을 보기로 했다.

그는 망토를 벗어서 하이엘바인에게 주었다.

[망토로 몸을 가리시고 후드로 얼굴을 감추십시오.]

하이엘바인은 망토를 잡자마자 얼굴을 찡그렸다.

[이것은 브리간트의 날개 가죽으로 만들어진 망토가 아닌가?]

[그분을 싫어하는 하이엘바인님의 마음은 알지만 냉정히 생각하시길 바랍니다. 이건 중요한 일입니다. 그리고 하이엘바인님은 후배로서 제 지시에 따르시겠다고 하셨습니다.]

하이엘바인은 잠자코 그의 망토를 몸에 둘렀다.

[일이라는 것은 알지만 내가 내 손으로 도와준 사람들의 눈까지 피해야 하는 이유가 있나?]

[오딘님께서 주신이셨을 때와 지금의 명확한 차이는 바로 인간이나 그 외의 지적 생명체들이 갖고 있는 신에 대한 인식입니다. 오딘님의 시대에 인간들은 항상 신의 곁에 있었고 어떤 자들은 신과 몸을 섞기도 했지요. 하지만 지금은 그렇지 않습니다. 이제 신이라는 단어는 이들에게 있어서 더 이상 현

실이 아닙니다.]

리오가 그녀를 봤다. 검붉은 눈썹 밑으로 보이는 그의 검은색 눈동자가 진지했다.

[당신은 토르님의 따님입니다. 고대 신족의 고귀한 혈통이시지요. 그런 분께서 인간들 앞에서 필요 이상의 힘을 계속 발휘하신다면 인간들은 결국 당신을 신으로 여기게 될 겁니다. 인간은 없는 신조차 만들어내면서까지 마음을 달래려고 하거든요. 그 순간부터 당신은 저에게 있어서 부적절한 존재가 되는 겁니다. 저에겐 공개적으로 신이 되어버린 존재를 모시고 다니면서 은밀한 일을 처리할 수 있을 만한 재주는 없으니까요.]

하이엘바인은 그제야 리오가 왜 자신에게 그 난리를 쳤는지 이해할 수 있었다.

[시대가 정말 많이 변했군. 나름대로 공부를 많이 해왔다고 생각했는데…….]

그녀는 품에서 수첩을 꺼냈다. 그 안에는 이곳에 오기 전에 들었던 각종 주의 사항들이 고대 신계의 언어로 빼곡하게 적혀 있었다.

리오는 그 수첩을 보고 한숨 섞인 미소를 지었다.

[자, 이제부터 현장 실습을 해보지요.]

머리에 망토의 후드를 쓰라고 손짓한 리오는 빵을 거의 다 먹어가는 레나를 왼팔로 들었다.

"다시 가볼까?"

"이번에도 달려갈 거야?"

"아니. 천천히 갈 거야."

동생을 안심시켜 준 리오는 망토를 눌러쓴 하이엘바인과 함께 방금 탈출했던 그 도시로 다시 향했다.

* * *

도시에 들어서기 전까지 리오는 예상하고 있었던 귀찮음에 시달려야 했다. 레나가 그의 망토를 연신 잡아당기며 케롤의 정체를 캐물은 것이다.

"그 사람 누구야? 응? 누구냐고?"

"말했잖아. 알아도 별 도움이 안 되는 놈이야."

"그러니까, 누군데 그래?"

대화는 그렇게 무한히 반복되고 있었다.

하이엘바인은 그렇게 버티는 리오가 안쓰러웠는지 결국 둘의 대화에 끼어들었다.

"케롤라흐 람 트리비터는 사람이 아니라 악마란다."

어찌어찌 얼버무려 얘기를 끝내려 했던 리오는 그녀가 순진하게 말을 꺼내자마자 눈앞이 아찔하여 손으로 자신의 얼굴을 가렸다.

레나가 즉시 그녀를 봤다.

"진짜 악마인가요?"

"그렇지."

"그럼 언니보다 더 굉장한 존재인가요?"

"하하, 어떻게 해석하느냐에 따라 다르겠지. 우리 레나에겐 아직 어려운 이야기일까?"

하이엘바인은 즐겁게 웃으며 그녀를 어루만져 주었다. 리오는 하이엘바인에게 뭔가 얘기할까 하다가 생각을 접고 도시 쪽으로 시선을 돌렸다.

그리핀의 피와 살점으로 엉망이 된 거리에 슬그머니 발을 들여놓은 리오 일행은 주변을 살핀 뒤 시장으로 갔다. 그리핀을 침식한 미지의 생명체가 자신이 쫓고 있는 그들과 동일한 존재라면 어딘가에 흔적이 있을 것이라는 생각에서였다.

그러나 보이는 것은 오직 그리핀의 사체뿐이었다. 그나마도 좀 큰 덩어리들은 경비병들이 회수를 했는지 보이지도 않았다.

[의외로 일 처리가 빠르군요.]

[자주 당했기에 그럴까나?]

[그 외에도 뭔가 있겠지요. 적어도 웬 아가씨가 그리핀을 한 팔로 빙빙 돌리는 모습을 자주 볼 수는 없을 테니까요.]

[으, 으음…….]

[그보다, 이제부터 중요한 얘기는 정신감응으로 하는 것이

좋겠습니다. 문의하실 것이라던가 제가 놓친 부분이 있다면 정신감응으로 말씀해 주십시오.]

[그리하지.]

리오는 피 냄새 속에서 풍기는 각종 음식과 채소 냄새를 분간한 뒤 그 냄새들이 풍겨오는 곳으로 향했다.

뒤따라오던 하이엘바인이 정신감응으로 그에게 물었다.

[어디로 가는 건가?]

[시장입니다. 1차적으로 정보를 얻기엔 가장 만만한 곳이죠.]

[시장이 어디에 있는지 알고 있나?]

리오는 자신보다 훨씬 더 뛰어난 능력을 가진 그녀가 그런 질문을 해오니 조금 난감했다.

[냄새로 구분하는 겁니다. 운이 없으면 식당만 잔뜩 있는 거리로 갈 수도 있지만 그렇다 해도 시장 근처이기 때문에 큰 문제는 없습니다.]

[오, 그렇군.]

그녀는 리오가 말한 냄새가 무엇인지 자신의 능력으로 분별해 봤다. 그러나 인간이 취급하는 음식의 냄새에 아직 익숙지 않아서인지 쉽게 구분해 내진 못했다.

그리 크지 않은 도시였기에 시장도 가까웠다. 리오는 시장에 들어서자마자 들짐승의 고기를 취급하는 상점을 우선적으로 물색했다.

[들짐승의 고기를 파는 상점? 거긴 왜 찾나?]

[그리핀은 일반적으로 사냥을 하지 않고는 잡을 수 없는 짐승입니다. 머리가 좋고 덩치도 커서 인간들의 친구가 됐으면 친구가 됐지 사육을 당하려고 하지는 않지요. 아무튼 그런 야수들의 정보를 가장 빨리 접하는 것은 사냥꾼이고 사냥꾼과 가장 밀접한 상인은 들짐승 고기를 파는 상인입니다.]

[음, 그럼 정보를 얻기 위해선 그들이 파는 고기를 좀 사야겠군.]

[그렇긴 하지만 먹으면 곤란합니다. 돈은 없는데 고기를 먹고 싶은 사람들이 어쩔 수 없이 선택하는 것이 들짐승의 고기니까요. 잘못 먹었다가는 소화불량이나 기생충 때문에 고생하게 되지요.]

마침 상점을 찾아낸 리오는 주인들의 인상을 상세히 살폈다.

노인과 중년 부인, 험악한 인상의 사내, 그리고 새파란 젊은이가 운영하는 상점들이 있었는데, 하이엘바인은 리오가 노인에게 갈 것이라 예상했다. 하지만 리오는 예상을 깨고 젊은이가 운영하는 상점으로 들어갔다.

"고기를 좀 사려고 합니다만."

리오가 웃으며 들어오자 젊은이는 샐쭉 웃었다.

"직접 드실 건가요?"

"부하 용병들에게 먹일 겁니다."

"그럼 싸게 해드리죠."

한참 흥정을 한 리오는 거무튀튀한 고기를 종이에 열심히 싸는 점주에게 넌지시 물었다.

"고기 상태를 보니 사냥이 좀 안 되나 보군요."

젊은 점주가 히죽 웃었다. 그렇게 보기 좋은 미소는 아니었다.

"요즘 난리도 아니죠. 그리핀 같은 야수들이 하루가 멀다 하고 쳐들어오거든요. 제 동생들도 그것 때문에 골치죠."

"예, 사냥꾼들이 고생을 좀 할 것 같더군요."

"하하, 역시 용병이시라 말이 좀 통하네요."

"주인장은 이제 현장에 안 나가십니까?"

점주가 또다시 히죽 웃었다.

"마음은 그런데…… 후후."

그 대목에서 리오의 뒤편에 서 있던 하이엘바인이 깜짝 놀랐다. 지금까지 나온 얘기만 봤을 때 리오가 그 젊은 점주의 전직이 사냥꾼이라는 것을 알고 있었다는 결론밖엔 나오지 않았기 때문이다.

아무튼 마음이 풀린 점주는 고개를 슬금슬금 저었다.

"경비병들은 쉬쉬하지만 그 빌어먹을 주술사 때문에 이 지경이 났어요. 한 달 전에 나타난 놈인데, 그 이후로 그리핀처럼 덩치 큰 마수들이 서로 죽이고 싸우더니 이제는 도시까지 쳐들어와서 난동을 부리죠. 손님도 그 문제 때문에 오셨죠?"

"비슷합니다."

"호호, 그럼 행운을 빌게요."

점주가 고기를 내어주며 찡긋 윙크했다.

계산을 한 뒤 고기를 들고 골목으로 들어간 리오는 방금 받은 고기를 하수구에 툭 떨어뜨렸다.

"이보게."

레나의 손을 붙잡고 뒤따르던 하이엘바인이 그를 급히 불렀다.

"저 남자가 사냥꾼이었다는 것을 어찌 알았나?"

"목에서 출발한 흉터가 보이십니까?"

하이엘바인은 건물까지 투시하여 남자의 몸을 살폈다. 리오의 말대로 두꺼운 흉터가 목을 출발하여 아랫배까지 이어지고 있었다.

"아, 야수에게 당한 흉터로군."

"그것도 2년에서 3년 사이에 난 흉터입니다. 가슴과 복부의 근육을 심하게 다친 탓에 은퇴할 수밖에 없었겠지요. 현장을 떠난 뒤엔 동료 사냥꾼들이 주는 물건을 처리해 주는 쪽으로 삶의 방향을 바꿨을 겁니다. 뭐, 흔하다면 흔한 경우죠."

"그렇군."

적대적 존재와 정면으로 싸우는 방법밖에 몰랐던 하이엘바인에겐 신선하면서도 기가 죽는 상황이었다.

"일단 주술사와 경비병이라는 힌트를 얻었으니 다른 곳으로 가보죠."

"다른 곳? 어디로?"

"경비병들이 즐겨 찾는 곳이죠."

하이엘바인은 그가 과연 어디로 갈지 궁금했다. 그러나 그 궁금함은 부끄러움으로 바뀌었다. 리오의 목적지는 대낮에도 버젓이 영업을 하는 집창촌이었다.

"레나와 함께 골목에 잠시 들어가 계십시오."

그곳이 뭐 하는 곳인지 모르는 레나는 태연히 막대사탕만 씹었고, 어떤 곳인지만 알 뿐 안에서 정확히 무슨 일이 벌어지는지는 모르는 하이엘바인은 급히 레나를 데리고 골목으로 들어갔다.

그녀는 레나와 놀아주면서 초감각을 통해 리오의 목소리에 귀를 기울였다.

집창촌으로 들어간 리오는 주변을 둘러본 뒤 1층짜리 작은 건물 앞을 청소하는 여성에게 다가갔다. 그녀는 속이 비치는 분홍색 원피스를 대범하게 입고 있었다.

"여어, 제이미."

리오가 웬 여성의 이름을 부르며 다가오자 청소하던 여성이 허리를 펴고 그를 위아래로 살폈다. 그의 준수한 얼굴과 훌륭한 근육질, 그리고 뭐가 얼마나 들어 있는지 알 수 없는 돈주머니를 보며 입술을 동그랗게 모았다.

"오, 멋진 분이네요. 하지만 저는 제이미가 아니에요. 조안나에요."

"아쉽진 않군요. 당신은 제가 아는 제이미보다 훨씬 더 밝게 빛나고 있거든요."

"어머, 후후후."

일단 그녀의 시선을 끄는 데 성공한 리오는 은화 두 개를 손가락 사이에 끼우고 묘기를 부리며 더 가깝게 다가갔다.

"몇 가지 물어보고 싶은 게 있는데, 괜찮을까요?"

"안에서요, 아니면 밖에서요?"

"당신이 편한 곳에서."

"그럼 여기서 얘기하죠. 전 여기 온 지 얼마 안 됐거든요."

그렇게 말하는 여성 조안나의 표정은 씁쓸했다.

그렇게 보였기에 접근한 것이다. 리오는 속으로 그렇게 중얼거렸다.

그때, 하이엘바인의 목소리가 리오의 머릿속에 들려왔다.

[이보게, 나도 여성에게 그런 식으로 접근해야 하나?]

[아닙니다. 절대.]

딱 잘라 말한 리오는 일단 손에 든 은화 중 하나를 그녀의 손에 쥐어주었다.

"제가 원하는 걸 얘기해 주면 나머지도 드리죠."
"주신다면야."
"경비병들이 요즘 자주 찾아오죠?"
그녀가 고개를 끄덕거렸다.
"그렇죠. 이해는 해요. 요즘 그 사람들 신경이 날카롭거든요."
"시장님 때문인가요?"
경비병들을 쉬쉬하게 만들 정도의 권력자는 일단 최고위층인 시장부터 출발하는 것이 정석이기에 나온 얘기였다.
"정확히는 이곳 시장의 부인 때문이에요. 그분은 엘프인데, 결혼한 이후 20년이 다 되어가는 데도 아이를 못 가져서 고민이 이만저만이 아니었대요. 그런데 한 달 전에 주술사가 부인을 돕겠다며 나타난 이후 경비병들이 이곳을 부쩍 찾게 됐죠. 야수들의 습격도 그때부터 시작됐고요."
거기까지 얘기를 들은 리오는 조안나에게 약속한 은화를 넘겨준 뒤 하이엘바인들이 있는 곳으로 돌아왔다.
[주술사가 원인인 것 같군.]
하이엘바인이 정신감응으로 자신의 의견을 말하자 리오는 다른 곳으로 시선을 돌렸다.
[아직 모릅니다. 생각했던 것보다 규모가 너무 작거든요.]
[규모?]
[드래곤을 건드린 녀석이 일반 야수를 건드리는 것은 납득

할 수 없죠. 뭔가 다른 일이 벌어지고 있는 것 같습니다.]

리오가 레나를 안아 들었다.

"일단 어디 가서 쉬죠. 차나 한잔하시겠습니까?"

"이런 곳에도 차가 있나?"

"오면서 눈여겨둔 곳이 있지요."

하이엘바인은 현장 경험의 우월함을 느끼며 그의 뒤를 따라 골목을 나왔다.

그러나 그녀가 두어 시간 전에 저질렀던 일의 여파가 그때 터졌다.

자못 무서운 눈으로 이곳저곳을 둘러보며 걷던 경비병들이 골목에서 나오는 그들을 보고 움찔했다.

"아, 저 망토입니다! 저 망토를 쓴 자가 그리핀을 죽인 여자를 데려갔습니다!"

리오는 무기를 앞세우고 우르르 뛰어오는 경비병을 보며 씩 웃었다.

"아무래도 다른 곳에서 쉬어야 할 것 같군요."

"무슨 말인가?"

"잠자코 붙잡혀 주시죠. 일정을 앞당길 수 있을 것 같습니다."

"으음……."

경비병들이 오기까지 가만히 기다린 리오는 포위되자마자 두 손을 들었다.

"어어, 항복입니다, 항복."

하이엘바인은 리오의 경험을 믿기로 하고 그와 마찬가지로 두 손을 들었다. 레나도 사탕을 문 채 손을 번쩍 들었다.

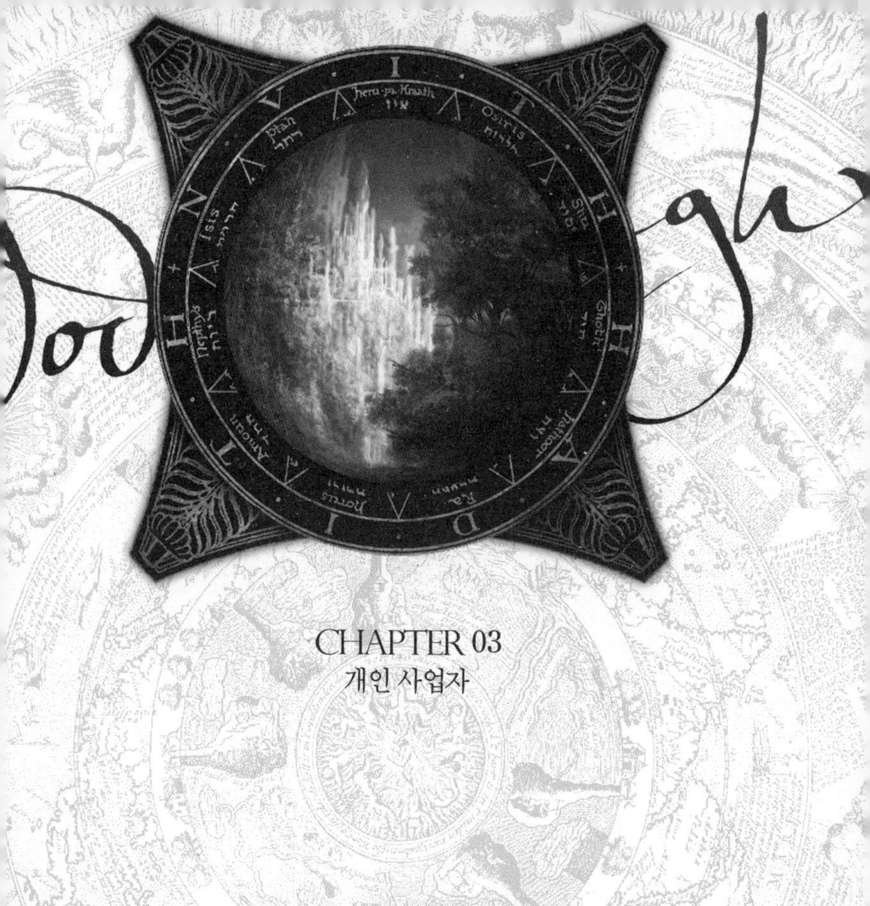

CHAPTER 03
개인 사업자

경비부대의 감방에 갇힌 리오와 레나, 그리고 하이엘바인은 반입이 허용된 레나의 막대사탕을 열심히 씹으며 시간을 보냈다. 철창 밖에서 보초를 선 경비병들은 뭐 저렇게 여유있는 것들이 있냐며 구시렁댔으나 그것을 빌미로 폭력을 행사하진 않았다.

노을이 질 무렵, 검은색 로브와 후드로 몸을 가린 남자와 고급스런 옷을 입은 엘프족 여성이 경비병들과 함께 철창 앞으로 다가왔다.

엘프 여성이 경비병에게 물었다.

"저 여자가 그리펀을 맨손으로 잡았다는 여자인가요?"

그녀의 질문에 경비지휘관이 고개를 숙였다.

"예. 일단 엘프족인 것 같습니다만……."

"저 남자와 아이는요?"

"일행이라고 합니다. 그런데 저 남자가 가진 검이 좀 이상합니다."

"검이?"

"예. 일단 보시죠."

그가 손짓하자 경비병 세 명이 리오의 검을 낑낑거리며 들고 왔다. 리오가 그 검을 한 손으로 휘두르는 것을 몇 번이나 목격했던 레나는 고개를 갸웃거렸다.

경비병들은 일단 검을 바닥에 놓은 뒤 칼집을 벗겼다. 검의 보라색 칼날이 드러나자 엘프족 여성의 옆에 있던 검은색 후드의 남자가 감탄했다.

"오오, 이것은……! 이 검입니다, 부인. 이 검이야말로 부인의 소원을 들어드릴 열쇠가 될 것입니다!"

"근거가 있소?"

"예, 부인."

그가 리오의 검을 손으로 쓰다듬었다.

"느껴집니다. 수백, 수천의 전사들이 이 검에 살해당했군요!"

그 말에 리오는 숫자를 좀 더 써보라는 듯 고개를 돌리고 소리없이 비웃었다.

리오의 검을 쓱 훑어본 엘프족 여성은 조금 뒤 고개를 끄덕였다.

"예상대로 됐군요. 그럼 당장 저 검을 들고 가서 작업을 시작하세요."

"알겠습니다, 부인."

후드의 남자가 병사들과 함께 검을 들고 어디론가 사라지는 한편, 경비지휘관이 엘프족 여성을 불렀다.

"저들은 어찌할까요, 부인."

"우리 동족도 있으니 그곳에 버리고 오세요."

'그곳' 이라는 말에 경비지휘관의 시선이 자연스레 레나 쪽으로 향했다.

"아이까지 말입니까?"

"그래요. 작아서 더 좋잖아요?"

그녀의 냉혹한 지적에 지휘관은 아무 말도 못하고 가만히 있다가 이내 고개를 들고 눈을 부릅떴다.

"명령대로 하겠습니다."

엘프족 여성은 그대로 쓱 돌아서서는 수행원들과 함께 감방 앞을 떠났다.

그녀가 떠난 후에도 주먹을 꾹 쥔 채 가만히 서 있던 지휘관은 마음을 다잡고 부하들을 불렀다.

"이들을 그곳으로 옮길 준비를 하라."

그러자 경비병들 모두가 레나 쪽을 봤다. 아까 지휘관이 했던 그대로였다. 양심의 가책이 섞인 눈빛도 똑같았다.

"정말 괜찮겠습니까?"

"싫으면 시장 부인에게 따져! 나에게 따지지 말란 말이야!"

지휘관이 순간 이성을 잃고 소리쳤다. 경비병들은 말이 없었고, 지휘관은 그들을 보며 숨을 거칠게 쉬었다.

이윽고, 지휘관이 오른손으로 눈 위를 눌렀다.

"미안하네. 잊게."

"아닙니다. 그럼 밖에 마차를 대기시키겠습니다."

경비병 두 명이 밖으로 나가고 나머지 경비병들은 감방 안으로 들어가 리오와 레나, 하이엘바인을 굵은 밧줄로 묶었다. 리오는 아예 상체를 꽁꽁 묶었고, 레나와 하이엘바인은 손목만 가볍게 구속했다.

그들을 묶는 동안 경비병들은 묘한 느낌을 받았다.

어지간히 담이 큰 사람도 막상 감방에 갇히면 큰 압박감에 꼼짝달싹 못하는데 이들은 밧줄에 묶이는 그 순간까지도 태연했다. 남자와 여자는 그렇다 쳐도 잘해야 열두 살로 보이는 여자아이까지 울기는커녕 사탕만 오물거렸기에 경비병들은 어이가 없었다.

리오가 경비병에게 말을 걸었다.

"내 망토를 좀 가져다주시겠소? 여기 또 들르긴 싫은데 말이오."

"됐으니 어서 걷기나 하시오."

"후회할 텐데?"

경비병들이 리오의 등을 거칠게 떠밀었다. 빙긋 웃은 리오는 경비병들이 가리키는 방향을 따라 걸어갔다.

건물 밖에는 작은 감방이 설치된 마차가 대기하고 있었다. 경비병들은 그들을 태우기 전에 검은색 천을 꺼내어 그들의 눈을 가렸다.

그들을 실은 마차가 길을 달려 도시를 빠져나갔다.

리오를 믿고 가만히 앉아 있던 레나가 눈까지 가려지는 탓에 조금 무서워졌는지 앞이 보이지 않는 가운데에서도 고개를 좌우로 움직였다.

"오빠, 우리 어디로 가는 거야?"

"큰일은 없을 거야."

그의 목소리와 함께 소녀의 눈을 가린 천이 풀렸다. 어느새 밧줄에서 벗어난 리오가 자신감있게 웃고 있었다.

그가 주변을 둘러봤다.

"우린 도시 서쪽을 향해 가고 있어. 지도상으로는 산지 인근으로 가고 있을 거야."

"정확한 위치를 원하나?"

하이엘바인이 풀잎을 끊듯 어른 손목 굵기의 밧줄을 가볍게 끊고 일어났다. 눈을 감싼 천을 내린 그녀가 가장 먼저 본 것은 고뇌에 휩싸인 리오의 모습이었다.

"왜 그러나?"

"조금 뒤에 마차에서 내릴 때는 다시 묶인 채로 내려야 하는데, 대체 어쩌시려고 그걸 끊으셨습니까?"

"다시 묶인 채로 내리다니?"

"그래야 이들이 의심없이 그냥 돌아갈 게 아닙니까? 일이 벌어지는 현장을 덮쳐야 전말을 알 텐데, 여기서 말썽이 벌어지면 제가 원하는 '현장'은 일찌감치 사라지겠지요."

가만히 리오를 바라보며 생각하던 하이엘바인은 뒤늦게 상대의 말뜻을 이해하고는 눈을 질끈 감았다.

"아, 내가 경솔했네. 어떻게든 책임지고 싶군."

리오는 정신감응으로 그녀에게 말했다.

[함께 온 경비병들을 제거하는 것이 가장 확실한 해결 방법입니다.]

하이엘바인이 움찔했다.

[저들이 그렇게 큰 죄를 지은 것은 아니지 않나?]

[저들을 변호하실 생각이라면 저들이 죄없는 사람을, 그것도 어린아이까지 가두고 어디론가 달려가는 상황부터 설명하셔야 할 겁니다.]

사실 리오는 경비병들을 죽이지 않고도 일을 얼마든지 처리할 수 있었다. 그런데도 불구하고 그가 하이엘바인을 괴롭히는 이유는 일종의 교육이었다.

전투능력으로만 따졌을 때 하이엘바인과 리오는 아예 격이 달랐다. 하지만 그녀의 강대한 힘은 리오가 맡고 있는 '은밀한 임무' 에 전혀 어울리지 않을뿐더러 그녀는 신계혁명 이전과 이후의 차이를 아직 모르고 있는, 그야말로 '무식한' 존재였다.

하이엘바인이 고민 끝에 물었다.

[자네는 이런 식으로 일을 처리해 왔나?]

[최선이라고 생각하지는 않지만 효과는 있더군요.]

리오는 하이엘바인이 끊은 줄을 마차 밖으로 모두 던진 뒤 자신이 사용하던 끈의 일부를 잘랐다.

[그렇다고 강요를 할 생각은 없습니다. 저희들 모두가 같은 문제를 같은 방식으로 처리하진 않으니까요. 일단 지금은 제가 도와드리지요.]

그는 하이엘바인의 손을 묶고 눈도 가려주었다.

리오는 레나를 안심시켜 준 뒤 손을 조금 느슨하게 묶어주는 한편, 하이엘바인은 손목에 감긴 끈의 껄끄러운 느낌을 가슴에 담으며 세상이 달라졌음을 확실히 깨달았다.

조금 뒤 마차가 멈췄다. 어느새 눈을 가리고 끈을 몸에 묶은 리오는 경비병 네 명의 발자국 소리와 감방의 문이 열리는 소리를 가만히 들었다.

"자, 한 분씩 내려 드리지."

세 명 모두를 차례로 땅에 내려준 경비병들은 눈을 묶은 천을 풀어준 뒤 간단한 준비를 했다.

일단 세 명이 리오와 하이엘바인의 목에 검을 들이대고 레나를 감시했다. 그리고 마지막 한 명은 끝에 묘한 물질이 묻은 장작에 불을 붙였다.

장작에 붙은 물질이 불에 닿자마자 녹색 빛을 내며 타들어 갔다. 연기의 색도 같은 녹색이었고 냄새도 묘했다. 몸에 해로운 연기는 아니었지만 냄새만큼은 리오에게 익숙했다.

경비병들이 마차 쪽으로 급히 물러났다.

"우리를 너무 탓하지 마시오. 우리도 살고 싶어서 이러는 거니까."

"미안하오, 정말 미안하오."

연신 사과를 하며 마차에 오른 경비병들은 미친 듯이 말을 재촉하여 그 자리를 떠났다.

마차가 거의 보이지 않을 무렵, 힘으로 밧줄을 끊어버린 리오는 하이엘바인과 레나의 줄을 차례로 풀어준 뒤 주위를 둘러봤다.

"자, 이곳에 과연 무엇이 나타날까요?"

리오가 농담하듯 중얼거리며 여유를 부리는 가운데 하이엘바인은 초감각을 발휘해 주변을 탐색했다.

그녀의 감각 범위 내에 수십 개의 생명체가 나타났다. 어떤 것들은 날아오는 것처럼 빨랐다.

그들의 정체는 잠시 후에 드러났다.

머리와 몸통에 검은색 물질을 두른 그리핀 수십 마리와 그와 마찬가지로 오염된 각종 대형 야수들이었다.

그중에서 최고의 덩치는 만년설이 뒤덮인 산에서나 가끔 발견되는 설인이었다.

그리핀 여섯 마리의 도움을 받아 날아온 설인은 눈밭 대신 초원에 발을 붙였다. 몸에 하얀색 털 대신 검은색의 물질을 잔뜩 바른 그 설인은 하이엘바인에게 가까이 다가와 냄새를 킁킁 맡았다.

"계집, 엘프가 아니군."

설인이 말을 하자 그저 불쾌해하던 하이엘바인의 표정이 바뀌었다.

"네놈이야말로 설인이 아니로군?"

"우리를 아나?"

리오가 순간 눈을 부릅뜨고 힘을 발휘했다. 동료들과 교신을 시도하려던 설인과 짐승들이 리오가 만든 장벽에 교신이 가로막히자 눈에 확 띌 정도로 당황했다.

"네놈들, 누구냐!"

리오는 대답 대신 하이엘바인을 불렀다.

"예상한 대로 렘런트들입니다. 바로 처리하십시오."

"내가 말인가?"

"전 장벽을 유지해야죠. 레나를 생각해서라도 예쁘고 빠르게 해주십시오."

최대한 덜 끔찍하게 처리해 달라는 뜻이었다. 그 말을 이해한 하이엘바인이 주먹을 쥐고 그들, 감염된 야수들에게 다가갔다.

"그대들 정도는 맨손으로도 충분하겠지."

중얼거린 하이엘바인의 모습이 흐릿해졌다.

송곳니를 길게 늘어뜨린 거대 야수 앞에 다시 나타난 그녀는 오른손을 뒤로 당겼다가 야수 쪽으로 뻗었다.

"하아아아아!"

그녀의 긴 기합 소리와 함께 무수한 주먹의 잔상이 소나기처럼 야수를 덮쳤다. 레나는 그 광경을 신기하게 쳐다봤고 리오는 저러다가 끔찍한 꼴을 보는 게 아닌가 하고 걱정했다.

이윽고 그녀의 주먹이 멈췄다. 엄청난 횟수의 주먹질을 당했음에도 불구하고 야수의 겉모습은 멀쩡했다.

꿈틀거리던 야수가 바닥에 쓰러졌다. 야수를 지배하던 검은색 물질이 시큼한 냄새를 내며 타는가 싶더니 야수의 시체와 함께 분해되었다.

"와아!"

레나가 신이 나 두 팔을 들고 소리쳤다.

리오는 눈앞의 광경을 믿을 수 없었다. 야수의 피와 살, 뼛조각을 이루고 있던 모든 것이 오색의 꽃잎들로 변하여 사방으로 흩어졌기 때문이다.

'생명체를 소금 덩어리로 바꾸는 것보다 더 고차원적인 기술이군. 꽃잎 모두가 방금 따낸 것처럼 싱싱해.'

그는 예쁘게 하랬다고 정말 시체를 예쁘게 분해시키는 그녀의 모습에 할 말을 잃었다.

그것을 시작으로 주변의 모든 야수들이 그녀의 주먹질과 발길질에 아름다운 죽음을 맞이했다. 그 상황에서 설인의 육체를 지배하는 미지의 생명체는 외부의 동료들에게 계속해서 교신을 시도했으나 리오가 만든 장벽을 뚫지는 못했다.

렘런트 그리핀 네 마리가 하나로 뭉치더니 설인만큼이나 큰 그리핀으로 탈바꿈했다. 그 그리핀이 부리를 앞세우고 날아들자 하이엘바인이 맞서 뛰어올랐다.

뱀처럼 길고 사나운 환영(幻影)이 뛰어오르는 그녀의 몸을 따라 치솟았다. 그녀의 발끝이 거대 그리핀의 부리에 닿는다 싶더니 그리핀의 머리가 부서지고 몸체가 깔끔하게 관통됐다.

머리를 잃고 추락하던 렘런트의 육체는 다른 렘런트들과 마찬가지로 꽃잎으로 변해 부서졌다.

꽃잎의 파도가 설인을 덮쳤다. 한줄기의 낙뢰처럼 착지한 하이엘바인이 설인을 직접 노리고 달려들었다.

"크오오!"

설인이 옆에 서 있는 고목나무를 급히 뽑아 들었다.

울퉁불퉁한 고목나무와 하이엘바인의 작은 주먹이 정면으로 충돌했다. 죽은 것이나 다름없는 그 나무에서 녹색의 줄기와 하얀색의 꽃들이 피어나더니 이내 녹색의 잎사귀로 변해 바닥에 떨어졌다.

리오는 실시간으로 진행되는 기적의 향연에 그저 웃을 뿐이었다.

설인이 다급한 나머지 주먹을 휘둘렀다.

왼손을 들어 설인의 주먹을 미동도 없이 막아낸 하이엘바인은 설인의 머리 높이로 훌쩍 뛰어오른 뒤 발차기를 마구 날렸다. 다른 야수들과 다름없이 공격의 잔상에 휩싸인 설인은 온몸을 부르르 떨며 괴로워했다.

공격을 마친 하이엘바인이 착지하여 가볍게 숨을 내쉬었다. 가만히 서있던 렘런트 설인의 육체가 꽃잎으로 변해 서서히 분해되었다.

"힘! 좀 더…… 큰 힘!"

설인이 고함을 지르며 하이엘바인의 힘에 저항했다. 그 함성에 맞춰 주변에 있던 모든 렘런트들이 설인에게 모였다.

모든 렘런트들이 설인의 몸으로 파고들었다. 꽃잎의 수는 서서히 줄었고 설인의 덩치는 그에 비례하여 거대해졌다.

이윽고 십여 층 탑 높이까지 성장한 렘런트 설인은 두 팔을 불끈 굽히며 자신의 힘을 과시했다. 행동양식은 일반적인 설인과 비슷했지만 그 이후부터가 조금 달랐다.

렘런트 설인의 목과 두 가슴이 풍선처럼 부풀었다. 부푼 부위들이 불붙은 램프처럼 빨갛게 빛을 냈다.

리오는 그것이 무엇을 위한 과정인지 대번에 눈치챘다.

'숨결? 서룡족의 숨결 공격이라고?'

그는 설마 했지만 렘런트는 입을 벌리고 거대한 불길을 토해냈다. 엄청난 두께의 불기둥이 하이엘바인의 머리 위에 직접 내리꽂혔다. 땅이 까맣게 구워지고 그 속에 잠들어 있던 돌들이 열에 쪼개져 툭툭 튀었다.

그 폭염 속에서 그림자 하나가 꿈틀거렸다. 파랗게 빛나던 그림자의 눈빛이 일순간 황금색으로 바뀌었다.

"어설프다!"

설인의 화염 숨결이 보이지 않는 힘에 역류하여 입속으로 구겨져 들어갔다. 온몸이 빨갛게 부푼 설인의 머리 위로 그을린 흔적 하나 없는 하이엘바인이 솟구쳐 올랐다.

"힘에 의지하는 자여! 진정한 힘을 경험하라!"

구름 한 점 없는 천공에서 대량의 번개가 일어나 거미줄처럼 얽혔다. 하이엘바인이 공중에 멈춰 손을 치켜들자 천공이 울부짖으며 그 속에 들끓던 번개들이 그녀의 손바닥 위에 모여들었다.

하나로 뭉친 번개의 모습은 비정상적으로 커진 설인보다 훨씬 큰, 흉포한 망치의 형상을 하고 있었다.

리오는 그 망치를 오딘이 준 아스가르드의 자료에서 본 기억이 있었다.

'묠니르 해머!'

거인을 일격사시키던 망치의 일격이 렘런트에 떨어졌다.

렘런트의 모습이 확 사라졌다. 보이는 것은 땅에 박힌 망치였다. 렘런트는 부서지지도, 꽃잎으로 변하지도 않았다. 묠니르 해머에 실린 무지막지한 힘에 압착된 것뿐이었다.

땅에 내려온 하이엘바인은 주먹을 쥐어 자신과 망치 사이에 흐르는 전류를 끊었다. 그러자 화산이 폭발하듯 전류의 기둥이 하늘로 치솟으면서 막대한 발광 현상이 일어났다.

압착된 렘런트는 그 전류 폭발 속에서 흔적도 없이 사라졌다. 황금색을 발하던 하이엘바인의 눈빛은 다시 파란색으로 돌아왔다.

위험 요소가 완전히 사라진 것을 확인한 리오는 즉시 장벽을 거뒀다.

"아슬아슬했군요."

"내가 또 잘못을 저질렀나?"

"하마터면 저랑 레나까지 휘말릴 뻔했으니까요."

리오가 씩 웃자 하이엘바인이 당황했다.

"으, 그게, 그러니까……."

"농담입니다."

그의 한마디에 미안하여 어쩔 줄 모르던 하이엘바인이 멍한 표정을 지었다. 그녀가 반쯤 울기 직전까지 가자 리오는 연신 손을 저어 그녀를 안심시켰다.

"아, 죄송합니다. 농담이 너무 과했습니다."

"으음. 괜찮네."

하지만 그녀의 울상은 쉽게 풀리지 않았다. 분위기는 레나가 그녀를 응원하듯 두드려 줄 무렵에야 겨우 풀렸다.

"그런데 묠니르 해머는 어떻게 된 겁니까? 토르님께서 유폐되신 이후 함께 사라졌다고 들었는데 말입니다."

"아, 내가 사용한 것은 실물이 아니라네. 기억의 실체화라고 하지."

"기억의 실체화?"

"내가 기억하고 있는 것들을 실제로 구현시키는 힘이라네. 일시적인 것이라 그리 유용하진 않지."

그녀의 말대로라면 아까 나타난 묠니르 해머는 가상의 물체라는 것인데, 리오는 '유용하지 않다' 라는 그녀의 말을 쉽게 납득할 수 없었다.

방금 전 일어난 전기 폭발로 인해 뚫린 땅의 구멍은 깊이를 눈으로 헤아리기 힘들 정도로 깊었다. 그것도 부족하여 하늘까지 기압의 불안정으로 인해 심하게 요동쳤다.

"흠, 일단 저는 도시로 돌아가겠습니다. 하이엘바인님께서는 레나를 데리고 천천히 오십시오. 혹시라도 무슨 일이 생긴다면 저 대신 아이를 맡아주십시오."

"걱정하지 말게."

고개를 끄덕인 리오는 레나의 머리를 쓰다듬어 준 뒤 도시 쪽으로 뛰어갔다. 그의 모습이 저편으로 순식간에 사라지자 레나는 나직이 감탄한 후 하이엘바인 쪽으로 다가왔다.

"언니."

"오, 무슨 일이냐?"

"배고파요."

전혀 예상치 못한 부탁이 나오자 하이엘바인은 어떻게 해야 할지 몰라 망설였다. 그녀는 물론 그녀가 여태껏 이끌고 다녔던 '동료'들은 특별한 식사나 간식을 하지 않아도 문제가 없는 존재들이었기 때문이다.

당황한 하이엘바인은 문득 주머니를 뒤적거렸다. 리오가 혹시나 있을지 모를 일에 대비하라면서 준 막대사탕 세 개가 손에 잡혔다.

그 옛날, 무적에 가까운 존재로서 하늘을 호령했던 하이엘바인은 감격 어린 얼굴로 그 보잘것없는 사탕들을 꺼냈다.

"이걸 주마."

"예."

레나는 하이엘바인을 걱정스레 지켜보며 사탕을 건네받았다.

*　　　*　　　*

아까 떠난 마차가 다시 돌아오자 경비병들 몇몇이 안타까운 한숨을 쉬었다.

"이젠 어린아이까지…… 도대체 언제까지 이런 일이 계속되는 거지?"

"나도 좀 알았으면 좋겠네."

답해준 경비병이 담배 파이프를 입에 물었다.

"그보다 아까 그 빨간 머리 친구가 들고 있던 검 말일세. 왜 그렇게 무거웠지?"

"일반적인 금속으로 만들어진 물건은 아닌 것 같았네. 아마 덩치 큰 오크들도 쉽게 들진 못했을 거야."

옆에 있던 다른 경비병이 그들을 봤다.

"검만 이상한 게 아니었네."

"그럼?"

"갖고 있던 소지품 모두가 이상했네. 가죽 주머니 같았는데, 가위랑 망치까지 동원해 봤는데도 연장들만 부러지거나 상할 뿐이었다네."

"허어."

"망토도 신기했지. 잠깐 몸에 둘러봤는데 몸이 따뜻해지더군."

"오오."

경비병들이 감탄했다.

"그래, 그것들 모두 어디 있지?"

낯선 목소리에 경비병 모두가 위를 바라봤다.

펄럭이는 붉은 장발이 세 명 중 두 명을 덮쳐 기절시키고 남은 한 명의 얼굴과 턱을 움켜쥐었다. 턱뼈가 어긋나기 직전까지 몰리자 경비병은 아무 소리도 내지 못했다.

그를 붙잡은 남자가 눈웃음을 지었다.

"무기까지 얌전히 들고 있으면 더 고맙겠어."

일부러 손에 든 창을 바닥에 떨어뜨리려고 했던 경비병은 황급히 손에 힘을 주었다.

붉은 장발의 남자 리오가 경비병에게 물었다.

"나와 내 동료들의 소지품이 어디에 있는지 말씀해 주실까? 똑바로 얘기해 주면 내일 가족들의 얼굴을 무사히 볼 수 있을 거야."

두려움에 억눌린 경비병이 고개를 끄덕거렸다. 리오가 손을 내려 경비병의 목을 쥐었다.

"말해봐."

"감방 경비실 내에 있소. 감방에 들어가자마자 왼편에 보이는 방이오."

"좋아."

"그런데 어떻게 살아 돌아온 거요? 여태껏 거기서 살아 돌아온 사람은 없었소."

"아, 그걸 물어야 하는데 깜박했군. 왜 사람들을 그곳으로 보냈지?"

"자세한 것은 모르오. 미쳐 버린…… 그러니까 야수들이 왜 괴물이 됐고 왜 거기서 모이는지는 정말 모른다오. 보름 전까지는 쳐들어오는 야수들의 숫자가 엄청났소. 지금은 이틀이나 사흘에 한 번 꼴로 오지만 말이오."

리오가 눈을 찡그렸다.

"말을 돌리시는군."

그가 손에 힘을 넣자 경비병의 얼굴이 빨갛게 달아올랐다. 관자놀이에는 핏줄이 불거졌다.

"알았소! 알았으니 좀…… 컥!"

리오가 손을 조금 풀었다. 경비병이 급히 숨을 몰아쉬었다.

"야, 야수가 왜 갑자기 괴물이 됐고 그 괴물들이 왜 거기에 모이게 됐는지는 우리도 모르오! 다만 시장 부인께서 왕국에서 온 감찰관이나 귀한 물건을 가진 자들이 나타나면 무조건 잡아들여 그곳으로 보내라는 지시를 내리셨소."

"주술사가 나타난 직후인가?"

"대략 그렇소."

리오는 눈가에 힘을 주고 경비병의 이야기를 정리해 봤다.

"그럼 내 검은 왜 가져간 거지?"

"그건 나도 모르오. 하지만 붙잡힌 사람들이 소유한 물건 가운데 제법 값이 나가거나 귀한 물건들은 모두 주술사가 가져갔소. 아마 당신의 검도 그런 물건이라고 판단했을 거요."

"소유자들은 당신들이 괴물들의 집합소에 안내했고?"

경비병이 눈을 꾹 감았다.

"그렇소."

"좋아. 큰 도움이 됐어."

경비병의 목에서 손을 뗀 리오는 즉각 경비병의 목을 쳐 기절시켰다.

경비병이 말한 대로 감방 경비실로 간 리오는 경비실 앞을 지키는 경비병들을 소리없이 쓰러뜨린 뒤 안으로 들어가 자신과 하이엘바인, 레나의 물건을 되찾았다.

장비들이 담긴 벨트를 차고 망토를 두른 리오는 하이엘바인의 벨트와 레나의 사탕을 든 뒤 밖에 쓰러져 있는 경비병들을 경비실 내에 처박아뒀다. 기절한 경비병들에게서 빼앗은 경비실의 열쇠는 열쇠 구멍에 꽂고 부러뜨렸다.

모든 일을 마치고 경비부대 밖으로 나간 리오는 새처럼 담장 꼭대기에 웅크리고 앉은 채 눈을 감았다.

'디바이너는 어디 있을까?'

그는 정신을 집중하여 그가 들고 다니는 보라색의 검, 디바이너의 위치를 파악해 봤다. 신호가 흘러나오는 곳은 도시의 중심부, 즉 시청이었다.

'1층은 절대 아닐 거고…… 뭐, 가보면 알겠지.'

이제 밤이 된 도시 속을 그가 질주했다. 하지만 그의 장발과 회색 망토를 보거나 느낀 사람은 아무도 없었다.

* * *

시청의 지하 2층은 횃불들 외엔 특별한 장식이 없는, 그저 커다랗기만 한 방이었다.

그 방의 중심에는 디바이너가 놓여 있었다. 그리고 디바이너의 주위에는 하얀 가루를 뿌려 구축한 도형과 선, 그리고 문자들이 복잡하게 배열되어 있었다.

"됐습니다!"

검은색 후드를 뒤집어쓴 남자, 주술사가 기쁜 목소리로 외쳤다. 그의 외침을 들은 시장 부인은 고개를 끄덕거렸다.

"마지막 기회라고 생각하세요."

남자의 후드가 움찔했다.

"부, 부인?"

"당신에게 준 시간이 무려 한 달입니다. 제 남편의 목숨은 물론 남의 목숨도 아끼지 않고 드렸죠. 하지만 저에겐 아기는 물론이고 아무것도 생기지 않았어요. 제가 아무리 엘프라지만 인내심에는 한계가 있는 법입니다."

"그…… 부인의 심정은 이해합니다만……."

"이해한다면 어서 시행하세요. 오로지 성공만이 당신을 위한 일입니다."

시장 부인의, 엘프의 눈이 어둑한 지하실에서 빛났다. 정신력이 높은 고위 엘프들의 특성이었다.

"아, 알겠습니다!"

머리를 조아린 주술사는 자신이 만든 도형의 집합체 앞에 무릎을 꿇고 기도를 올렸다.

지하실의 어둠 속에서 조용히 몸을 숨기고 있던 리오는 그 모습을 보고 고개를 갸웃거렸다.

'무식하기도 무식하지만…… 제정신인가? 저 상태로는 성공할 리가 없지만, 행여나 성공한다면 이 도시는 전멸일 텐데?'

리오는 이 자리에서 저들을 막을까 생각해 봤다. 그러나 어느 순간 떠오른 생각이 그의 행동을 막았다.

'고생을 좀 하겠지만…… 가치는 있겠지.'

빙긋 웃은 리오는 주술사의 기도가 끝날 때까지 기다리기로 했다.

이윽고 주술사의 기도가 끝났다.

도형들이 환히 빛나는가 싶더니 이내 빛을 잃었다. 주술사는 당황했고 엘프족 여성은 그를 차갑게 노려봤다.

"실패했군요?"

주술사가 다급히 변명했다.

"거, 검입니다! 저 검이 잘못된 겁니다! 한 번만 더 기회를 주시면……!"

"잘못된 건 당신이야."

주술사의 뒤쪽에 리오가 내려왔다. 주술사가 경악하고 엘프족 여성이 움찔했다.

"어찌 살아 돌아왔나?"

시장 부인이 묻자 리오는 디바이너 쪽으로 손을 뻗으며 대답했다.

"행운의 여신이 망치를 휘두르면서 돕더군."

도형 한가운데에 누워 있던 디바이너가 힘차게 떠올라 리오의 손에 돌아왔다.

리오는 도형을 천천히 돌아보며 말했다.

"이 도형이 제대로 힘을 발휘하려면 제물도 제물이지만 일단 정확히 그려야 해. 다시 말해서 당신이 그린 도형은 엉망이야."

그는 주술사가 도형을 그릴 때 쓴 하얀 가루를 들고는 신발로 도형의 이곳저곳을 지웠다.

"이 아저씨는 이론만 대충 알 뿐, 실제로 도형을 발동시켜 본 일이 없을 거야. 도형을 그리는 폼을 보니 견적이 도저히 나오지 않더군."

도형을 모두 고친 리오는 가루를 저 멀리 집어 던졌다.

"그럼 이제 제물을 바쳐 보실까?"

리오가 주술사에게 다가가더니 그의 멱살을 잡아 들었다.

"순결한 처녀니 하얀 짐승의 피니 하는 설이 사람들 속에서 돌지만 사실 다 필요없어. 생명력만 있으면 돼. 간추려서 말하자면 당신조차도 제물로 쓸 만하다는 거지."

"왜, 왜 이러는 거요! 난 저 엘프 계집의 부탁을 들어준 죄밖에 없소!"

"죄를 아는군."

리오가 집어 던진 주술사의 몸이 도형 한가운데에 떨어졌다. 주술사는 황급히 그곳에서 벗어나려고 했으나 도형이 하얗게 빛나면서 그의 팔다리가 멈췄다.

"으, 으아아아!"

비명을 지르는 주술사의 주변에서 시커먼 기운들이 올라왔다. 그 기운들은 날카로운 손톱을 드러낸 팔뚝으로 변해 주술사의 몸을 덮쳤다.

평생 단 한 번도 경험해 보지 못한, 다른 세계에서 흘러나오는 낯선 힘의 고통에 몸이 짓눌린 주술사는 자신을 내던진 리오를 향해 비명을 질렀다.

죽음이 느껴질 정도로 압력이 강해지자 주술사는 그물에 걸린 맹수처럼 필사적으로 바닥을 긁었다. 손톱이 꺾이고 핏물이 튀었으나 그를 붙잡은 시커먼 팔뚝들은 봐주지 않고 주술사의 머리까지 덮쳐 그의 모든 것을 봉쇄했다.

이윽고 주술사의 몸이 땅으로 흡수되듯 사라졌다. 그 직후 묵직한 굉음과 함께 도형에서 흐르는 빛이 더욱 밝아졌다.

검은색의 거대한 물체가 도형 밖으로 서서히 모습을 드러냈다. 리오는 반대편에 위치한 시장 부인에게 어깨를 으쓱댔다.

"자, 당신이 원하던 거야. 이제 뭘 할 거지?"

엘프 여성이 웃었다.

"아이를 가져야지."

도형 위에 만들어진 공간 밖으로 새카만 표범의 머리가 나왔다. 사람 키의 절반만 한 그 머리 밑에는 두꺼운 목이 자리 잡고 있었다.

완전히 모습을 드러낸 그 괴물체는 두꺼운 갑옷을 입고 있었다. 인간의 모습에서 벗어난 부위는 오로지 머리뿐이었다. 허리는 곧았고 몸은 근육질로 두꺼웠다. 황금색의 어깨갑옷 밑으로 붉은 망토가 너울거렸다.

눈앞에 있는 시장 부인을 잠시 바라본 그 괴물은 고개를 돌려 리오를 바라봤다.

"나를 불러낸 자가 네놈인 것 같은데…… 왠지 낯이 익군."

"미안하지만 너한테 볼일이 있는 쪽은 저쪽이야."

얼버무리듯 말한 리오가 시장 부인 쪽으로 손가락을 뻗었다.

표범 머리의 괴물, 아니, 악마가 그녀에게 고개를 돌렸다.

"이 세계의 엘프로군. 이상한 느낌이 들긴 하지만…… 아무튼 나를 불러낸 목적이 무엇이냐? 대가를 치른다면 소원을 들어주지."

시장 부인이 두 팔을 벌렸다.

"전 아이를 원한답니다."

악마가 인상을 구겼다. 송곳니가 불거진 이빨 사이로 으르렁거림이 들렸다.

"그런 사소한 소원은 수컷들과 상의하는 것이 어떤가? 그런 소원을 위해 나를 불렀다니 어처구니가 없군."

그녀가 웃었다.

"제가 원하는 아이는 당신이랍니다."

"뭣이?"

그녀의 입에서 시커먼 물질이 튀어나왔다. 몸의 부피와 어울리지 않는 그 양에 놀란 악마는 보호막을 펼쳐 그것을 막아내려 했다. 하지만 그 물질은 보호막을 간단히 깨부수고 들어와 악마의 머리에 달라붙었다.

"으아악!"

비명을 지르는 악마의 귀와 코, 입으로 물질들이 마구 쏟아져 들어갔다. 그렇게 될 것을 예상했던 리오는 검을 만지작거리며 엘프가 쏟아낸 물질이 악마를 감염시키는 과정을 자세히 살폈다.

'보호막을 분석하고 깨는 속도가 상상 이상이로군. 드래곤을 감염시킬 때 걸렸던 시간과는 비교가 안 돼.'

리오의 눈에 비친 악마의 육체는 그야말로 순식간에 자유를 잃었다. 영혼은 조금 저항하는 감이 있었지만 그마저도 3분을 넘기지 못했다.

시장 부인이, 미지의 존재에게 먼저 감염된 엘프 여성이 감염을 마친 악마를 보며 밝게 웃었다.

"내 아이가, 우리 동포가 된 것을 환영해요."

갑옷을 포함한 전신에 검은색 물질을 뒤집어쓴 악마가 불끈 쥔 오른손을 보며 흉한 미소를 지었다.

"환영에 감사하오."

순간 강한 충격음이 감염된 악마의 뒤편에서 터졌다. 검을 사용해 도형을 지워 버린 리오는 검을 어깨에 걸치며 씩 웃었다.

"묻고 싶은 게 있는데, 악마의 감염과 드래곤의 감염 사이에 어떤 관계가 있나?"

"드래곤의 감염? 설마 우리가 얻은 드래곤을 죽인 것이 당신인가요?"

감염된 엘프가 묻자 리오는 다행이라 생각했다.

'정보의 공유가 그렇게 좋진 못하군. 어디까지 공유가 가능한지 궁금하기도 하지만 말해줄 리는 없고, 그럼 다른 것을 물어볼까나?'

리오가 보란 듯이 어깨를 으쓱했다.

"소문은 좀 들었어. 그럼 다른 걸 묻지. 너희들은 왜 인간을 감염시키지 않는 거지? 쓸모가 없다고 판단한 건가?"

"인간과 오크, 트롤 등은 일찌감치 동포로 만들었지요. 육체적인 구조와 지적인 구조 모두 단순한 자들이라 우리 동포들 모두를 실망시켰어요. 당신도 그리 쓸 만해 보이진 않는군요."

리오는 약간 화가 났지만 그것 역시 나름대로 괜찮은 상황이라 생각했다.

"그럼 엘프들은 만족스러워서 주로 이용하나?"

"질문을 좋아하는군요."

그녀가 악마를 바라보며 리오 쪽으로 손을 뻗었다.

"새로운 동포여, 당신의 힘을 보여주세요."

"그러겠소."

악마가 두 팔을 벌리고 힘을 주자 악마 특유의 기운이 진하게 흘러나왔다. 그 기운이 허용 범위 내에서 맴돌자 리오는 감염된 악마가 어떤 수단을 사용할지 지켜보기로 했다.

앞으로 모은 악마의 두 손 사이에 힘이 모였다. 마법이 아니라 악마의 기운을 응축하고 있었다.

연푸른색으로 모인 기운이 리오 쪽으로 유성처럼 날아갔다. 검으로 그 기운을 간단히 잘라 날려 버린 리오는 실망한 얼굴로 다음 공격을 기다렸다.

'중간 수준 악마의 힘치고는 약하군. 익숙하지 않은 건가, 아니면 힘을 파악하는 중인가?'

의문 속에 상황이 조금 바뀌었다.

감염된 악마가 오른팔을 리오 쪽으로 내밀었다. 제법 강한 마력이 손아귀에 뭉쳐지면서 주위가 후끈 달아올랐다. 그것은 악마들만이 쓸 수 있는 어둠의 마법이었다.

방금 빼앗은 몸이라 그런지 감염된 악마의 마법은 발동에서 완성까지 꽤 시간이 걸렸다. 리오는 자신에게 어찌어찌 운이 따른다고 생각하며 감염된 엘프와 감염된 악마를 초감각으로 살폈다.

'둘 중 하나가 동료들과 교신하고 있겠지. 못해도 시도 정도는 할 거야.'

하이엘바인이 싸울 때는 그저 모든 것을 차단하면 됐기에 간단했지만 지금은 교신에 어떤 힘을 사용하는지, 또 둘 중에 누가 더 강한 힘을 사용하는지 확인해야 했다.

'수도승이 된 기분이군.'

짧지만 긴 시간이 흘렀다.

마법이 완성되기 직전까지 꿈쩍도 않은 리오는 뭔가 느끼는 순간 눈을 부릅뜨고 앞으로 뛰었다. 검을 잡은 그의 오른팔을 중심으로 회색빛 다이얼들이 떠올라 맹렬히 회전했다.

마법을 완성시킬 수 있는 또 다른 수단, 스펠다이얼(Spell-Dial)들이 멈췄다. 스펠다이얼을 통해 일순간 완성된 마법의 힘이 디바이너에 스며들었다.

감염된 엘프의 눈이 번쩍 뜨였다.

'스펠브레이킹? 저렇게 빨리?'

감염된 악마의 주문이 완성되는 찰나, 스펠브레이킹(Spell-Breaking)의 주문이 들어간 디바이너가 악마의 마법진에 닿았다.

마법진이 유리처럼 조각조각 파열됐다. 악마가 채찍을 빼들어 리오의 검에 대응하려 했다.

리오의 어깨가 꿈틀하자 악마도 주춤했다.

그러나 리오가 노리는 것은 감염을 성공시킨 지 얼마 안 되어 제 컨디션이 아닌 렘런트가 아니었다.

눈속임에 주춤한 악마 옆을 휙 지나간 리오는 렘런트 엘프를 직접 노렸다.

지하의 어둠 속을 가로지르는 그의 푸른색 안광이 리오를 인간일 뿐이라고 생각한 엘프의, 아니, 엘프를 지배하고 있는 렘런트에게 공포를 부여했다.

'동포들에게, 쌍둥이들에게 연락을……!'

기세에 질린 렘런트 엘프의 가슴에 디바이너가 몰아닥쳤다. 렘런트 엘프가 마지막으로 본 것은 리오의 오른팔에 잠깐 떴다 사라지는 붉은색의 스펠다이얼이었다.

다음 순간 렘런트 엘프의 모든 것이 타격에 부서지고 활활 타며 벽에 달라붙었다. 리오는 활활 타는 시체 조각들을 보며 검끝을 잠깐 내렸다.

"여어, 잘 타는군. 역시 쓰레기는 태워야 깔끔하지."

피식 웃은 리오는 악마 쪽으로 돌아섰다.

"새로 얻은 육체에 완전히 적응하려면 얼마나 걸리나? 1분은 지났고, 한 시간? 하루? 아니면 1주일? 대답해 주면 최대한 고통없이 죽여주지."

감염된 악마가 붉은색으로 눈을 불태웠다.

"네놈, 누구냐!"

"흠, 교신조차 못하는군. 아주 마음에 드는 상황이야."

리오가 검으로 땅을 슬슬 끌며 악마에게 다가갔다. 잘 단련된 금속이 돌로 된 바닥을 스르릉 스치는 소리가 깊고도 음산했다.

"얘기 좀 할까?"

리오가 말했다.

"너희들, 아무래도 다른 종족의 '정보'를 모으고 싶어하는 것 같더군. 내가 처음에 만난 녀석들은 이미 정보 분석이 끝나서 나름대로 진화를 한 것 같았어. 꼴이 좀 지저분했지만 말이야. 이제 드래곤을 포함한 고위 종족과 천사, 악마 등의 영적인 존재들의 정보까지 수집하려는 것 같은데, 내 생각이 맞나?"

"대답할 이유는 없다."

새까맣게 감염된 악마가 으르렁거렸다.

"슬슬 식상해지는 대답이군."

리오가 다시 검을 들었다.

"하지만 너희들이 이번에 취득한 정보는 좀 위험하지. 드래곤의 경우는 내가 상황을 몰라서 어쩔 수 없었지만 지금은 달라."

그의 눈이 다시금 파란 살기를 띠었다.

"죽어줘야겠어."

"당할쏘냐!"

감염된 악마는 채찍을 길게 늘어뜨린 뒤 강하게 휘둘렀다.

마법을 사용할 때와는 달리 상당히 능숙한 솜씨였다. 그전에 감염시켜 얻은 어떤 존재의 전투 정보가 발휘되고 있는 상황이었다.

몸을 웅크려 가뿐히 채찍을 피한 리오는 악마들의 손에 단련된 채찍의 강철 끝이 돌로 된 벽을 케이크 가르듯 베어내는 것을 보고 휘파람을 불었다.

'악마들의 기술은 아니야. 신체의 정보 외에도 기억까지 가져가는 것 같군. 그럼 처음에 내가 만났던 그놈들은 뭐지?'

리오는 레나와 만났을 때 마주쳤던 험악한 모습의 렘런트들을 떠올렸다.

'여태까지 모은 정보의 끝이 그런 모습이란 말인가? 어처구니없군.'

생각하는 그의 코앞에 채찍의 끝이 다시 다가왔다.

왼손으로 그 끝을 잡아챈 리오는 오로지 완력만으로 채찍을 잡아끌었다. 그와 동시에 검을 잡은 그의 오른팔로부터 붉은색의 스펠다이얼이 회전했다.

"윽?"

감염된 악마의 육중한 몸이 낚싯줄에 걸린 물고기처럼 리오 쪽으로 날아갔다. 스펠다이얼이 맞춰지고 디바이너가 화염을 머금었다.

"일부러 불러낸 건 미안하게 생각해."

불타는 칼날이 악마의 머리에 닿았다. 충격과 열에 한꺼번에 노출된 악마의 육체는 세포 단위로 지글지글 끓으며 머리부터 발끝까지 한순간에 분해되었다.

악마의 육체를 태운 리오는 마지막으로 검을 땅에 꽂아 남아 있는 마력을 단번에 배출했다. 그 충격과 열기가 악마의 잔해물을 단숨에 소각시켰다.

"하지만 자업자득이라고. 어차피 나와서 사기치고 영혼만 빼앗을 생각이었잖아?"

씁쓸히 웃은 그는 검을 거두며 망토를 흔들었다. 그의 밑에서 올라오던 끔찍한 냄새의 연기가 사방으로 흩어졌다.

*　　*　　*

시청 밖으로 나온 리오는 하이엘바인과 만나기로 한 여관으로 들어갔다.

시청 안에서의 일은 정말 소리없이 처리된 일이었고 일반적인 지식으로는 그 과정을 알아내기도 힘든 사건이었기에 도시 밖으로 굳이 도망칠 필요는 없었다.

행여나 경비병들과 마주쳐도 상관없었다. 이제는 일부러 잡혀줄 이유가 없기 때문이다.

하이엘바인과 레나는 마침 여관의 식당에서 식사를 하고 있었다.

수많은 사람들 사이에서 힘차게 식사를 하는 레나와 달리 하이엘바인은 시무룩한 얼굴로 음식들을 바라봤다. 그리고 그들 옆에는 힘깨나 쓰게 생긴 여관의 주인이 팔짱을 끼고 서 있었다.

대충 상황을 파악한 리오는 팔짱을 낀 남자 주인에게 돈을 내밀며 일행 사이에 앉았다.

"허, 진짜 일행이 있을 줄은 몰랐구려."

주인이 감탄하자 리오는 어깨를 으쓱했다.

"이렇게 고귀한 분이 설마 수행원 없이 다니시겠습니까?"

하이엘바인을 두고 한 말이었다. 더불어 리오는 허리에서 검을 풀어 탁자 옆쪽에 보란 듯 기대어놓았다.

검을 본 주인장의 표정이 바뀌었다.

"엘프들은 좀 못 미더워서 말이오."

주인은 이해해 달라는 듯 웃고는 고개를 흔들며 자기 자리로 돌아갔다.

리오가 탁자 위에 두 팔꿈치를 올렸다.

"용케 자리를 잡으셨군요."

하이엘바인은 말이 없었다. 그러자 레나가 숟가락을 번쩍 들고 소리쳤다.

"세 군데에서 쫓겨났어!"

리오의 눈이 휘둥그레졌다.

"왜?"

"여관을 잘못 찾았거든."

리오가 하이엘바인 쪽으로 슬그머니 고개를 돌렸다. 그 전설의 발키리는 고개를 푹 숙인 채 흐느끼고 있었다.

난감해진 리오는 두 손으로 자신의 얼굴을 덮은 채 잠시 동안 가만히 있었다.

[여관 이름은 가르쳐 드렸지 않습니까?]

그가 정신감응을 통해 묻자 하이엘바인은 손바닥 밑으로 눈 아래를 누르며 훌쩍거렸다.

[난 이 세계의 글자를 모른다네.]

[예?]

리오는 이해가 안됐다.

[언어 해석 정도는 하실 수 있지 않습니까?]

[내가 살았던 시대와 지금은 언어의 체계가 다르단 말일세. 듣기와 말하기에는 문제가 없지만 읽고 쓰는 것에는 문제가 있지.]

그 말에 리오는 인생 최대의 민폐 덩어리가 눈앞에 있을지도 모른다는 느낌을 받았다.

한편으로는 그녀가 안쓰럽기도 했다. 정치적인 이유로 어느 한곳에 갇히고, 그로 인해 세상의 변화를 모른 채 누군가의 명령을 들으며 메마른 시간을 보낸 것은 그녀 탓이 아니었다.

그러면서도 리오는 자신의 상부를 저주했다.

'왜 하필 나에게, 그것도 지금이냐고!'

붉은 장발의 남자는 끓는 속을 애써 식혔다.

[앞으로는 제가 그림자처럼 당신을 모시겠습니다. 그러니 모르는 부분이 있거나 불안한 부분이 있다면 저에게 꼭 말씀해 주십시오.]

리오는 그녀가 누구처럼 화를 버럭 내며 자존심을 세우지 않을까 걱정했다. 하지만 하이엘바인은 고분고분 고개를 끄덕거렸다.

[폐를 끼치는군. 면목이 없네.]

[아닙니다.]

리오는 자신을 가만히 바라보는 레나의 밤색 머리를 만져주며 다시금 정신감응을 사용했다.

[이번에 제가 맡은 적들은 좀 특별한 것 같습니다. 생명체뿐만 아니라 천사와 악마들의 정보까지도 획득하려 하더군요.]

[정보를?]

[예. 이번에는 정보가 새어나가기 전에 처리했지만 대체 무엇 때문에 그런 행동을 하는지 이해가 가지 않더군요. 혹시 알고 계시는 종족이나 생명체 중에 다른 생명체의 정보를 취득하여 이용하는 존재가 있습니까?]

하이엘바인은 빵의 끝을 손으로 조금 뜯어 입안에 넣었다.

['아네라' 라는 종족을 아나?]

[오래전에 접촉한 일이 있습니다.]

[그들은 신계와도 독립된 독립적 소수 종족이지. 그들은 호기심이 깊은 자들이라 자신들이 모르는 생명체가 발견되면 어떤 도구를 이용하여 수단 방법을 가리지 않고 그 생명체에 대한 정보를 수집하지. 신계 반란…… 아니, 혁명 이전에도 그들의 잔인한 방식 때문에 신계와 충돌이 있었다네.]

아네라족에게 그런 도구가 있다는 것을 처음 듣는 리오는 진지한 눈으로 빵을 물었다.

[그럼 아네라족이 이번 일의 배후일 가능성은…… 없군요. 그들이 지금에 와서 드래곤과 악마의 정보를 얻기 위해 저급한 방식을 쓸 이유는 없으니까요.]

[그렇지.]

하이엘바인은 테이블에 꽂혀 있는 노란색 냅킨을 뽑아 입을 가린 뒤 방금 물었던 빵을 조용히 뱉었다. 소리는 나지 않았지만 리오로선 걱정스런 광경이었다.

"입에 맞지 않으십니까?"

리오가 입에 문 빵을 삼킨 뒤 목소리를 내어 물었다. 하이엘바인 역시 목소리로 대답했다.

"좋은 물로 반죽하지 않은 것 같군. 흙냄새와 벌레 냄새, 그리고 짐승의 오물 냄새가 좀 심하다네."

그 순간 리오와 레나는 물론 여관 식당에 있는 모든 사람들의 안색이 확 변했다.

"아, 내가 너무 민감한 것뿐이니 신경 쓰지 말게."

상황을 모르는 하이엘바인이 환히 웃었다.

노숙할 때 나온 말이었다면 리오는 자신을 몇 단계 초월한 그녀의 감각에 감탄했을지도 모른다. 그러나 지금은 수많은 사람들이 쓰는 여관 안이었고, 그녀의 말을 들은 사람 역시 너무나 많았다.

또 한 번의 민폐가 리오의 영혼과 육체를 뒤흔들었다.

경악과 분노에 찬 손님들의 시선이 여관 주인에게 쏠렸다. 당황한 여관 주인은 뭔가 찔리는 구석이 있는지 사람들을 향해 두 손을 흔들었다.

"바, 바꿔 드리겠습니다! 지금 즉시 바꿔 드릴 테니 기다리십시오!"

순간 여관 주인의 머리 위로 커다란 나무 술잔이 지나갔다.

"이미 먹은 건 어쩌란 말이야!"

"제길, 확 토해 버리겠어!"

사람들의 분노가 점점 격해지는 가운데, 리오는 슬그머니 하이엘바인과 레나를 데리고 방으로 올라갔다.

침대가 세 개 있는 큰 방이었지만 하이엘바인은 그리 신경 쓰지 않았다. 리오는 남자들과 숙식을 같이 하는 게 익숙해서 그럴 거라고 생각했지만 그렇지는 않았다.

"나는 이 침대를 쓰겠네."

그녀가 왼쪽 끝의 침대에 손을 대자마자 침대의 모양이 한 순간에 바뀌었다. 허름하고 작은 침대에서 두꺼운 커튼이 사방에 달린 거대한 침대로 바뀐 것이다.

침대가 어찌나 크고 무거웠는지 여관의 나무 바닥이 가볍게 비명을 질렀다.

"와아!"

레나는 그 기적에 신기해했지만 리오의 입장에서는 불필요한 행동일 뿐이었다.

"식사가 좀 부족하셨던 것 같은데, 괜찮으십니까?"

"아, 괜찮네. 내일 아침에 일출의 빛과 아침 이슬로 힘을 보충하면……."

"제가 밖에서 사오지요. 봐드리는 기적은 침대까지입니다."

리오가 경고하듯 눈을 부릅뜨자 하이엘바인이 깜짝 놀랐다.

"아, 알았네."

"혹시 드시지 못하는 음식이 있습니까?"

"식물은 좀 싫어한다네."

"알겠습니다. 제가 나간 뒤엔 누가 오더라도, 혹시 피엘 비서관이 온다 해도 문을 열지 마십시오. 적어도 제가 올 때까지 말입니다."

"그러지."

바짝 쪼그라든 하이엘바인이 고개를 끄덕거렸다.

리오가 문을 단단히 닫고 나갔다. 뿌루퉁하게 문을 바라보던 레나는 하이엘바인에게 다가가 그녀의 어깨를 두드려 주었다.

"힘내요, 언니."

"그래. 불과 하루지만 배운 게 많구나."

"리오 오빠는 대단한 사람이니까요."

둘이 서로를 보며 웃었다.

조금 뒤, 리오가 깨끗한 빵과 우유, 그리고 소시지 등을 들고 여관방으로 돌아왔다. 모두는 그것을 맛있게 나눠 먹은 뒤 각자 잠자리에 들었다.

하이엘바인과 레나는 금방 잠들었다. 하지만 리오는 쉽게 잠을 이루지 못했다.

그는 붉은색의 커튼이 드리워진 하이엘바인의 침대를 돌아봤다.

'언제까지 이래야 하지?'

리오는 앞이 깜깜하여 머리를 움켜쥐었다.

그를 자극하듯 창문을 두드리는 소리가 들렸다. 눈을 번쩍 뜬 리오는 성난 얼굴로 커튼을 열어젖혔다.

"웃홍!"

케롤이 창문에 달라붙은 채 활짝 웃고 있었다.

"우리 쪽 하층민 중 하나가 여기서 실종됐다는데, 혹시 아시는지?"

리오가 커튼을 철썩 닫았다. 입맛을 다신 케롤은 몸을 연기로 변화시켜 창문 안으로 들어왔다.

"이건 진지한 이야기라고요, 리오님."

방을 둘러보던 그의 눈이 하이엘바인의 침대에 멈췄다.

"뭔가 어울리지 않지만 아름답네요. 침대의 커튼을 열어봐도 될까요?"

"아아, 됐으니 용건이나 말해."

케롤이 샐쭉 웃었다.

"악마 한 명이 제대로 소환됐더군요."

"그게 문제인가?"

"악마가 인간을 제물 삼아 제대로 소환된 경우는 이 세계에서 몇 년 만에 처음이거든요. 그런데 그 장소에 당신이 계시니 혹시 아시나 해서 말이죠."

"잘 모르겠는데?"

리오가 다시 침대에 누웠다. 케롤은 자신의 뿔테 안경을 매만지다가 오른손을 앞으로 뻗었다.

빨갛고 커다란 낫의 끝자락이 리오의 코앞에 나타났다.

"어차피 소환술로 먹고사는 악마들은 우리 사이에서도 파리 목숨이기 때문에 상관없어요. 놈들도 우리가 내린 공지를 제대로 받지도 않았고요."

"전에 말했던 그 '개인 사업자' 들인가?"

"그렇죠. 하지만 아무리 제가 돌보는 당신이라 해도 상호 통보 정도는 하셔야 녀석들의 목숨을 마음대로 쓰실 수 있답니다."

여관방의 어둠 속에서 케롤의 눈빛이 요사스럽게 빛났다.

리오가 누운 채로 케롤에게 시선을 돌렸다.

"그래, 내가 소환시켰지. 렘런트 녀석들의 목적이 뭔지 알아보기 위해서였어."

"오우, 솔직하시네요. 그럼 어땠나요? 렘런트들이 정말 우리까지 노렸나요?"

"맞아. 가능한 한 모든 생물의 정보를 얻으려고 하더군."

"심각하군요. 천사든 신이든 가리지 않을 기세네요."

리오가 고개를 끄덕였다.

"그렇지. 생각보다 위험한 놈들인 것 같아. 너도 목표가 될 수 있다는 말이니 너무 나돌아 다니지 마. 위험할 수 있어."

"예? 후후, 저를 너무 얕잡아보시네요. 저는 이래 봬도 디아블로님 직속의 고위 악마랍니다. 그 어떤 상황에도 대처할 수 있죠!"

"아, 그러신가? 그럼 저 침대의 커튼을 열어봐. 대처할 수 있다면 조금은 믿어주지."

"우훗, 고작 커튼 따위로 저를 시험하려 하시다니, 모르겠군요."

고개를 갸웃한 케롤은 리오의 말대로 침대의 붉은색 커튼을 좌우로 열었다.

"아!"

비명과 동시에 케롤의 몸뚱이가 여관 창문을 깨부수며 밖으로 날아갔다. 케롤이 쓰고 있던 뿔테 안경이 반파된 채 바닥에 툭 떨어졌다.

"무엄한!"

고함을 지른 하이엘바인이 숨을 헐떡거렸다. 예상보다 격한 반응에 놀란 리오는 어찌할까 하다가 전혀 모르는 일인 척 태연히 윗몸을 일으켜 그녀를 봤다.

"하이엘바인님, 무슨……."

그의 눈에 하이엘바인의 하얀 어깨선이 보였다. 목 아래는 이불로 단단히 감싸고 있어서 보이지 않았지만 얇은 이불 밖으로 드러난 선으로 봐서는 안에 뭔가를 입은 것 같진 않았다.

당혹감에 휩싸인 하이엘바인과 한참을 마주 본 리오는 이내 한숨을 푹 쉬며 다시 누웠다.

"평소에 그렇게 주무시면 나중에 야영은 못하십니다."

대답 대신 침대의 커튼을 치는 소리만이 리오의 귀에 들렸다.

가만히 딴생각을 하던 리오는 케롤이 뚫고 나간 창문을 흘끔 봤다.

그곳에서 바람이 차게 들어왔다. 그는 이불을 반쯤 걷어차고 자는 레나를 위해 다시 일어났다.

"왜, 왜 일어나는가?"

하이엘바인의 침대 속에서 겁에 질린 목소리가 새어 나오자 리오는 우선 레나의 이불을 다시 덮어주었다.

"창문을 좀 어떻게 해봐야 할 것 같습니다만."

"그, 그런가? 미안하네. 아침에 들었던 '하반신' 이라는 말이 떠올라서……."

옆방에서 창문을 훔쳐 올까 고민하던 리오의 팔뚝에 정맥이 불끈 솟았다.

'뭘 어떻게 쓰는지 아시긴 하나?'

스트레스 속에, 사람이 없는 방에서 창문을 훔쳐 단 리오는 가까스로 잠에 빠졌다. 케롤의 생사 여부는 애초부터 그의 관심 사항 밖이었다.

CHAPTER 04
도움이 필요한 자들

엘프들의 도시까지 산맥 하나를 남겨놓은 어느 날, 정확히는 하이엘바인과 리오가 만나고 열흘이 지난 후.

나무가 우거진 숲 한가운데에 자리를 만든 리오는 어제 거친 도시에서 구입한 고기를 나뭇가지에 통째로 꽂고 그것을 미리 피운 불 위에 올렸다. 그것이 오늘의 점심 식사였다.

하이엘바인과 레나는 기름을 흘리며 익어가는 고기 앞에 나란히 웅크리고 앉아 눈동자를 반짝거렸다. 리오는 그녀들을 흘끔 본 뒤 고기를 꽂은 나뭇가지를 돌렸다.

하이엘바인이 가장 즐겨 먹는 것은 육류였다. 반면 과일을 포함한 식물은 꺼렸다. 잘해야 가공식품인 빵과 과자 정도였다.

얼마 전, 리오는 남들의 의심을 피하려면 먹는 것을 가리지 말아야 한다고 조언했지만 아직까지 그 문제는 해결되지 않았다.

"가리시면 안 됩니다. 먹을 수 없는 고기로 가득 찬 세계에 배치되실 수도 있으니까요."

리오의 그 조언에 하이엘바인은 뭐가 문제냐는 듯이 말했다.

"내가 그런 곳에 갈 일이 있겠나?"

리오의 얼굴은 당연히 황당함으로 물들었다. 하이엘바인은 자신이 오해를 산 것을 깨닫고 즉시 본래 뜻을 밝혔다.

"아니, 위쪽에서 현명한 배치를 해주실 거란 뜻일세."

"그렇군요."

말은 그리 했지만 리오의 속내는 그렇지 않았다.

'그렇게 현명했으면 당신을 나한테 보내지도 않았겠지!'

그 상황은 열흘 동안 리오가 당한 수많은 일 가운데 하나일 뿐이었다.

리오는 대단히 짜증이 나 있는 상황이었다.

대선배에 대한 예의상 드러내지 못할 뿐, 그는 엄청난 스트레스에 시달리고 있었다. 원래는 무슨 일이 있어도 최대한 평온한 방향으로 가는 것이 그의 성격이지만 지금은 한계를 넘고 넘어 눈빛까지 달라져 있었다.

그는 모든 것이 마음에 들지 않았다.

임무에 대한 기밀 유지 원칙 때문에 잔뜩 긴장해도 부족한 판이었고 레나 역시 집중 관리 대상이었다. 그런 그에게 세상 물정 모르는 하이엘바인의 수습 과정까지 함께하라는 것은 책상에 앉아 서류만 편하게 던지는 형태의 정신 나간 행정이었다.

그녀는 자신이 신족이라는 사실을 증명이라도 하듯 리오의 앞에서 심심하면 기적을 일으켰다.

며칠 전, 다리가 아파 징검다리를 건너지 못하는 노파를 위해 그녀가 강물을 가른 적이 있었다. 노파는 징검다리를 건너기도 전에 그 광경을 보고 기절하여 저승으로 가는 강을 건널 뻔했고, 근처에 있던 사람들까지도 경악을 금치 못했다.

당연히 리오는 격분했다. 그는 사람들의 기억을 모조리 지워야 했고, 하이엘바인은 그날 하루 내내 그의 꾸중을 들었다.

물론 시간이 갈수록 나아지고는 있었지만 리오의 스트레스는 여전했다.

스트레스 때문에 조심성이 없어진 탓일까.

평소 같으면 일어나지 말아야 할 일이 그때 일어나고 말았다.

"여자들을 내놔라!"

십 수 명의 산적들이 각종 무기를 들고 숲의 끝자락에서 몰려나왔다.

어쩐지 통일된 듯한 느낌의 적황색 가죽옷, 같은 대장장이에게 제작된 것으로 보이는 무기들을 통해 리오는 그들이 단순한 산적 집단은 아님을 어렴풋이 느꼈다.

'옳거니.'

리오는 스트레스를 풀 기회라 생각했다.

그는 산적들을 더 자세히 살폈다.

'훈련받은 놈들임엔 확실한 것 같군. 뭐 하는 놈들인지는 몰라도 적당히 만져 주면 되겠지.'

그가 망토 속의 대검 디바이너에 손을 댔다.

"네 이놈들! 감히 사내가 무기를 들고 부녀자들을 노리다니, 용서할 수 없다!"

리오는 떫은 얼굴로 산적들을 봤다. 산적들도 어이가 없다는 얼굴로 그를 마주 봤다.

'아, 이런.'

두통이 리오를 괴롭혔다.

소리를 지른 사람은 그가 아니었다.

"나 하이엘바인이 그대들의 죄를 묻겠다!"

주먹을 움켜쥔 하이엘바인이 이를 악물고 산적들에게 다가갔다. 산적들은 별 희한한 꼴을 다 보겠다는 얼굴로 배를 잡고 웃어댔다.

'누가 저 여자를 말려봐!'

리오는 이뤄질 리가 없는 소원을 마음속으로 빌어보며 그녀를 뒤쫓았다.

"하이엘바인님."

"그래, 저자들은 내가!"

리오를 돌아본 하이엘바인은 움찔했다. 그는 그녀가 얼마 전 강물을 갈랐을 때만큼이나 분노에 찬 표정을 짓고 있었다.

"레나를 돌봐주시죠. 제발."

"아, 알았네."

그녀는 놀란 토끼처럼 몸을 움츠린 채 뒤로 물러났다.

검을 빼 든 그는 목과 어깨를 풀며 산적들에게 다가갔다.

"목적이 여자들인가?"

산적들이 인상을 구겼다.

"뭐야, 형씨는? 칼 좀 쓰나?"

"조금."

그리고 잠시 후,

조금 전보다 표정이 밝아진 리오는 장난치듯 검을 빙글빙글 돌렸다.

"아, 후련하군."

그는 숲 여기저기에 널브러지고 나뭇가지에 걸리기까지 한 산적들을 천천히 둘러봤다. 그들 모두 죽진 않았으나 팔다리의 관절이 모조리 빠져 지렁이처럼 흐느적거리고 있었다.

"이제 끝내볼까?"

멀쩡한 산적은 이제 한 명뿐이었다. 리오는 완전히 겁에 질린 그에게 슬슬 접근했다.

"으, 으아아아!"

산적이 숲 속으로 도망쳤다. 한숨을 쉰 리오는 이윽고 짐승처럼 몸을 날려 그를 뒤쫓았다.

'어깨뼈 한쪽만 부수면 되겠지.'

그는 검을 치켜들며 수풀 속으로 뛰어들었다.

"윽!"

그가 눈을 부릅떴다. 그가 노린 장소에는 산적만 있는 것이 아니었다. 가벼운 갑옷 차림의 금발청년이 산적의 앞길을 막고 있었다.

쫓기는 초식동물처럼 내달리던 산적은 방해물이 된 청년을 향해 미친 듯이 검을 내밀었다. 산적이 나올 줄 전혀 모르고 있었는지 청년은 사색이 된 채 아무 대처도 하지 못했다.

'빌어먹을!'

디바이너를 든 리오의 손에 힘이 들어갔다.

다음 순간 금발의 청년은 엄청난 광경을 목격했다. 분명 산적보다 늦게, 그것도 사람 머리 높이로 떠올랐던 자가 갑자기 기형적인 속도로 땅을 밟고 산적을 앞질러 그를 가로막은 것이다.

회색 망토가 몰아치고 보라색의 검광이 뒤를 따랐다. 소용돌이치는 붉은 머리채 옆으로 육중한 산적의 몸뚱이가 마차에 치인 인형처럼 날아갔다.

"아……."

금발의 청년은 엉덩방아를 찧었다.

피에서 짜낸 실이 아닐까? 청년에게 비친 리오의 머리채는 그런 착각을 불러일으킬 정도로 압도적이었다.

리오는 청년을 뚫어지게 바라봤다.

'입이 가벼운 놈 같진 않군.'

선이 고운, 흉터 하나 없는 얼굴의 청년이었다. 금발은 정돈이 잘됐고 속눈썹은 제법 길었다. 갑옷은 새것이나 다름없었다. 자신의 움직임에 맞게 갑옷을 고친 흔적도 보이지 않았다. 그것은 전투를 거의 해보지 못했다는 말과 같았다.

하지만 그보다 더 눈에 띄는 것은 청년의 왼쪽 눈이었다. 오른쪽 눈은 자연스러운 진녹색이었지만 왼쪽 눈은 은색이었다.

'의안?'

그것은 미용을 목적으로 박아 넣은 유리 덩어리가 아니었다. 마법을 이용해 심은, 조금 특별한 의안이었다. 리오는 그 의안의 정체가 궁금했지만 괜한 일에 휘말릴 것 같아 생각을 접었다.

그는 디바이너를 거둔 뒤 아까 자신에게 얻어맞아 기절한 산적에게 다가갔다.

그가 청년에게 물었다.

"혼자 여기서 뭐 하는 거지? 혹시 이놈들과 한패인가?"

청년이 진짜 산적들과 한패일 리는 없었다. 하지만 그렇게 시비를 거는 것이 제대로 된 대답을 얻는 지름길임을 리오는 알고 있었다.

"한패는 아닙니다! 저는 동료와 함께 왔습니다."

"그럼 그 동료는?"

리오가 다시 물으며 산적의 다리 관절을 뽑았다. 뿌득 하는 소리가 청년의 조금 마른 몸을 움츠러들게 만들었다.

"도중에 그와 헤어져서…… 동료가 방향치라서 말이죠. 그를 찾는 와중에 사람들의 비명을 듣고 여기까지 왔습니다."

청년이 힘들어했다. 그는 사람에게 서투른 성격이었다.

"그래? 운도 없군. 그럼 난 갈 테니 몸조심해. 동료도 빨리 찾고 말이야."

리오는 손을 대강 흔들며 돌아섰다.

"자, 잠시만 기다려 주십시오!"

청년이 고함을 지르며 다가왔다. 리오는 눈을 질끈 감고 소리없이 한탄했다.

'아, 역시나…….'

리오는 이런 상황에 익숙했다. 또한 두려워하고 있었다. 괜히 실력을 보여주기만 하면 이런저런 일이 있으니 도와달라느니 당신이라면 꼭 할 수 있는 일이 있다느니 하는 부탁을 반드시 들어왔던 탓이다.

청년이 그의 앞으로 달려와 허리를 굽혔다.

"이들을 양보해 주십시오!"

"양보?"

리오가 고개를 갸웃거렸다.

"녀석들을 어디에 쓰려고? 설마 노예로?"

"아, 아닙니다! 이유는 말씀드릴 수 없지만…… 아무튼 부탁드립니다! 제발 부탁드립니다!"

"흠, 어려울 건 없지. 좋을 대로 해."

리오는 의외로 일이 쉽게 풀렸다고 생각하며 하이엘바인과 레나가 있는 곳으로 돌아갔다.

그들이 떠난 뒤, 기절한 산적들과 함께 남게 된 금발의 청년은 오른손 주먹의 검지 위쪽을 살짝 물고 덜덜 떨었다.

"나쁜 짓이 아니야. 나쁜 짓이 아니라고……!"

청년의 왼쪽 눈동자가 기묘하게 진동했다.

* * *

노을이 시작되기 직전, 리오 일행은 한가운데에 제법 큰 성이 박혀 있는 거대 도시와 만났다.

"우와, 크다!"

레나가 두 팔을 들어 흔들었다.

하이엘바인은 버릇처럼 도시 바깥을 살폈다. 도시의 성벽 아래엔 오크, 트롤 등의 군세에 맞서기 위한 주둔군들이 빈틈 없이 진을 치고 있었다.

그럼에도 불구하고 도시로 통하는 길거리는 상인과 여행객, 이사를 온 사람 등으로 분주했다. 전쟁의 공포는 어디에서도 느낄 수 없었다. 도시가 거대하면 거대할수록, 인구가 많으면 많을수록 사람들이 관심을 두고 집중하는 것들의 수도 많은 법이었다.

"인구가 30만이 조금 안 되는 도시 같군요."

리오의 말에 하이엘바인은 도시 한가운데에 보이는 성을 가리켰다.

"저 성은 왕의 성일까?"

"왕이라기보다는 공작의 성 같습니다. 분명 대도시이긴 하지만 한 나라의 수도 정도는 아니거든요."

작은 길을 벗어나 대로로 진입하기 직전, 리오가 일행을 잠시 멈췄다.

"무슨 일인가?"

하이엘바인이 물었다.

"일단 대도시이니만큼 제대로 짚고 넘어가야 하는 부분이 많지요."

우선 레나의 머리와 옷매무새를 가다듬어 준 리오는 이어서 하이엘바인을 살폈다.

"음…… 이제 엘프로 위장할 필요는 없으실 것 같습니다."

"어째서?"

리오는 레나에게 했던 대로 그녀의 옷매무새를 직접 고쳐 주며 답했다.

"지금까지 수집한 정보에 의하면 이 세계의 엘프들은, 특히 수행원을 갖출 수 있는 고위 엘프의 경우에는 절대로 인간을 밑에 두지 않더군요. 그러니 이제부터는 본연의 모습으로 되돌아오시는 것이 나을 것 같습니다."

본연의 모습이라고 해봤자 차이점은 귀의 길이 정도였다.

"그러도록 하지."

하이엘바인이 귀의 모양을 바꾸는 동안 리오는 자신의 망토 자락으로 그녀의 갑옷을 닦아주었다. 숲에서 먼지를 잔뜩 뒤집어쓴 연황색의 가죽 갑옷들이 본연의 색으로 돌아와 윤기를 냈다.

이어서 리오가 그녀의 앞에 왼쪽 무릎을 꿇고 앉았다. 그는 곧게 세운 자신의 오른쪽 무릎을 톡톡 두드렸다.

"여기에 장화를 대십시오."

하이엘바인의 얼굴에 난감한 기색이 떠올랐다.

"아니, 그렇게까지 할 것은……."

"표면상 하이엘바인님과 저는 어느 귀족 집의 아가씨와 그 경호원의 관계인데, 하이엘바인님께서 그렇게 지저분한 장화를 신고 계시면 사람들이 다들 이상하게 생각하겠지요. 저곳은 특히나 대도시이기 때문에 더욱 신경을 써야 합니다."

"음……."

뜸을 들이던 하이엘바인은 리오가 계속 재촉하자 하는 수 없이 오른발을 들었다.

뒤꿈치를 들고 발끝을 내린 채 상대의 무릎을 사뿐히 밟는 모습이 마치 얕은 물을 밟는 긴 다리의 새처럼 우아하고 기품이 넘쳤다.

리오는 망토로 그녀의 장화를 닦았다. 붉은 머리채를 흔드는 그의 모습을 가만히 지켜보던 하이엘바인이 이윽고 조심스레 말했다.

"자네는 검술보다 구두를 닦는 기술이 더 뛰어나군."

리오의 팔이 멈칫했다. 인내심의 한계를 가까스로 지킨 그는 하이엘바인의 오른발을 조심스레 내렸다.

"왼발을 올리시지요."

하이엘바인은 지시대로 왼발을 그의 무릎에 댔다.

"음, 정색하지 말고 대답해 주게. 난 자네의 그 기술을 배우고 싶다네."

"당신께서 배우실 만한 일은 아닙니다."

그로선 오만가지 욕을 참으며 한 말이었으나 하이엘바인은 아무것도 모른 채 아쉬워했다.

"나를 너무 윗사람 취급하지 말게. 난 자네에게 많은 것을 배우고 싶네. 그래야 나도 독립적으로 움직일 수 있게 되지 않겠나?"

리오는 그녀의 왼쪽 장화를 닦으며 복잡한 미소를 지었다.

"그렇긴 하지만 신발을 닦는 것은 아주 사소한 기술입니다. 하다 보면 되는 것이지요."

"하다 보면?"

붉은 장발의 남자는 고개를 천천히 끄덕거렸다.

"예. 최선을 다하다 보면 말입니다."

자신은 지금도 최선을 다하고 있다. 하이엘바인은 그렇게 말하고 싶었지만 자신의 장화를 망토로 닦아주는 남자의 앞에선 도저히 그 말을 꺼낼 수가 없었다.

"다 됐습니다."

그녀의 장화 밑창에 손을 대고 손수 발을 내려준 리오는 무릎을 펴고 일어났다. 그의 망토 이곳저곳에 묻은 황색 흔적이 하이엘바인의 눈에 들어왔다.

리오가 망토를 잡고 아래로 털었다.

"가시죠."

"음."

하이엘바인은 깊은 생각에 잠긴 채 레나와 리오의 뒤를 따라갔다.

그녀는 최선을 다하면 된다는 리오의 말을 이해할 수가 없었다. 또한 그 말이 귀에서 떠나지 않았다.

그녀는 태어날 때부터 두 발로 걸었고, 뛰어난 지혜를 갖고 있었으며, 천공을 뒤흔들 힘을 냈다. 또한 수천의 병장기들을 문제없이 다룰 수 있었다. 모두가 그녀의 아버지이자 신인 토르의 능력을 이어받은 덕분이었다.

이따금씩 아버지의 심부름을 받아 하늘 아래로 내려가면 그 세계의 모든 생물은 당연한 듯이 기뻐 환영하고 그녀를 칭송했다.

하지만 지금은 그렇지 않았다. 그녀가 누구인지 알고 있는 유일한 사람 리오는 그녀 자신이 뭔가를 할 때마다 어이없어 하거나 당혹스러워했고 가끔은 그녀를 데리고 사람들의 눈을 피해 도망치기도 했다.

사실 그녀도 답답했다. 그녀의 입장에선 최선을 다한 것이기 때문이었다.

"이보게."

"예, 하이엘바인님."

그녀는 질문하기에 앞서 마음을 굳게 먹었다.

"혹시 내가 폐를 끼치고 있나?"

"당연하지요."

하이엘바인은 자신의 속에서 뭔가가 덜컥 걸리는 느낌을 받았다.

리오가 그녀를 흘끔 봤다.

"말씀하신 덕분에 깜박 잊고 넘어갈 뻔한 일이 떠올랐습니다."

"무엇인가?"

그는 중요하는 일을 가르치기 직전의 교사처럼 팔짱을 단단히 꼈다.

"하이엘바인님은 일단 여성입니다."

"그렇지."

"그리고 지금 맡으신 역할은 귀족 아가씨이시지요."

"음, 확실히 기억하고 있네."

리오가 한숨을 쉬었다.

"귀족 아가씨가 산이나 숲에서 산적을 만나면 어떤 반응을 보여야 할까요?"

"당당히 맞서야겠지!"

그녀의 굳센 표정을 본 리오는 인상을 흐렸다.

"아닙니다."

"아니라고?"

그녀가 흠칫 놀랐다.

"일반적인 아가씨들이라면 좀 더 인간적이고 나약한 반응을 보여야 합니다."

"잘 모르겠군."

"꺄악! 이라던가, 살려주세요! 라던가. 뭐, 그런 겁니다."

그렇게 직접 시범을 보인 리오를 지나가던 사람들이 흘끔흘끔 쳐다봤다. 리오는 안면이 뜨거워 미칠 지경이었으나 새로운 지식을 접한 하이엘바인의 파란색 눈동자는 반짝반짝 빛났다.

"오오, 그 뒤에 적들을 물리치란 말인가?"

"그냥 가만히 계시면 됩니다. 제가 알아서 처리할 테니까요. 혹시라도 잡혀가게 되신다면 정말 위태로운 상황이 벌어지지 않는 이상 악당들의 말을 따르십시오. 그때 역시 제가 알아서 할 겁니다."

"으음."

이번엔 하이엘바인이 팔짱을 꼈다.

"하지만 납득이 되지 않는군. 난 전사라네."

"임무 성공을 위한 기만행위라고 생각해 주세요."

"오오, 그렇군! 알았네!"

그녀는 수첩을 꺼내 지금 들은 내용들을 빠짐없이 적었다.

리오는 자신이 왜 이런 것까지 설명을 해야 하는지 이해할 수 없었다.

"슬슬 사람들도 많아지는데 앞서 걸으십시오. 저를 주인 앞에서 걷는 경호원으로 만들 생각이십니까?"

"아, 미안하네."

하이엘바인은 걸음을 빨리하여 리오와 레나 앞에 섰다. 그녀를 보며 고개를 설레설레 저은 리오는 미소를 지은 채 주위를 둘러봤다.

"적응하시기만 하면 됩니다. 천천히 말이죠."

하이엘바인도 웃었다.

"음, 명심하지."

그녀가 다시 앞을 보고 걸어갔다.

옆에서 가만히 그들을 지켜보던 레나는 눈을 몇 번 깜박인 뒤 점점 가까워지는 도시에 눈을 돌렸다.

*　　　*　　　*

도금된 듯 맑게 반짝거리는 하이엘바인의 은발이 도시의 정문 아래를 지나갔다.

정문 주변에서 서성이던 남자들은 그녀의 모습에 일순간 정신을 빼앗겼으나 그녀의 뒤를 바짝 따라붙는 리오를 보고 얼른 눈을 돌렸다.

그런데 머리에 검은색 두건을 쓴 갈색 피부의 여성이 광고지를 한 아름 안은 채 그에게 달려갔다.

“형님! 거기 계신 검사 형님!”

리오가 그녀를 흘끔 봤다. 두건의 여성은 옆에 낀 광고지 중 한 장을 빼서 그에게 내밀었다.

“민병대 모집 중입니다! 일도 보람차고 보수도 넉넉하니 좀 도와주십쇼!”

리오가 손을 저었다.

“미안. 지금 모시는 분이 계셔서.”

“아, 그러지 마시고! 하하하!”

여성이, 여성이라고 하기엔 너무 남성적이고 소녀티를 아직 벗지 못한 그녀가 끈덕지게 따라붙었다.

"한번 읽어만 주십쇼. 조건 좋습니다!"

리오는 씁쓸한 얼굴로 광고지를 손에 들었다.

'민병대 모집이야, 선거 홍보야?'

그는 광고지의 내용을 살펴봤다.

"카타리아 지방을 휩쓰는 대도적단 '멸망의 사슬' 단을 제거할 민병대 지원자들을 모집합니다. 보수는 어쩌고저쩌고……."

거기까지 읽은 리오는 바로 밑에 쓰인 글귀를 보고 코웃음을 쳤다.

"민병대는 발족 예정? 아직 정식으로 발족한 게 아닌가?"

검은 두건의 여성이 하얀 이를 활짝 드러내며 뒷머리를 긁었다.

"하하, 아직 공작님께서 허가를 안 해주셔서……."

"오, 그렇군. 하하하하!"

리오는 일단 밝게 웃었다. 그러면서 그는 광고지를 요리조리 접어 종이비행기를 만든 뒤 저 멀리 날려 보냈다.

"사기도 정도껏 치라고, 아가씨."

금방 정색을 한 리오는 하이엘바인을 이끌고 도시 안쪽으로 향했다. 덜렁 남겨진 두건의 여성은 울상이 되었다.

그녀를 안쓰러운 눈으로 지켜보던 하이엘바인이 이윽고 리오를 불렀다.

"이보게."

"부르셨습니까, 아가씨?"

사람들이 많은 곳에선 상하 관계로 보이도록 약속한 상황이었다.

리오가 그녀의 옆에 다가왔다. 레나가 걷는 속도를 높여 리오를 따라잡았다.

"좀 도와주는 게 어떻겠나? 아까 자네 말을 들어보니 지방을 휩쓰는 대도적단이 있는 것 같던데 말이네."

"아쉽지만 이번 임무는 그렇게 여유있는 임무가 아닙니다. 그리고 사람들 스스로가 이겨낼 수 있는 일에는 우리가 관여하지 않는 것이 원칙입니다."

하이엘바인은 그 대목에서 리오가 냉정하다고 생각했다. 하지만 리오의 말은 아직 끝난 게 아니었다.

"사사건건 우리가 나서서 고난을 해결해 준다면 우리 눈에 닿지 않는 곳에서 같은 고난을 해결하려고 노력하는 사람들은 뭐가 되겠습니까? 이것도 나름대로 이 세계의 구성원들을 존중해 주는 하나의 방법입니다."

"으음."

하이엘바인은 수긍하여 고개를 끄덕였다.

그녀는 문득 육중한 바위들을 성벽 위로 나르고 있는 목재 기중기들을 봤다. 기중기들이 옮기는 바위는 그들의 머리 바로 위를 지나고 있었다.

"이 세계의 사람들은 제법 머리가 좋은 것 같군. 저렇게 거대한 도구까지 만들고 말일세."

"그렇군요."

리오가 흘리듯 대답했다.

그들을 따라가던 레나가 갑자기 저편으로 뛰어갔다.

"리오 오빠, 이쪽으로 좀 와봐!"

리오는 그녀를 봤다.

"왜? 무슨 일 있어?"

그는 소녀가 말도 없이 연거푸 손을 흔들어 재촉하자 한숨을 쉬며 그쪽으로 걸어갔다.

"으악!"

순간 기중기의 밧줄을 잡아당기던 사람들 중 몇 명이 비명을 지르며 손을 놨다. 뭔가 시커먼 물체가 그들의 눈앞을 스치고 지나간 것이다. 그들 손을 떠난 밧줄이 위로 휙 올라감과 동시에 공중에 들렸던 바위가 아래로 쑥 내려갔다.

그 바위는 하이엘바인을 향해 곧장 떨어졌다.

바위의 낙하를 초감각으로 느낀 리오가 곧장 그녀를 돌아봤다.

"아가씨!"

"응?"

그녀가 눈을 휘둥그레 뜨고 위를 봤다. 바위가 그녀를 덮친 것은 바로 그다음이었다.

"아……."

리오는 눈을 감고 고개를 돌렸다. 뒤이어 주위의 남녀노소들이 끔찍한 비명을 질렀다.

"사람이, 사람이 깔렸다!"

"여자였어! 여자였다고!"

사람들이 대혼란에 빠진 가운데 바위의 아래쪽이 굉음을 내며 쩍 갈라졌다. 우왕좌왕하며 경비병을 찾던 사람들이 일순간 숨을 멈추고 그쪽에 다시 집중했다.

뒤이어 활짝 쪼개지는 바위 밖으로 하이엘바인이 멀쩡하게 걸어나왔다.

"아, 이런 변이 있나."

그녀의 은색 눈썹 사이에 살짝 주름이 졌다.

사람들은 우선 그녀가 무사하다는 것에 놀랐고, 바위의 단면에 사람 한 명이 충분히 들어갈 공간이 만들어졌다는 사실에 또 한 번 놀랐다. 비유하자면 쇠못 위에 떨어진 과일 꼴이었다.

주변이 찬물을 맞은 것처럼 고요해졌다. 옷에 묻은 돌가루를 털던 그녀가 문득 사람들을 둘러봤다.

"아, 나는 무사하오. 걱정하지 마시오."

그러면서 밝게 웃었다.

그 말을 들은 모든 사람들이 마음속으로 외쳤다.

'무사한 게 문제잖아!'

말없이 고개를 돌리고 있던 리오는 소녀를 옆구리에 끼더니 급히 하이엘바인의 손을 잡아끌었다.

"뛰십시오, 하이엘바인님!"

"아, 내가 또 무슨……?"

"알았으니 뛰십시오!"

셋은 인파를 뚫고 거리 저편으로 사라졌다.

사람들이 혼비백산하는 한편, 성문 옆쪽으로 광고지가 우르르 쏟아져 바닥에 날렸다. 그 광고지를 돌리던 두건의 여성은 너무 놀라 입안에 고이는 침을 꿀꺽꿀꺽 삼키더니 떨어진 광고지를 마구 주운 후 도시로 달려갔다.

"난 봤어!"

그녀의 연한 갈색 눈동자가 희열에 젖었다.

"도련님! 도련님께 말씀드려야 해!"

* * *

달리고 달려 어느 골목 안으로 들어간 리오는 일단 오른손으로 얼굴을 덮었다. 평소처럼 꾸지람을 들을 생각에 잔뜩 긴장한 하이엘바인은 그의 옆모습을 조마조마한 마음으로 지켜봤다.

그가 오랫동안 아무 말도 하지 않자 결국 하이엘바인이 입을 열었다.

"미안하네."

"아뇨. 괜찮습니다. 이건 사과하실 일이 아닙니다. 죄송하지만 잠시 생각할 시간을 주십시오."

"아, 그러지."

머쓱해진 하이엘바인은 양손을 등 뒤에 포갠 채 벽에 기대었다.

그녀는 고개를 들어 건물 사이로 보이는 하늘을 봤다. 점심 무렵부터 살살 흐려지기 시작한 하늘이 지금은 완연한 잿빛을 띠고 있었다.

'비가 오겠군.'

날씨와 더불어 하이엘바인의 마음도 울적해졌다.

그녀는 상체를 숙이고 머리를 흔들었다. 제법 단단히 틀어 올린 머리가 완만한 곡선의 바위 위를 흐르는 물처럼 부드럽게 흘러 그녀의 긴 허벅지 위에 쏟아졌다. 뒤이어 머리카락 사이에 숨어 있던 바위 조각들이 툭툭 떨어졌다.

그녀는 리오가 왜 저러고 있는지 궁금했다. 만약 그가 짜증을 내거나 주의를 준다면 항변을 할 마음도 있었다. 바위가 떨어진 사건은 그만큼 어쩔 수 없는 상황이었다.

그녀가 그렇게 우울해하는 한편, 리오는 방금 전 일어난 일을 다시 떠올려 봤다.

'우연치고는 이상하군. 기중기로 옮기던 바위가 하이엘바인님의 머리 위로 정확히 떨어진다는 것 자체가 말이 안 돼.

확률적으로 봐도 힘들어.'

그는 이 세계에 온 이후부터 갖고 있던 '불안 요소' 에 가능성을 뒀다.

'드디어 우리를 노린다는 말인가? 하지만 교신의 느낌은 전혀 받지 못했는데?'

그는 일단 상황을 지켜보기로 마음먹은 뒤 얼굴을 가리고 있던 손을 떼었다.

"일단 가시죠, 하이엘바인님."

"으음."

풀려 있던 그녀의 긴 머리카락이 또 하나의 생물처럼 후루룩 움직였다. 원래의 동그란 모양을 알아서 다시 만드는 그녀의 머리카락을 보고 리오는 웃지도, 화를 내지도 못했다.

꾸중을 하자니 그녀가 그렇게 강한 힘을 발휘한 것도 아니고 목격자도 없었다. 한마디로 그냥 묵인하고 넘어갈 수 있는 일이었다.

하지만 만에 하나라는 경우가 또 있기 때문에 리오는 제안하듯 정중히 말했다.

"다음부터 일반적인 방법으로 머리 모양을 만드셔도 괜찮을 것 같습니다만?"

"아……. 하지만 여긴 거울이 없지 않은가? 땅속에 있는 은을 뽑아 거울을 만들었다가는 자네에게 또 꾸지람을 들을 텐데?"

리오가 어깨를 으쓱했다.

"저도 올림머리 정도는 할 줄 압니다."

"오, 그렇군."

감탄한 하이엘바인의 표정이 조금 뒤 이상해졌다.

"하지만 난 지금까지 남자에게 머리를 맡겨본 일이 없네."

"쥐어뜯진 않을 테니 심려치 마시지요. 제가 뜯는다고 뜯어질까 궁금하기도 하군요."

씩 웃은 리오는 몸을 숙여 레나의 등을 두드렸다.

"자, 나가자. 깜짝 놀랐지?"

"으응, 괜찮아."

밝게 웃은 레나는 리오와 함께 다시 거리로 나왔다. 하이엘바인은 밖에 있는 리오를 멀뚱히 쳐다봤다.

'그런 문제가 아닌데…….'

잠시 난감해한 그녀는 레나가 손짓하는 모습을 보고 얼른 골목 밖으로 나왔다.

"여기선 무슨 일을 할 건가?"

그녀의 질문에 리오는 고개를 갸웃거렸다.

"일이 있으면 곤란하지요. 이 도시는 그냥 거쳐 가는 곳일 뿐이니 마음 놓으셔도 됩니다."

말을 마치자마자 리오는 시큼한 것을 씹은 얼굴로 뒷목을 만졌다.

그는 정신감응을 이용하여 그녀에게 말했다.

[사실 이렇게 큰 도시는 천사들이 있을 가능성이 높습니다.]

[첩자나 정탐자인가?]

[그런 경우도 배제할 수는 없지만 제가 말하는 경우는 단순히 선신계의 세력을 확장하기 위해 내려온 최하급 천사들입니다. 제가 정한 허용범위 내에서만 힘을 쓰시면 간접적으로 들킬 염려는 없습니다. 하지만 놈들 대부분은 인간의 모습으로 숨어 있으니 직접적으로 목격당할 만한 일은 만들지 마십시오.]

[만약 목격당하면 어찌하나?]

[목격한 천사를 제거하는 것이 제일 깔끔한 방법입니다. 지금은 더더욱 말이지요.]

하이엘바인의 표정이 변했다.

[지금은? 무슨 말인가?]

리오는 아까 그녀의 머리 위에 떨어진 바위에 대해 얘기를 할까 했지만 일단 참았다.

[만약 천사를 제거할 일이 생긴다면 피 한 방울조차 남기지 말아야 합니다.]

[피라면 선신계 천사들의 육체를 구성하는 '빛의 피' 를 말하는군. 하긴, 그것만으로도 선신계 천사에 대한 정보를 대부분 얻을 수 있지.]

[그렇습니다. 현재 우리가 적으로 삼고 있는 존재들이 그

피를 취득하여 이용할 수 있으니 혹시라도 목격자가 발생할 경우 완전히 멸살하십시오.]

[그리하지.]

[직접 처리하기 곤란하시면 저에게 맡기셔도 됩니다.]

[무슨 말인가? 최하급 천사 정도는…….]

[물론 하이엘바인님께는 바람 앞의 촛불이지요. 문제는 그들의 행동양식과 위장 방법입니다. 괜히 선신계 천사라고 불리는 게 아니거든요.]

하이엘바인은 리오가 무엇을 전달하려 하는지 알 수가 없었다. 애당초 선신계의 세력 확장 방식에 대해 전혀 모르고 있기 때문이었다.

그녀가 알고 있는 '선신계 천사'의 정보는 오직 전투 능력뿐이었다. 그래서 그녀는 그에 대해 좀 더 자세한 이야기를 듣고 싶었다.

때마침 하늘에서 뭔가가 후두두 떨어졌다. 하늘에서 올까 말까 망설이기만 하던 비였다.

갑작스런 비의 습격에 거리를 거닐던 사람들이 제법 즐거운 비명을 지르며 이곳저곳으로 숨었다.

굵직한 빗방울이 마구 떨어지자 리오는 급히 레나가 걸치고 있는 로브의 후드를 잡아 그녀의 머리에 씌웠다.

"아무래도 여관이나 찻집에서 비를 피해야겠습니다."

"음, 그러는 게 좋겠군."

레나의 옷을 만져 주던 리오가 불현듯 스친 불안감에 얼른 하이엘바인을 봤다. 그녀는 얇은 보호막을 펼쳐서 자신에게 내리는 빗물을 모조리 막아내고 있었다.

그와 눈을 마주친 하이엘바인은 슬그머니 보호막을 걷었다.

"이것도 안 되나?"

리오는 이 상황이 왠지 재밌었다.

그는 망토를 풀어 그녀에게 걸쳐 준 뒤 머리에는 후드를 씌워주었다.

"이걸로 피하셔야죠."

빗물이 망토의 표면에 맞아 톡톡 분해되었다. 망토에 사용된 용들의 신 브리간트의 날개 가죽은 그만큼 방수 효과가 좋았다.

하이엘바인은 터지는 빗물 뒤에서 웃고 있는 리오를 불편함 섞인 눈으로 바라봤다.

"자네는 그냥 그렇게 갈 생각인가?"

"주인이 비를 맞게 놔두는 경호원이 세상 어디에 있습니까?"

"하지만 이대로 가기엔 너무 미안하네."

리오는 지금까지 끼친 민폐에 비해선 아무것도 아니라며 비꼬고 싶었다. 하지만 그는 그런 말 대신 거리 저편에 보이는 여관을 가리켰다. 다른 여관들은 문을 모두 닫은 상황이었기에 선택의 여지가 없었다.

"그렇게 미안하시면 저기 있는 여관으로 어서 쉬십시오."

하이엘바인이 웃었다.

"자네는 나보고 계속 쉬라고만 하는군."

"그랬습니까?"

그가 눈웃음을 지었다.

"일단 가십시오. 저는 잠시 볼일이 있습니다."

"볼일? 아, 그렇군. 알았네."

뭔가 알아차린 하이엘바인은 레나를 데리고 여관으로 향했다.

그녀들이 들어간 여관의 문이 닫혔다. 리오는 빗속에서 한숨을 쉬며 돌아섰다.

"넌 뭐지?"

순간 부릅뜬 그의 눈이 향한 곳은 어떤 건물의 지붕이었다. 인간의 형태를 한 검은색의 생명체가 낡은 기와지붕 위에 웅크리고 앉아 있었다.

"훼방꾼이 이곳에 온다는 말을 들었다. 드디어 만나는군."

그 검은색 괴물이 말했다. 몇 명이 동시에 얘기하는 것처럼 목소리의 끝자락이 심하게 떨렸다.

빗물이 리오의 근육 계곡 사이를 졸졸 흘렀다. 어느새 흠뻑 젖어버린 그 붉은 장발의 남자는 여전히 두툼한 머리채를 흔들며 앞머리에 맺힌 물방울을 털었다.

"인사를 하고 싶다면 맑은 날을 택하는 게 어때? 그보다 내가 온다는 얘기를 누구에게 들었지?"

"거기까진 알 것 없다. 우리 일을 계속 방해하는 이유가 뭐냐?

"너희들이야말로 생명체들의 정보를 모으는 이유가 뭐지?"

둘 사이에 침묵이 흘렀다.

지금 나타난 검은색 괴물 렘런트는 형태만 대충 인간일 뿐, 눈이나 코, 입, 귀 같은 감각기관은 몸에 달고 있지 않았다. 어찌 보면 괴기스럽고 어찌 보면 참으로 심심한 형태였다.

"흐흐."

하지만 목소리만은 제대로 냈다. 웃음소리를 낸 렘런트가 말했다.

"하나씩 주고받는 게 어떤가?"

"그것도 좋지."

상대가 의외로 거래를 제안하자 리오가 깔끔하게 고개를 끄덕거렸다.

우선 렘런트가 먼저 목소리를 냈다.

"우리는 과거를 상실한 존재들이다. 우리가 원래 어떤 모습이었고 어떤 존재인지 전혀 기억하지 못하지."

"그래서 다른 생물들의 정보를 모으나?"

"우리가 할 수 있는 일은 오직 그것뿐이었지. 미생물을 시작으로 곤충, 동물, 인간까지. 우리는 긴 시간을 들여 여기까지 왔다."

"그럼 너희들의 규모는 얼마나 되지?"

"주고받는 것은 하나씩이다. 이젠 네가 어디서 왔는지 말해라."

리오는 알았다는 듯 어깨를 으쓱했다.

"난 저기 위쪽에서 왔지."

"위쪽?"

"하늘나라라고 하면 될까?"

"그렇군. 신의 하수인. 그래서 너와 네 동료를 분석할 수 없었던 것이군."

렘런트의 눈, 그러니까 인간의 눈이 존재해야 할 부분에 틈새가 생기며 검은색의 물이 쭉 튀었다. 갈라진 틈새 밖으로 벌집 모양의 겹눈이 튀어나왔다.

렘런트는 그 겹눈으로 리오를 노려봤다.

"도저히 구조를 파악할 수 없는 벽이 너와 네 동료를 지키더군. 특히 저 암컷으로 추정되는 미지의 생물은 너보다 더 철저한 벽을 갖고 있었지."

리오의 눈에 파란 빛이 얼핏 스쳤다.

"평화롭게 얘기하고 싶다면 암컷이란 말은 거두는 게 어때? 나름대로 내가 모시는 분이거든."

"그러지."

렘런트가 지붕을 떠나 리오의 앞에 내려왔다. 두 발로 똑바로 선 렘런트는 리오의 가슴에 겨우 미칠 정도로 키가 작았다.

"하나씩 더 주고받는 게 어떤가? 자네와의 이야기는 흥미롭군."

렘런트의 제안에 리오는 흔쾌히 고개를 끄덕거렸다.

아까와 마찬가지로 렘런트가 먼저 말했다.

"신의 하수인이여, 너는 천사인가, 아니면 악마인가? 우리가 획득할 뻔했던 악마의 정보를 막고 악마를 죽인 것으로 봐서 같은 악마는 아닌 것 같군."

리오는 지금 나타난 렘런트가 그 사실을 어떻게 입에 담는지 별로 궁금하지 않았다. 어차피 그 정도는 각오하고 있는 사항이었다.

"아쉽지만 둘 다 아니야. 양측의 싸움이나 범법 행위를 조절하는 존재가 우리지. 천사와 악마에 대한 것은 어디서 알았나?"

"지적 생명체들은 천사와 악마의 존재를 알고 있더군. 하지만 전부 막연한 믿음에 불과했기에 어려움이 있었으나 레드 드래곤 카일로스의 정보를 통해 우리는 좀 더 구체적인 것을 알 수 있었지."

리오는 그 말을 통해 이들이 악마를 그렇게 단시간에 감염시킬 수 있었던 이유를 확인할 수 있었다. 사실 그전까지는 심중만이 존재했을 뿐이었다.

그것으로 두 번째의 거래를 마친 리오는 한 번 더 거래를 할 것인가, 아니면 렘런트의 숨통을 끊어버릴 것인가 고민했다.

본래 목적을 위해서라면 몇 번이고 거래를 하여 정보를 얻어내는 쪽이 옳았다. 그러나 문제는 답변의 신빙성이었다.

리오는 추상적으로나마 진실을 전했다. 하지만 리오에게 있어서 중요한 것은 자신의 솔직함보다 상대가 주고 있는 정보의 확실함이었다.

어느 정도 맞아떨어지는 부분이 많았기에 받아들일 가치는 있었으나 완전히 신뢰하기에는 조금 부족했다.

운이 좋게도 리오가 계속 던진 '추상적인 진실' 이 마침 효과를 발휘했다.

"네 목적은 정확히 우리인가?"

렘런트는 주고받자는 말조차 하지 않고 다시 물었다. 리오는 점점 약해지는 빗줄기를 느끼며 웃었다.

"틀림없이 너희지. 이제 내가 묻겠어. 이 세계에 있는 네 동포들이 너희 종족 전체인가?"

"그렇지는 않지. 우리는 애초부터 그 어느 세계에도 속하지 않았으니까. 그러나 누군가가 세계를 오갈 수 있는 기술을 우리에게 가르쳐 줬지."

사실이라면 가장 중요할 수도 있는 발언이었다. 이제 남은 것은 그들의 정확한 규모, 그리고 그들에게 공간이동의 기술을 가르쳐 준 장본인이 누구냐 하는 문제였다.

정체는 중요치 않았다. 누가 됐든, 뭐가 됐든 결과는 리오가 여태껏 해왔던 그대로 멸살 처분이기 때문에 굳이 알아볼 필요는 없었다.

빗방울이 눈에 띄게 줄었다.

"아까 내가 모시는 분께 장난을 친 게 너희들인가?"

"그렇다면?"

"앙갚음을 해야겠지."

리오가 검을 뽑았다. 그의 실력이라면 상대가 느낄 틈도 없이 베어버릴 수도 있었지만 그는 상대가 무엇을 숨기고 있는지 알고 있기에 바로 공격하진 않았다.

"앙갚음도 앙갚음이고, 너 역시 나와 즐겁게 얘기하기 위해서 직접 모습을 드러내진 않은 것 같군. 진짜 목적이 뭐지?"

"우리는 너와 그 암컷, 아니, 여자에게 흥미가 있다. 우리는 토론 끝에 일단 너희들을 포획한 뒤 너희들의 정보를 얻는 게 가능해질 때까지 기다리기로 했지."

"그래? 그럼 집에 가서 옷부터 다시 입고 오시지. 거울도 한번 보고."

렘런트의 복안이 빛을 잃었다.

"네놈이 무고한 지적 생명체를 죽일 수 없다는 사실을 알고 왔다. 그래서 우리 나름대로 방법을 고안했지."

복안이 사라진 뒤 렘런트의 머리가 좌우로 갈라졌다. 정확하게는 머리를 뒤덮고 있던 검은 물질들이 비켜났다.

드러난 것은 깡마른 중년 남성의 머리였다. 목 아랫부분에 언뜻 보이는 옷깃은 그 남자가 렘런트를 이루는 그 검은색 물질에 통째로 삼켜졌다는 것을 말해주고 있었다.

"오, 인질인가?"

"너희들의 방식으로 말하자면 그렇다. 우리는 다른 생명체에 정착하여 새로운 동포를 창조해 낼 수도 있지만 가볍게 제어만 하는 기술도 알고 있지."

"그거 아주 반가운 소리군."

리오의 검끝이 남자를 삼킨 렘런트의 가슴에 살짝 닿았다.

그러자 그 지점을 중심으로 남자의 몸에 달라붙어 있던 검은색 물질들이 밀려나더니 완전히 이탈하여 뒤쪽 벽으로 튕겨 나갔다.

벽에 철썩 달라붙은 렘런트가 심하게 꿈틀거렸다.

"아니?"

렘런트의 목소리가 당혹감에 격앙되었다.

앞으로 쓰러지는 남자를 왼팔로 받아낸 리오는 그를 무사히 눕혀준 뒤 벽에 달라붙은 렘런트에게 다가갔다.

"그 기술을 너희들에게 제공한 생명체는 늪지 괴물이겠지."

검을 든 리오의 팔뚝에 붉은색의 스펠다이얼이 떠올랐다. 제법 강한 화염이 스펠다이얼로부터 디바이너로 옮겨붙었다.

"내가 그 친구들을 좀 알아."

농담조로 말한 그는 마법의 힘을 받아 빨갛게 달아오른 디바이너로 렘런트를 콕 찍었다.

아주 간단한 그 공격에 렘런트는 재도 남기지 못하고 타올라 사라졌다.

"이쪽을 노리겠다고? 오히려 좋지."

웃으며 검을 거둔 리오는 엎드려서 끙끙거리는 중년의 남자에게 다가가 그의 상태를 확인했다. 건강엔 이상이 없었고 오염 및 감염을 당한 흔적도 없었다.

"운이 좋은 아저씨군."

리오는 그를 끌어다가 어느 집 처마 밑에 뒀다.

그는 비가 그친 거리를 지나 하이엘바인과 레나가 들어간 여관 쪽으로 걸어갔다. 그가 여관으로 들어가고 얼마 안 되어 비를 피해 숨었던 사람들이 다시 거리로 나왔다.

여관에 들어간 리오는 앳된 얼굴의 여점원이 가지고 나온 하얀 수건으로 자신의 젖은 머리를 닦았다.

그는 두건을 쓰듯 수건을 머리에 덮은 채 점원에게 물었다.

"저보다 먼저 들어온 손님이 계실 텐데, 어디 계십니까?"

"위층으로 올라가셨답니다."

점원이 친절하게 답했다.

"예? 아, 그렇군요. 알겠습니다."

수건 밑 그늘에 감춰진 리오의 눈빛이 달라졌다.

"제가 안내해 드리겠습니다."

점원이 위층으로 가는 계단으로 그를 안내했다. 리오는 수건으로 머리를 계속 만지며 그녀를 따라 올라갔다.

점원이 안내한 곳은 위층 복도 끝의 방이었다.

그들이 복도 중간 정도를 지날 무렵이었다.

"크아아아!"

건장한 사내 네 명이 사방의 방문을 열고 튀어나와 고함을 지르며 무기를 빼 들었다.

작은 도끼와 짧은 검이 리오의 앞뒤를 능숙하게 노렸다. 그 순간 리오의 수건이 사내들의 턱과 목을 때렸다.

철퇴라도 맞은 듯 목이 휙 돌아간 네 명의 사내는 기이한 숨소리를 터뜨리며 복도에 쓰러졌다.

리오는 자신을 함정에 빠뜨리려 한 여점원을 짜증 섞인 눈으로 노려봤다.

"뜬금없이 이게 무슨 짓이지? 성격 나오게 만드는군."

"으!"

점원이 치마 속에서 짧은 검을 꺼냈다. 하지만 그마저도 리오가 휘두른 수건에 맞아 복도 천장에 박혔다.

머리카락의 물기를 흠뻑 먹은 수건이 점원의 머리를 단단히 감쌌다. 공격의 의미보다는 섣부른 행동을 하지 못하도록 하기 위한 방지책이었다.

실제로 혀를 깨물어 자결하려 했던 점원은 믿을 수 없는 힘으로 얼굴을 죄는 수건의 압력에 아무것도 하지 못했다.

리오가 그녀의 머리를 붙들었다.

"자, 고백해 보실까?"

수건 틈새로 드러난 점원의 눈동자가 두려움으로 빠르게 물들었다.

* * *

여관 지하의 창고에는 마치 탄광의 갱도처럼 보이는 땅굴이 있었다. 그 앞에서 자신을 안내해 준 여점원을 기절시킨 리오는 사다리에 의지하지 않고 땅굴 아래로 뛰어내렸다.

사다리 위쪽에서 땅굴 바닥까지의 높이는 사람 머리보다 조금 높았다. 일반인도 발목을 다칠까 말까 하는 높이였다.

팔짱을 낀 채 여유있게 착지한 리오는 컴컴한 땅굴을 살펴봤다. 그의 눈동자에 파란색 빛이 올라오면서 시야가 대낮에 가까울 정도로 밝아졌다.

그는 땅굴의 지지대와 벽면을 손으로 훑어봤다. 손가락이 드러난 검은색 장갑에 축축한 흙이 묻었다. 그 물기에 바람이 닿았다.

'한 달 전에 만들어진 땅굴이군. 위쪽이 아니라 앞쪽에서 공기가 흐르는 것으로 봐서 어딘가 통하는 길이 있다는 건데…….'

그는 마지막으로 냄새를 맡아봤다.

'이런저런 음식 냄새가 섞인 것으로 봐서 이 여관만 납치 수단으로 쓰이는 게 아닌 것 같군. 개미집처럼 군데군데 이어진 것 같아. 이 세계의 토목 기술 수준으로 한 달 만에 이런 것들을 몰래 만들 수가 있나?'

자신과 같은 초월적인 존재가 개입했을 가능성이 크다. 리오는 그렇게 판단했다.

그는 땅에 난 발자국들을 좇아 움직였다.

"그런데 하이엘바인님이 왜 그냥 끌려가셨지?"

리오는 문득 자신이 이 도시에 들어오기 전에 하이엘바인에게 했던 말을 떠올렸다.

'만약 괴한들에게 잡히는 일이 벌어지면 정말 위태로운 상황이 벌어지지 않는 이상 가만히 그들의 말을 따라라.'

아마도 그녀는 그 말을 착실히 지켰을 것이다.

리오는 쓴웃음을 지었다.

"뭐, 큰일 있겠어?"

슬슬 걷던 그가 망토를 휘날리며 달렸다. 달린다기보다는 날아간다는 말에 가까울 정도의 속도였다. 급히 꺾인 통로는 벽과 벽을 밟아 해결했고 땅굴 중간 중간에 놓인 목재 기둥은 속도에 어울리지 않게 좌우로 부드럽게 움직여 통과했다.

땅굴 저편에서 뭔가 타는 냄새와 함께 횃불의 불빛이 흔들렸다.

횃불 밑에는 적황색 가죽옷의 사내들이 검과 도끼를 들고 서 있었다. 그들은 뒤편에 보이는 큰 문을 지키고 있었다. 문은 나무로 되어 있었고 꽤 두꺼워 보였다.

'저놈들은…… 아까 만났던 그 산적들과 한패인가?'

달리는 속도를 조금 늦춘 리오는 상대와 열 발자국 정도 거리로 가까워지자 땅굴 위쪽으로 몸을 날렸다.

그는 좁은 길에서 튀는 공처럼 천장을 밟고 다시 뛰어 괴한 한 명을 소리없이 덮쳤다.

동료가 푹 쓰러지는 소리에 놀라 그쪽을 본 괴한은 반사적으로 손도끼를 들었다. 하지만 리오가 그 괴한의 입을 막고 어깨를 손날로 후려치는 속도가 더 빨랐다.

어깨뼈가 빠지면서 괴한이 든 도끼가 땅에 툭 떨어졌다. 관절이 빠지는 고통조차 느끼지 못한 괴한은 자신을 벽으로 밀어붙이는 리오의 괴물 같은 힘에 공포를 느꼈다.

"궁금한 게 있는데, 방금 여자 한 명과 아이 한 명을 잡아왔지?"

리오의 질문에 괴한이 고개를 끄덕거렸다.

"지금 안에 있나?"

괴한이 다시 끄덕였다.

"고마워."

리오의 무릎이 괴한의 명치에 꽂혔다. 괴한은 눈을 뒤집고는 털컥 쓰러졌다.

"자, 이제 어떻게 구할까나?"

그는 앞을 막은 문을 보며 디바이너를 빼 들었다.

* * *

하이엘바인은 레나의 어깨를 감싼 채 눈앞에 있는 괴한들을 살피고 있었다.

그들이 갇혀 있는 큰 공간, 혹은 창고에 가까운 그 장소에는 그녀들 말고도 수많은 여성들이 맹수에게 위협받는 양 떼처럼 한곳에 뭉쳐 덜덜 떨고 있었다.

그 와중에도 몇몇은 가장 바깥자리이자 자신들을 납치한 괴한들과 얼굴을 마주하고 있는 하이엘바인에게 묘한 시선을 주고 있었다.

그녀가 너무 용감해 보여서 그런 것은 아니었다. 레나의 어깨를 감싸고 있는 자세가 꼭 남자들이 어깨동무를 하는 자세에 가까웠기 때문이다.

하이엘바인은 괴한들을 살펴봤다. 리오와 마찬가지로 그녀는 그들을 아침에 숲에서 만난 산적들과 한패로 생각했다. 일단 복장이 거의 동일했고 무장 상태 역시 그랬다. 우연이라기엔 너무 조직적이었다.

'오늘은 일이 많군.'

그녀는 리오의 말대로 여관에 들어간 직후의 상황을 머릿속에서 되풀이해 봤다.

하이엘바인과 레나는 여관에 들어가자마자 점원의 안내로 어떤 방에 들어갔고, 그 방에서 지금 자신들을 납치한 괴한들에게 둘러싸였다. 땅굴을 따라 걷고 걸어 이 창고에 들어온 것은 방금 전이었다.

창고에 붙잡혀 있는 여성들이 스무 명에 가까운 것을 보자마자 그녀는 의협심에 불탔지만 간추려 말해서 '사고치지 말라' 는 리오의 조언이 떠올라 일단 가만히 괴한들의 말을 따르기로 했다.

레나는 하이엘바인을 가만히 껴안고 있었다. 하이엘바인은 그녀를 토닥거리며 아까 창고에 들어올 때 눈여겨봤던 여성 쪽으로 고개를 돌렸다.

세상을 거부하듯 검은색 머리카락을 앞뒤로 길게 기른 여성이었다. 정리를 얼마나 안 했는지 머리가 꼭 젖은 빨래 같았다.

여성치고 키는 꽤 커 보였지만 몸 상태는 그리 좋아 보이지 않았다. 마법사들에게 자주 관찰되는, 소위 '마이너스' 의 기운이 너무 강했다. 그것이 그녀가 하이엘바인의 눈길을 끈 이유이기도 했다.

그녀는 종이를 접고 있었다. 착착 접히는 종이를 보는 그 여성의 눈은 그 분위기만큼이나 음침했다.

접고 있는 것은 뱀이었다. 종이 한 장으로 뱀의 머리와 주름을 입체적으로 접는 손놀림이 거의 신기에 가까웠다.

괴한들은 뭐 저런 여자를 데려왔냐며 농담을 주고받았고, 근처의 여성들은 그녀가 겁에 질려 정신이 나갔기에 저런 짓을 한다며 안타까워했다.

하지만 하이엘바인은 달랐다.

'소환술사였군.'

그냥 납치된 사람이 아닐지도 모른다. 그녀가 그렇게 생각할 무렵, 건장한 체구의 괴한이 여성들 앞에, 그것도 공교롭게도 하이엘바인 앞에 섰다.

"이제부터 신체검사를 하겠다!"

그 신체검사가 무엇을 뜻하는지 아는 여성들은 비명을 지르고 울음을 터뜨렸다.

"우선 너부터!"

그가 꽤 큰 단검을 빼 들더니 하이엘바인을 지적했다. 실제로 그곳에 있는 여성들 가운데 미모로서 가장 눈에 띄는 사람은 그녀였다.

하이엘바인이 난감해했다.

"신체검사? 여기서?"

"우리는 때와 장소를 가리지 않지."

남자가 혀를 날름거렸다.

하이엘바인이 배시시 웃었다.

"하하, 난 괜찮네. 건강하다네."

음란함에 젖어 있던 남자의 표정이 확 풀렸다. 그뿐만 아니라 다른 괴한들과 여성 모두가 어이를 상실했다.

하이엘바인은 옆에 있는 작은 체구의 여성을 가리켰다.

"나보다는 이 아가씨를 좀 봐주게. 감기에 걸린 듯하네."

그 말을 증명하듯 여성은 얼굴이 발갛게 상기되어 있었고, 이마에는 땀이 맺혀 있었다.

단검을 든 남자의 손이 부들부들 떨렸다.

"이봐! 내가 의사인 줄 알아? 닥치고 벗으란 말이야!"

"그럼 처음부터 그렇게 말을 하던가."

남자가 흠칫 놀라 뒤를 봤다. 보라색 검을 든 남자 리오가 예리하게 구멍이 뚫린 문을 뒤로한 채 검을 끄떡끄떡 움직여 댔다.

"누구냐!"

괴한들이 일제히 달려들었다.

"아……."

종이접기를 거의 다 마무리 지었던 음침한 분위기의 여성이 입을 반쯤 벌렸다. 그녀의 보라색 눈동자는 리오의 검과 발길질, 주먹에 맞아 이리저리 날아가는 괴한들의 모습에 실망감으로 젖어 올랐다.

'아아, 도련님. 리즈 도련님……!'

진한 눈물이 그녀의 눈에서 흘렀다.

단검을 든 남자를 제외한 마지막 괴한이 창고 천장에 부딪쳐 다시 떨어졌다.

"죽여야 하나, 말아야 하나? 개인적으로 인신매매는 좀 싫어해서 말이야."

그가 마지막 남은 남자에게 시선을 돌렸다.

자신이 든 단검과 리오의 대검을 번갈아 바라보며 긴장한 남자는 갑자기 하이엘바인을 끌어당겨 뒤쪽에서 껴안았다. 왼팔로 그녀의 목을 단단히 조른 남자는 단검을 그녀의 얼굴에 가까이 가져갔다.

"무, 무기를 버려라! 이상한 행동을 하면 이 계집의 목숨은 없다!"

리오가 왼손으로 콧등을 만졌다.

"인질을 잡아도 왜 하필 그분을 잡나?"

"뭐?"

"너야말로 허튼수작은 안 하는 게 좋아. 괜히 그분께 칼질했다가는 정신적으로 해로울 거라고. 그보다 너희들, 뭐 하는 일당이지?"

"이 자식이!"

남자의 단검이 하이엘바인의 오른쪽 눈을 찔렀다.

"꺄아악!"

여성들이 비명을 질렀다. 종이접기를 하던 여성도 울던 것을 그치고 침묵에 빠졌다.

부러진 칼날이 바닥에 땡그랑 떨어졌다.

남자는 댕강 부러진 단검을 멍하니 쳐다봤다. 하이엘바인은 방금 찔린 오른쪽 눈이 따가워 손등으로 눈꺼풀을 문질렀다.

"음, 이건 조금 화가 나는군."

그녀가 리오를 봤다.

"계속 가만히 있어야 하나?"

리오는 마음대로 하시라는 듯 어깨를 으쓱했다.

하이엘바인은 두 팔을 반쯤 내리고는 주먹을 불끈 쥐었다. 그녀의 몸에서 방출된 보이지 않는 힘이 부러진 단검을 든 남자의 몸에 쏠렸다.

전신에 충격을 받은 남자는 이상한 신음 소리를 내더니 의식을 잃고 스르륵 쓰러졌다. 무슨 일이 벌어졌는지 전혀 보지 못한 여성들에게는 그저 뜬금없는 상황일 뿐이었다.

리오는 고개를 끄덕거렸다. 티가 나지 않게 잘 처리했다는 뜻이다. 그의 말없는 칭찬에 하이엘바인은 괜스레 기분이 좋았다.

"아가씨께선 이분들과 함께 오셨던 길을 따라 그대로 나가십시오. 저는 뒤처리를 한 후에 따르겠습니다."

그의 말에 여성들이 웅성거렸다.

"저희를 구하러 오신 건가요?"

한 여성의 질문에 리오는 솔직히 대답하기로 했다.

"그렇게 됐군요. 다른 패거리들이 몰려올지 모르니 어서 이곳을 빠져나가십시오. 혹시라도 부상당한 분이 계시면 서로 도와주시길 바랍니다."

여성들이 서둘러 일어났다. 하이엘바인은 레나를 옆에 안고 그녀들을 인솔했다.

그러는 와중에 아까 종이접기를 하던 음침한 분위기의 여성이 리오에게 다가왔다. 리오보다 큰 키는 아니었지만 어지간한 남자들보다 컸고 몸매는 깡말라 볼품이 없었다. 장례식장에서나 입을 법한 검은색의 긴 드레스가 그녀를 더욱 가냘프게 보이게끔 만들었다.

"선생님."

"예?"

리오는 아직도 눈물이 그렁그렁한 그녀의 얼굴을 보고 깜짝 놀랐다. 눈물에 화장이 흘러내려 마치 검은색 눈물을 쏟고 있는 것처럼 보였다.

"이들을 어떻게 하실 건가요?"

리오가 고개를 갸웃했다.

"경비대에 넘겨야겠죠. 혹시 이들에게 빼앗긴 물건이라도 있습니까?"

"선생님!"

그녀가 갑자기 소리쳤다. 리오는 다시금 놀랐다.

"예, 말씀하시죠."

"그게…… 그러니까……."

그녀는 잔뜩 상기된 얼굴을 숙였다.

"이들을 저에게 양보해 주세요!"

리오의 표정이 이상해졌다. 이 도시에 들어오기 전에도 똑같은 요구를 들은 터였다.

"이 녀석들에게 현상금이라도 걸린 모양이군요."

"아, 아니에요! 더 중요한 일이에요! 정말 중요한 일이라고요!"

그녀의 통사정에 리오는 고개를 옆으로 돌리고 한숨을 길게 내뿜었다. 같은 요구를 두 번씩이나 들은 탓에 그 이유가 궁금하기도 했지만 지금 괜히 말을 붙였다가는 귀찮은 일에 휘말릴 것 같았기에 이쯤에서 그만두기로 했다.

"좋을 대로 하십시오. 하지만 혼자 이들을 옮기실 수 있겠습니까?"

그녀는 대답을 못하고 우물쭈물했다.

답답해하는 그에게 하이엘바인이 정신감응을 시도했다.

[그녀는 소환술사라네.]

약간의 짜증으로 구겨져 있던 리오의 눈매가 조금 펴졌다.

[소환술사? 어찌 아셨습니까?]

[앞을 보게. 접히다 만 종이가 보일 것이네.]

리오는 그녀의 말대로 여성들이 앉아 있던 장소를 봤다. 기다란 종이 공예품이 마치 큰 짐승의 발에 깔려 숨진 뱀처럼 짓이겨져 있었다.

[종이접기 소환술사…… 폴딩 서머너(Folding Summoner). 보기 드문 기술자군요.]

그는 여성을 살폈다.

[하지만 이 아가씨 혼자서 이 녀석들 전부를 다룰 수는 없을 것 같군요. 영적 능력이 변변치 않습니다. 일단 먼저 가십시오. 뒤따르겠습니다.]

[이 아가씨들은 어찌하면 되나?]

[경비대에 맡기시면 됩니다. 그들이 뭔가 추궁하기 전에 바로 빠져나오십시오. 괜한 일에 엮여서 좋을 일은 하나도 없습니다.]

[알았네. 난 일을 마치는 즉시 레나와 함께 안전한 여관으로 가겠네.]

[부탁드리겠습니다.]

리오의 마지막 말 속엔 제발 다른 사고는 치지 말아달라는 간곡한 요청도 포함되어 있었다.

하이엘바인과 여성들이 모두 나간 후, 음침한 분위기의 여성과 단둘이 남게 된 리오는 쓰러진 괴한들을 살피며 그녀에게 물었다.

"일단 묻고 싶은 게 있습니다만."

질문의 대상은 음침한 여성이었다.

"예?"

"이 녀석들, 이름이 있는 조직입니까?"

"아, 예."

그가 자신에 대한 질문을 할까 조마조마했던 그녀는 들리지 않게 한숨을 내쉬었다.

"멸망의 사슬단이라고 합니다."

낯설지 않은 이름이었다. 도시에 들어올 때 만났던 갈색 아가씨의 광고지에 그 이름이 적혀 있었음을 기억해 낸 리오는 시선을 위로 한 채 잠시 생각에 잠겼다.

"이 녀석들이 여성들을 주로 노리는 것 같던데, 인신매매를 하는 놈들입니까?"

"아니요."

그녀의 대답에 리오는 의아했다. 그는 동그랗게 뜬 눈으로 그녀를 주시했다. 그녀는 리오의 시선을 이기지 못하고 고개를 돌렸다. 길게 늘어뜨린 앞머리와 옆머리가 커튼처럼 그녀의 눈을 완전히 가렸다.

부끄러워서가 아니라 대인기피였다. 하지만 그녀에게 무슨 문제가 있든 관여하고 싶지 않은 입장이었던 리오는 잠자코 그녀의 말을 기다렸다.

"사, 사슬단이 여성들을 납치하고 있는 것은 사실이지만 그들을 이용해 거래를 한 일은 없어요. 단 한 번 있었지만 거래를 했던 사슬단 일원은 시체로 발견됐죠."

"꽤 자세히 알고 계시는군요?"

리오의 지적에 그녀가 흠칫했다.

"녀석들에게 납치된 여성들이 어떻게 됐는지도 아시겠군요?"

"예."

그녀가 말했다.

"모두 죽었죠."

말을 내뱉는 그녀의 모습이 그녀의 음산한 분위기를 더욱 돋웠다.

'일반적인 도적 떼는 아니라는 말이군. 자, 이제 어쩌지?'

그는 자신이 관련되지 않는 선에서 일을 마무리하기로 마음먹었다.

'이 아가씨가 데려갈 수 있을 만큼만 살려놓으면 되겠지.'

리오는 지금 붙들고 있는 괴한부터 처리하기로 했다. 방법은 간단했다. 기력을 상대의 심장에 불어넣어 터뜨리면 그만이었다.

그러나 예상치 못한, 아주 귀찮은 일이 발생하고 말았다.

"으어, 으어어! 어어어어어!"

쓰러진 괴한 중 한 명이 갑자기 눈을 뜨더니 간질병 환자처럼 몸을 부르르 떨었다. 쩍 벌어진 괴한의 입에서 혀가 그 한계를 의심케 할 정도로 길쭉하게 밀려 나왔다.

멀쩡한 사람이었다면 분명 놀라서 물러났을 것이다. 리오는 식물학자가 뭔가를 채집하듯 그의 멱살을 잡아 올렸다.

그는 그 상태로 상대를 살폈다.

'머릿속에 뭔가 있군.'

괴한의 머리 좌우가 생물적인 파열음을 내며 터졌다. 핏물이 리오의 적동색 얼굴에 잔뜩 튀었고, 함께 있던 여성은 고개를 돌렸다. 리오 본인은 눈만 조금 부릅뜰 뿐이었다.

'이 녀석은……!'

괴한의 귓구멍이 있던 자리에서 시커먼 물체가 튀어나왔다.

렘런트였다.

괴한에게서 비어져 나온 렘런트의 끝부분이 갈라졌다. 톱니와 같은 이빨이 균열의 가장자리를 장식하고 있었다. 그것은 분명히 입이었다.

"끈질기구나! 신의……!"

렘런트의 말이 채 나오기도 전에 리오가 괴한을 바닥에 내려치고 괴물의 입을 밟았다. 입막음이었다.

그는 급히 자신의 뒤편에 있는 여성을 봤다. 그 검은 머리의 여성은 조금 겁에 질렸을 뿐, 그다지 놀란 얼굴이 아니었다.

'저 여자, 렘런트들까지 알고 있었나?'

여기저기서 툭툭 터지는 소리가 났다. 다른 괴한들의 머리에서도 렘런트들이 튀어나오고 있었다.

리오는 다시 검을 들었다.

'귀찮게 됐군.'

그는 여자부터 기절시키고 적들을 처리할지, 아니면 적들을 처리하고 여자의 기억을 지울지 고민했다.

렘런트들이 괴한들의 머리에서 빠져나와 하나로 뭉쳤다. 리오가 뒤에 있는 여성을 기절시키려는 찰나, 렘런트들의 피부 곳곳에서 입이 열리더니 합창을 하듯 목소리를 냈다.

"쌍둥이들이 너를 처리하겠다고 해서 안심했는데, 실패한 모양이군."

"뭐라고?"

"아까 녀석들과 협의한 사항도 있으니 이번만은 곱게 물러가 주마."

렘런트들이 바닥의 틈새로 흘러들어 가 그 자리에서 사라졌다.

그들의 기척이 완전히 지워진 것을 확인한 리오는 혀를 차며 검을 칼집에 넣었다.

'본격적으로 움직이는군. 혹시 멸망의 사슬단이라는 놈들 전부가 렘런트인가? 그럼 여자들은 왜 납치하는 거지?'

시체가 되어버린 괴한들의 손상 부위에서 피비린내가 물

씬 피어올랐다. 위생 상태가 워낙 안 좋고 밀폐까지 된 장소라 그런지 멍하니 서 있던 음침한 여성은 입을 가린 채 구역질을 했다.

이런 상황과 냄새에 익숙한 리오는 예의상 망토로 자신의 얼굴에 묻은 피를 닦은 뒤 그녀에게 물었다.

"시체라도 양보받으시겠습니까?"

그녀가 끄덕거렸다.

그녀는 드레스 옆에 찬 흰색의 가죽 가방에서 커다란 색종이를 꺼내 요리조리 접기 시작했다.

"혼자 할 수 있어요."

매가리없는 목소리였지만 단호했다. 어깨를 으쓱인 리오는 조용히 그곳을 떠났다.

리오가 하이엘바인이 말했던 '안전한 여관'을 찾기까지는 무려 두 시간이 넘게 걸렸다. 그녀가 리오의 정신감응 범위 밖에 있는 여관을 골라잡았기 때문이다.

'오늘은 여러모로 피곤하군.'

가까스로 그녀와의 정신감응에 성공하여 여관을 찾아낸 리오는 건물 안으로 들어가기 전에 초감각을 이용하여 여관의 구조를 파악했다. 아까 전에 겪었던 여관처럼 땅굴이 존재하지 않는 일반적인 여관이었다.

'이런 것까지 실수하실 리는 없겠지.'

여관에 들어간 그는 일행이 있다는 말로 여관 주인의 인사를 받아준 뒤 하이엘바인이 있는 식당으로 향했다.

그녀는 벽난로가 피워진 작은 식당에 레나와 마주 앉아 있었다.

하이엘바인은 메뉴판과 자신의 수첩을 번갈아 노려보느라 정신이 없었다. 그 수첩에는 리오가 얼마 전 적어준 이 세계의 문자표가 적혀 있었다.

"저어, 일행 분이신가요?"

남자 점원이 묻자 리오는 불안한 마음을 감추고 고개를 끄덕거렸다.

"제가 모시는 분입니다만, 무슨 일이라도 있었습니까?"

"예? 아뇨. 일이라기보다는…… 그러니까 아닐 거라고 생각하지만…… 여성 분께서 혹시 문맹이 아니신지 해서……."

사실 점원은 리오가 오기 전까지 짜증이 난 상태였다. 메뉴판을 해석하지 못하는 하이엘바인 때문에 무려 반시간을 서 있었기 때문이다.

그 짜증 덕분에 남자 점원은 허리에 검을 찬 손님을 앞에 두고 당신 주인이 문맹이 아니냐는 말을 감히 꺼낼 수 있었다.

물론 말을 꺼낸 즉시 그는 후회했다. 상대가 일반인보다 머리 하나는 더 큰 장신에다가 회색 망토 안의 팔뚝은 힘줄이 굵고 형태가 선명한, 그야말로 검으로 다져진 근육 덩어리였다.

다행히도 붉은 머리카락 사이로 보이는 눈은 쑥스럽게 웃고 있었다.

“시력이 안 좋으시죠. 아주 조금.”

이해해 달라는 투로 웃은 리오는 수건으로 몸까지 닦은 뒤 일행이 있는 테이블로 다가갔다.

그는 하이엘바인이 들고 있는 메뉴판을 장난치듯 가로채며 레나의 옆에 앉았다. 점원도 그 모습에 웃을 수밖에 없었다.

메뉴판은 잘 가공된 가죽에 낙인을 찍어 완성한 물건이었다.

적힌 요리들을 상세히 살펴본 리오는 혹시라도 다른 사람들이 하이엘바인에 대해 오해하는 일이 없도록 메뉴판을 아예 덮고 요리를 주문했다.

대부분 고기 요리였고 리오의 일방적인 선택이었다. 그러나 이 세계의 글은 물론 리오가 지명한 요리들이 무슨 고기로 어떻게 만들어지는지 모르는 하이엘바인으로서는 저항의 여지가 없었다.

결국 그녀는 리오가 주문을 마치자마자 정신감응으로 그에게 따졌다.

[선택할 여지조차 빼앗다니, 너무한 처사가 아닌가? 이번 결정은 자네답지 않게 좀 급한 느낌이군.]

[실제로 좀 급합니다.]

그가 그렇게 나오자 하이엘바인으로서는 할 말이 없었다.

[약간 다른 경우가 발생했습니다. 저는 잠시 상부에 보고를 하고 오겠으니 먼저 식사하십시오.]

[아, 그리하게.]

방 열쇠를 받아 위층으로 올라간 리오는 방에 들어가자마자 간단한 마법으로 물기가 가시지 않은 몸과 옷, 머리, 그리고 장비들을 건조시켰다.

그는 몸의 건조가 끝난 즉시 교신기를 꺼내 상부와 교신을 시도했다.

교신기에서 떠오른 스크린에 안경을 쓴 금발의 여성 피엘의 모습이 나타났다.

—예, 리오님. 오늘은 감도가 아주 좋군요.

"제법 큰 도시에 왔습니다. 위치는 지금 표시해 드리겠습니다."

리오는 스크린을 건드려 자신의 현재 위치를 표시했다. 다른 곳에 눈을 돌려 그의 위치를 확인한 피엘은 다시 리오와 시선을 맞췄다.

—목적지까지 얼마 남지 않았군요. 하지만 현재 위치를 알려주기 위해 교신을 시도하신 것 같진 않네요. 혹시 뭔가 알아내셨나요?

"적의 일부가 방금 전 저와 접촉을 시도했습니다."

—접촉이요?

"자신들은 과거를 상실한 존재들이며 어느 공간에도 속하지 않은 존재라고 밝혔습니다. 혹시 알고 계십니까?"

피엘이 버릇처럼 안경을 고쳐 썼다.

—저번에도 말씀드렸지만 그러한 존재들은 상당히 많습니다. 혹시 그들이 각 세계를 어떻게 이동하는지 알아내셨나요?

"누군가가 가르쳐 줬다고 했습니다. 사실 여부는 명확하지 않습니다."

그의 말을 듣고 침묵한 피엘은 이내 안경을 벗고 엄중한 표정을 지었다.

—불의 별에 대해서는 알고 계시지요?

그녀가 묻자 리오는 고개를 끄덕거렸다.

"그렇습니다."

비록 나쁜 추억이긴 하지만 리오는 방금 거론된 '불의 별'이라는 곳을 알고 있었다.

불의 별은 모든 용들의 신 브리간트가 자신들의 주민들 중 한 축을 담당하는 서룡족을 위해 만든 곳으로, 현재는 아스가르드의 옛 전사들이 브리간트의 하수인으로서 그곳에 살고 있다.

하이엘바인은 그곳의 최고 책임자로서 오랫동안 세상과 단절된 시간을 보냈다. 말이 최고 책임자일 뿐, 사실상 보복

차원의 감금이나 마찬가지였다.

브리간트의 보복 대상은 하이엘바인의 보호자이자 유일한 가족인 오딘이었다.

브리간트의 보물을 두고 선신계와 모든 용족들이 대립하는 사건이 벌어졌을 때, 오딘은 현재의 주신인 하이볼크의 제안을 받아들여 문제가 된 보물을 몰래 파괴했다.

그것으로 선신계와 용들의 전쟁은 무마됐지만 브리간트는 보물이 파괴된 것에 분노했다. 그는 자신의 모든 능력과 정치력을 동원하여 보물을 파괴한 장본인이 오딘임을 알게 됐고, 브리간트는 하이볼크의 만류에도 불구하고 오딘에게 싸움을 걸었다.

신으로서의 불멸 능력을 잃은 오딘이 브리간트를 이기는 것은 불가능했다. 브리간트는 결국 오딘의 목숨 대신 그가 목숨보다 귀하게 여기는 하이엘바인을 볼모로 잡아가게 된다.

그렇게 하여 불의 별에 갇히게 된 그녀가 다시 자유를 얻은 것은 비교적 최근의 일이었다.

리오는 피엘이 왜 그 얘기를 꺼내는지 궁금했다.

"그곳과 관련이 있는 일입니까?"

—있을 수도 있고 없을 수도 있습니다.

묘한 대답에 리오가 고개를 갸웃거렸다.

"이해가 힘들군요."

피엘은 그냥 웃기만 했다.

"추가로 같은 종류의 다른 적들과 접촉했습니다."

—같은 종류의 다른 적이라고요?

"아무래도 녀석들 사이에도 파벌이 존재하는 것 같습니다. 처음 적과 접촉한 뒤 작은 소동이 또 있었는데, 쌍둥이라는 말로 자신들을 독립시키려 하더군요. 그리고 녀석들은 여성들만을 노리고 있었습니다."

—그렇군요. 그렇다면…… 예. 이쪽에서도 계속 조사를 해보겠습니다. 리오님은 그곳에서 적들에 대해 좀 더 자세히 알아봐 주십시오.

"이 도시에서 말입니까?"

—그렇습니다.

피엘이 진지한 얼굴로 말했다.

—그들은 인간에 대한 정보를 일찌감치 파악했을 겁니다. 그런데도 불구하고 여성들을 노리는 것은 뭔가 목적이 있기 때문이겠지요. 그 목적을 알아봐 주십시오.

"점점 일이 피곤해지는군요."

—후후, 새로운 인연을 만들게 될 계기가 될지도 모르지요. 혼자 너무 짊어지려 하지 마세요. 평소대로 하시면 즐겁게 일을 해결하실 수 있을 겁니다. 혹시 제가 도울 수 있는 일이 있을까요?

"아, 그렇다면 하이엘바인님을 귀환……."

교신이 팍 끊겼다.

눈을 질끈 감고 분노를 억누른 리오는 침대에 앉은 뒤 두 손으로 얼굴을 감쌌다.

'그래, 좋아. 그렇다 치자고.'

달아오른 머릿속을 가까스로 정리한 그는 적들이 왜 여성을 노리는지 이유를 생각해 봤다.

'내가 모르는 어떤 역사적 사실이라도 있나?'

하이엘바인이라면 알고 있을 가능성이 높다고 생각한 그는 즉시 방을 나와 식당으로 내려갔다.

점원이 먼저 수프를 자리에 놓고 있었다. 조용히 자리에 앉은 리오는 자신의 수프에 숟가락을 넣었다.

그때부터 리오와 하이엘바인의 정신감응이 다시 시작됐다.

[여쭤보고 싶은 일이 있습니다.]

[얘기하게.]

[방금 접촉한 적이 자신들은 과거를 상실한 존재들이며 어느 공간에도 속하지 않은 존재라고 밝혔습니다. 혹시 불의 별과 관계가 있는 이야기입니까?]

감옥과도 같던 장소의 이름이 나오자 하이엘바인의 손이 멈칫했다. 그녀는 냅킨으로 입을 닦는 척하며 잠시 마음을 가라앉혔다.

['추방판결' 에 대해 알고 있나?]

[처음 듣습니다.]

[하이볼크에게 끝까지 저항한 옛 신들과 전사들, 그리고 백성들에게 공통적으로 선고된 판결이네. 항복한 자들 외의 모두가 신계 밖으로 추방당했지. 가지고 있는 모든 것을 잃고 말일세.]

모든 것을 잃었다는 말이 리오의 머릿속에 강하게 와 닿았다.

[그들이 잃었다는 그 '모든 것' 에는 권력과 권능 외에도 원래의 형태와 특징까지도 포함되어 있습니까?]

리오는 그녀가 그렇다고 대답할 줄 알았다.

[아닐세. 단순히 힘을 잃고 쫓겨난 것일 뿐이네.]

[그럼 그 이후에는…….]

[난 오딘님과 함께 감시를 당하고 있는 입장이라 확인할 수가 없었지.]

점원이 아까 주문한 요리들을 높은 수레에 담아 가져왔다. 둘의 정신감응은 점원이 요리들을 식탁에 옮기는 동안 잠시 중단되었다.

[뭔가 얘기가 붕 뜨는 느낌이군요.]

리오는 감이 잘 잡히지 않았다.

식사를 마무리하고 후식으로 나온 과일을 즐길 무렵, 리오는 하이엘바인에게 다시 물었다.

[좀 늦은 질문입니다만, 상부에서 하이엘바인님의 수습 과

정을 왜 저에게 맡겼을까요?]

앞에 놓인 과일을 억지로 먹어야 할지 말아야 할지 망설이던 하이엘바인이 그의 질문을 듣고 풀이 죽었다.

[불편하게 해서 미안하네.]

[아, 그런 뜻이 아닙니다. 단순한 궁금증입니다.]

그러자 그녀가 밋밋하게 웃었다.

[오딘님께서 자네를 지명하셨지.]

[예?]

[처음에는 피엘 비서관도 그분을 말렸다네. 하지만 가장 문제가 없는 자가 아니냐며 억지를 좀 쓰셨지.]

[그렇군요.]

리오는 과일 조각을 입에 넣고 우물거렸다.

[하지만 저도 뭐 그렇게 훌륭한 존재는 아닙니다. 몇 가지 단점이 있지요. 예를 들어…….]

[아, 여성 편력 말인가? 부끄러워할 일 없네. 그것도 다 능력이지.]

다른 이야기, 특히 스트레스에 관련한 이야기를 하려 했던 리오의 얼굴이 그녀의 한마디에 굳어졌다.

[저어, 그것은…….]

[모르지. 나 또한 자네가 만나야 할 운명 중의 한 명일 수도 있지 않은가?]

어떻게든 자신을 변호하려 했던 리오는 거기서 할 말을 잃었다.

[단념이 너무 빠르시군요.]

하이엘바인은 자신이 무슨 말을 했는지 모르는 듯 그냥 웃기만 했다.

[괜찮네. 나만 해도 혼인을 일곱 번이나 했으니까.]

리오는 그 말에 작은 충격과 함께 의아함을 느꼈다. 남자에게 머리카락을 맡겨본 일이 없다는 그녀의 말이 리오의 귀에 들린 것은 불과 몇 시간 전이었다.

리오는 그 말과 일곱 번의 혼인이라는 말을 쉽게 이어 붙일 수가 없었다.

[대단히 사소한 질문을 또 해도 괜찮겠습니까?]

[음, 하게.]

[부군들께서는 어찌 되셨습니까?]

질문을 들은 하이엘바인은 고기 요리를 칼로 작게 자르며 답했다.

[모두 영면에 드셨다네. 모든 분들이 당시의 신계를 위해, 그리고 오딘님과 나의 아버님을 위해 영웅적인 일을 하고 돌아가셨지.]

[그렇군요. 가장 기억에 남는 분은 어느 분이십니까?]

[그분들의 이름은 모두 기억하네만 직접 뵌 분은 두 분 정도라 뭐라고 대답해 주기가 그렇군.]

[네?]

리오와 하이엘바인이 서로를 봤다. 당황한 리오의 얼굴을 의아하여 살피던 그녀는 이윽고 왼손으로 입을 가리며 웃었다.

그녀가 갑자기 웃자 둘 사이에 무슨 대화가 오고 갔는지 전혀 모르는 레나는 눈을 동그랗게 떴다.

"왜 그래요, 언니?"

"음, 아니다. 음식이 맛있구나."

고개를 저은 하이엘바인은 미소를 머금은 채 다시 식사에 집중했다.

[발키리들은 전사로서 전쟁터에서 직접 싸우기도 했지만 영웅적인 죽음을 맞이한 전사들을 오딘님의 궁전인 발할라로 이끌고 그들의 생애를 후대에 전하는 역할도 했다네. 그중에서 최고의 영웅들은 발키리의 이름을 통해 신들의 계보로 들어가는 명예를 누리는데, 그때 쓰이는 방법이 혼인이라네.]

그녀의 미소에 멋쩍음이 섞였다.

[자네가 생각하는…… 그러니까 종의 보존을 위한 혼인이 아니라네. 난 최고위의 신족이기 때문에 일곱 번의 혼인으로 그쳤지만 신족이 아닌 발키리들의 경우에는 여성 전사들과의 혼인도 빈번하게 했지.]

[아…….]

굉장한 반전을 경험한 리오는 잠시 가만히 있다가 그녀와 마찬가지로 실소를 터뜨렸다.

한때 오딘의 밑에서 많은 것을 배웠던 그는 오딘이 갖고 있는 '명예로운 전사들' 에 대한 욕심이 얼마나 강한지 잘 알고 있었다.

과거의 주신으로서 오딘은 비록 제한을 받긴 하지만 여전히 전지전능에 가까운 존재다. 그럼에도 불구하고 전사들의 영혼이 담겨 있는 비석들만큼은 자신의 손으로 직접 관리한다.

'전사들의 영혼도 부족해서 이름까지 소유하려고 하셨나?'

다소 지나친 생각을 잠시 품어봤던 리오는 머리를 흔들어 정신을 환기시켰다.

[저와 하이엘바인님의 세대 차이가 심각하군요.]

[아닐세. 덕분에 앞으로 무엇을 조심해야 할지 또 배울 수 있었네.]

그녀의 자세에 다른 의미로 감복한 리오는 화제를 바꿨다.

[적들이 하이엘바인님과 저를 목표로 삼았습니다.]

[우리를?]

[일단 포획한 뒤에 정보를 얻을 수 있는 준비가 될 때까지 묵혀둘 생각이더군요.]

[대담한 놈들이군.]

[그리고 이 도시에서 여성들만을 노리는 패거리의 뒤에도

렘런트들이 있었습니다. 아무래도 이 도시에서 해야 할 일이 많을 것 같습니다.]

[알겠네. 조심하지.]

조금 뒤 식사를 마친 하이엘바인은 레나와 함께 여관 내의 목욕탕으로 들어가 그동안 쌓인 피로를 풀었다.

욕실의 물은 천연 온천에서 나온 물이 아니라 그냥 불에 데운 물이었기에 하이엘바인은 작은 불만을 품었다. 하지만 그녀는 이제 그런 불만을 입 밖으로 꺼내지 않았다. 이제 자신이 무슨 일을 하고 있는 자인지 알게 된 것이다.

하지만 그녀는 다른 사람들 앞에서만 조용할 뿐, 입 밖으로 꺼내지 못한 불만은 정신감응을 통하여 리오의 머릿속에 곧장 쏴 날렸다.

[이러한 수질의 물은 부녀자들의 비뇨기(泌尿器)에 악영향을 끼친다네. 예를 들어서…….]

[설명과 묘사는 감히 사양하겠습니다.]

식당에서 차를 마시며 머리를 식히던 리오는 술을 마시듯 찻잔의 찻물을 단숨에 들이켰다.

여관 안으로 네 명의 남녀가 들어왔다. 경비대나 군인과 달리 개성에 맞춰 무장을 한 그들은 여관 이곳저곳을 살피다가 식당 앞에서 발길을 멈췄다.

"아, 검사님!"

인상을 잔뜩 찡그리고 있던 리오가 자신을 부른 남자를

봤다.

그는 산에서 만났던 그 금발의 청년이었다. 왼쪽 눈동자와 오른쪽 눈동자의 색이 다른 특이함, 그리고 한겨울의 나뭇가지처럼 가녀린 그의 몸이 리오의 기억에 뚜렷이 남아 있었다.

그의 양옆에는 정문에서 광고지를 돌리던 갈색 아가씨와 아까 지하에서 만난 음산한 아가씨가 정반대의 분위기를 풍기고 있었다.

청년의 바로 뒤엔 황갈색 머리의 청년이 탐탁지 않은 얼굴로 서 있었다. 키는 리오와 비슷했고 어깨도 제법 튼튼했지만 리오처럼 갑옷 같은 근육질의 몸매는 아니었다.

리오는 마침 잘됐다고 생각하며 금발의 청년을 응시했다.

"여어, 또 보는군. 아가씨들도 그렇고. 무슨 일이지?"

이윽고 금발의 청년이 고개를 숙이고 허리를 굽혔다.

"우리 민병대를 도와주십시오!"

리오는 그럴 줄 알았다는 듯 크게 웃었다.

"하하, 안됐군. 미안하지만 난 이미 모시고 있는 분이 있어서 말이야."

"예, 예에?"

청년의 안색이 파랗게 됐다.

리오가 일단 거절한 이유는 그들에게서 최대한 많은 정보를 얻기 위함이었다.

태어날 때부터 엄청난 부자였거나 귀족이었던 사람들은 대부분 재산보다는 명예와 대의에 따라 움직이기 때문에 일반인들과는 다른 사고방식을 갖는 경우가 많다.

그들 가운데에서도 특히 자신이 옳은 일을 한다고 굳게 믿는 자들은 대인 경험이 적으면 적을수록 상대에게 일방적으로 거부당했을 경우 의외로 조급해지는 면을 보인다.

조급함에 빠진 상대를 구슬려 뭔가를 뜯어내는 것은 리오의 특기 중 하나였다. 그리고 그의 앞에 닥친 청년들은 그렇게 뜯어내기에 딱 좋은 얼굴과 분위기의 소유자였다.

리오는 어쩔 수 없지 않느냐는 듯 고개를 옆으로 까딱 움직였다.

"너무 그러지 마. 나름대로 정중한 거절이야. 무슨 일인지 가르쳐 주지도 않는 사람들과 덜커덕 손을 잡는 바보가 세상에 어디 있어? 됐으니 다른 사람한테 부탁해."

깔끔히 거절을 당한 청년은 그 자리를 떠나지 못했다.

"도련님, 가시죠."

리오의 말에 자존심이 상한 황갈색 머리의 청년은 금발의 청년을 붙잡았다. 하지만 청년은 그의 손길을 거부했다.

청년의 오른쪽 눈동자, 진녹색의 그 아름다운 눈동자가 파르르 떨렸다.

"제발 도와주십시오!"

눈물이 뚝 떨어졌다. 신기한 광경이었다. 눈물은 오른쪽 눈에서만 흘러내리고 있었다. 은색의 왼쪽 눈동자는 가볍게 젖지도 않았다.

"지금 이 시간에도 수많은 부녀자들이 멸망의 사슬단에게 납치되고 있단 말입니다! 저는 그들의 잔혹하고 파렴치한 짓을 두고 볼 수 없습니다!"

리오는 무표정한 얼굴로 찻잔을 채웠다. 겉으로는 그랬지만 속으로는 계산했던 대로 정보를 뜯어낼 수 있겠다는 생각에 쾌재를 불렀다.

"그런 단순한 일은 군이나 경비대에 부탁……."

"하겠네!"

갑작스런 고함에 주전자를 든 리오의 손이 움찔했다.

욕실에서 방금 나온, 머리에 수건을 둘둘 감은 하이엘바인이 허리 좌우에 손을 댄 채 고함을 질렀다.

"불의를 보고 물러나는 것은 전사의 도리가 아닐세!"

리오가 펄쩍 뛰듯 일어났다.

"아, 아가씨!"

"청년이여!"

그녀가 리오를 무시하고 금발의 청년에게 다가갔다.

"우리가 그대들을 도와주겠네! 전사로서!"

"오, 오오! 감사합니다! 감사합니다!

리오는 눈을 질끈 감았다.

'돌겠다.'

그가 격한 스트레스로 두통까지 느끼는 한편, 마음대로 일을 만들어 버린 하이엘바인은 영웅처럼 당당했다.

*　　　*　　　*

리오 일행은 청년들의 안내를 받아 여관을 떠났다. 목적지는 청년이 거주하고 있는 저택이었다.

저택의 규모는 상당했지만 외부는 낡고 볼품없었다. 정원은 잡초가 무성했고 분수는 이끼조차 검게 죽어 있었다.

'오랫동안 관리를 안 했군.'

그러나 마구간과 무기고, 그리고 병사들의 숙소는 깔끔했다. 마구간에서 쉬고 있는 말들의 상태도 아주 좋았다.

리오는 청년이 또 무슨 기구한 사연의 소유자일까 생각해 봤다.

여관을 떠나기 직전, 청년은 자신을 '리즈 스타인' 라는 이름으로 소개했다. 그를 따르는 청년들은 그를 리즈 도련님, 혹은 도련님이라고 불렀다.

올해로 열아홉 살이 된 그는 이 도시의 유명한 귀족, 스타인 가문의 주인이자 나라 곳곳에 지부를 둔 상거래 조직의 우두머리였다. 더불어 이제 창설을 앞둔 도시 민병대의 대장이기도 했다.

리오는 여기서 모든 활동을 멈추고 저택만 잘 꾸며도 대대

손손 먹고살 수 있는 그가 왜 굳이 목숨을 걸고 민병대를 만들려 하는지 이해할 수가 없었다.

'뭐, 어떻게든 되겠지.'

리오는 시간이 많은 것도 아니지만 적은 것도 아니라며 자신을 위로했다.

저택 본관으로 향하는 계단을 오르기 직전이었다.

"도련님!"

리즈의 뒤를 유령같이 따르던 황갈색 머리의 청년이 갑자기 소리쳤다. 여자아이처럼 흠칫 놀란 리즈는 자신의 오른쪽 진녹색 눈동자에 그를 담았다.

"무, 무슨 일인가, 올리버?"

"저는 이 남자를 인정할 수 없습니다!"

황갈색 머리의 청년 올리버가 자신을 손가락으로 지적하자 리오는 피식 웃었다.

'그래, 어딜 가나 저런 성격이 있지. 남자가 저렇게 행동하니 색다르군.'

리즈가 당황하여 올리버에게 다가갔다.

"무슨 말인가? 이분이야말로 우리 민병대의 부족한 점을 일깨워 주실 분이란 말일세!"

그러나 그 '부족한 점을 일깨워 주실 분'의 생각은 좀 달랐다.

'내가 그렇게 좋게 보였나?'

내심 당혹한 리오는 일단 둘을 지켜보기로 했다.

"사슬단의 졸개 몇 놈을 혼자 잡는 것 정도는 저도 할 줄 압니다!"

올리버는 기세가 좋았다. 기초 골격도 괜찮았고 운동신경도 훌륭해 보였다. 옆에 차고 있는 장검도 일반적인 물건보다는 좀 더 무게가 있는 녀석이었다.

하지만 어디까지나 인간의 한계선 내의 훌륭함이었다.

"그리고 이 남자는 우리와 다릅니다! 보통 사람이란 말입니다!"

자신이 그 말을 들을 줄은 몰랐던 리오는 신선한 충격을 받았다. 레나는 불쾌한 표정을 지으며 리오의 망토를 꼭 붙잡았다.

하이엘바인이 대단히 당황한 얼굴로 올리버의 검은색 어깨갑옷을 붙잡았다.

"저, 젊은 전사여, 그 말은 취소해야 마땅하네."

"아가씨가 끼어들 일이 아닙니다!"

올리버는 흥분한 나머지 팔을 휘저어 하이엘바인을 밀치려 했다.

하이엘바인의 뺨이 찰진 소리를 내며 올리버의 손등을 따라 쭉 밀렸다.

"아앗?"

흠칫한 올리버와 달리 하이엘바인은 태연했다. 단지 뺨의

살이 밀려 코에 닿을까 말까 하는 웃기는 얼굴이 되었을 따름이다.

그녀는 즉시 리오의 눈치를 살폈다. 이젠 아예 버릇이었다.

[됐나?]

[잘하셨습니다.]

리오는 터지는 웃음을 참았다.

리즈와 다른 사람들이 그 광경에 경악했다.

"올리버! 기사가 숙녀에게 손찌검이라니, 무슨 짓인가!"

"아, 이건……."

분명 이성을 잃고 하이엘바인을 밀어내려 한 것은 사실이었다. 그러나 그는 팔뚝으로 하이엘바인의 어깨를 밀려고 했지 손등으로 뺨을 칠 생각은 없었다.

정확히는 하이엘바인이 본능적으로 나오는 반격 동작을 도중에 어설프게 멈추면서 벌어진 사건이었다. 그러나 진실을 아는 사람은 리오와 하이엘바인뿐이었다.

지금 화제의 주인공이 된 '올리버 크라이머'는 대대손손 스타인 가문의 기사를 맡아온 크라이머 집안의 장손이다.

리즈를 지킨다는 사명감과 기사로서의 명예를 목숨보다 소중히 여겨온 그에게 지금 터진 사건은 기사가 지켜야 할 덕목만 따져 봐도 완전히 정신 나간 행동이었다.

리오는 넋이 나간 그의 정강이를 도발하듯 톡톡 찼다.

"내가 모시는 분을 폭행해? 그것도 철갑을 두른 손으로? 그래놓고 사과조차 하지 않다니, 이거 매우 불쾌하군."

사과해야 한다.

마음은 그랬으나 올리버는 상상 외로 새침한 성격이었다.

"네, 네놈 때문에 벌어진 일이다!"

"뭐?"

"난 널 인정할 수 없어! 특별할 게 없는 자가 리즈님을 모시는 꼴을 볼 수 없단 말이다!"

"쯧, 계집애도 아니고……."

그의 시큰둥한 반응에 올리버의 이성이 다시 한 번 끊겼다.

"네 이놈!"

올리버가 검을 빼 들기 직전, 리즈가 두 팔로 올리버를 껴안아 말렸다.

"그만 해, 올리버! 이럴 때가 아니란 말일세! 게다가 실례한 쪽은 자네가 아닌가!"

"이건 아닙니다, 도련님!"

올리버가 새집처럼 찰랑거리는 황갈색 머리를 흔들었다.

"잡스러운 칼잡이에게 도련님의 목숨을 맡길 순 없습니다! 그때 그 일을 생각해 보시란 말입니다!"

"올리버……."

올리버를 붙든 리즈의 가는 팔이 서서히 풀렸다.

그 꼴을 지켜보던 리오는 뒷머리를 긁적거렸다.

'어디서 싸구려 신파극의 냄새가 마구 나는군.'

그가 혀를 찼다.

"그래서, 나에게 뭘 원하지? 실력을 보고 싶나?"

"말 그대로."

올리버가 장검을 빼 들었다. 리즈의 곁에서 지켜보던 갈색 아가씨와 음침한 여성이 흠칫 놀랐다.

음침한 분위기의 여성이 백지장 같은 손을 들어 그를 말렸다.

"안 돼, 올리버! 그 선생님은……!"

"누나는 가만히 있어!"

리오가 눈을 휘둥그레 떴다.

"오, 친누나인가? 누나와 동생의 성격이 많이 다르네?"

올리버가 이를 뿌득 갈았다.

"도련님도 부족해서 감히……! 감히 내 누나까지 넘볼 생각인가!"

그 소리에 리오가 당황했다.

"어이, 계산이 어떻게 그렇게 돼? 계속 이러면 나 정말 화를 낼지도 몰라."

"닥쳐!"

하이엘바인은 불같이 화를 내는 올리버의 모습을 보고 고개를 흔들었다.

'저 젊은이, 큰일을 치르겠군.'

그녀는 최근 리오가 스트레스를 풀지 못해 답답해하고 있음을 알고 있었다. 그녀에게도 그 정도 눈치는 있었다. 요즘 그녀가 그에게 사과하는 횟수가 부쩍 늘어난 것도 그 이유였다.

올리버가 장검의 끝을 리오에게 보였다.

"네가 날 쓰러뜨리면 인정해 주마!"

큰 쇳덩어리가 바닥에 땡그랑 떨어졌다.

올리버가 든 장검의 칼날이었다. 예리하게 잘려 떨어진 칼날 덩어리는 예쁘고 맑은 진동음을 사방으로 퍼뜨렸다.

리오의 손엔 어느새 디바이너가 들려 있었다. 아홉 살짜리 남자아이의 평균 키 정도 되는 대검이 올리버를 향해 보라색의 살기를 흘렸다.

"이제 네가 나한테 뭘 해야 인정을 받을지 가르쳐 주지."

리오가 왼손으로 올리버의 황갈색 머리를 쥐어뜯듯 잡았다.

자신의 칼이 대파처럼 잘리는 것도, 상대가 접근하는 것도 인지하지 못했던 올리버는 눈을 감지 못하고 시체처럼 상대를 쳐다봤다.

리오가 말했다.

"자, 예의 바르게 빌어보실까? 우선 무릎부터 꿇으면 좋을 것 같은데?"

올리버는 자존심상 차마 그럴 수가 없었다. 그러나 그는 눈앞의 남자가 정신적으로도 상대를 부술 줄 아는 사람이라는 것을 일순간 느꼈다.

일생 느낀 적이 없는 공포가 올리버의 모공을 파고들어 그의 심장을 자극했다.

『가즈 나이트 R』 2권에 계속…

메디컬 환생
유인(流人) 장편 소설
Medical return

WWW.chungeoram.com